翻牆覓良人 4 完

風文創 1188

琉文心 著

目錄

第三十一章 …… 005
第三十二章 …… 033
第三十三章 …… 061
第三十四章 …… 091
第三十五章 …… 121
第三十六章 …… 153
第三十七章 …… 181
第三十八章 …… 215
第三十九章 …… 247
第四十章 …… 279
番外一 沈家大郎再婚啦 …… 309
番外二 婦唱夫隨沈二娘 …… 315
番外三 六郎努力盼生娃 …… 321

第三十一章

王玄瑰腰間鐵鞭閃著寒芒，剛一到宮門口，就被守門禁軍給攔了下來。

「宣王，還請解鞭。」

「本王不解！」他目光掃視過去，握住鞭把，將鐵鞭抽了出來。「本王要去尋陸國太妃，你們盡可稟報聖上，本王自會領罰。現在，讓開！」

守門禁軍面面相覷。「這……」

「讓開，不要讓本王說第三遍！」

被他陰沈的眸子盯視著，禁軍飛快說道：「宣王，職責所在，對不起了，稍後我二人定會將此事上報！」二人抽出佩刀。

王玄瑰丹鳳眼瞇起，鐵鞭纏上他二人，並不戀戰，找準空檔便騎馬衝了進去。

身後禁衛軍連忙跟上，但遠追不上騎著馬的他，很快就讓他趕到了陸國太妃所在之處，院門被他徑直踢開。

正在屋中生著悶氣、砸了一堆瓷器的陸國太妃聽見動靜出了屋，就見王玄瑰橫眉冷對地立在院中，手中還執著一條冰寒長鞭。那雙眸中黑雲翻滾，蓄勢待發，一身森然戾氣，將她這殿中的宮女、宦官嚇得如鵪鶉般跪了一地。

陸國太妃笑出了聲。「你帶著兵器入宮？真是越大越沒規矩！哀家便說了，哀家早就應該向聖上提議，讓哀家搬出宮，住進你府中，好好管教你的言行的。」

王玄瑰只是握緊鞭，對她幾次三番威脅說要住進宣王府的說辭不置一詞，問道：「妳今日宣她入宮，對她都做了什麼？」

「原來你是為了那個和離女來尋哀家麻煩啊，不得不說，你眼光差極了，被她拿捏得死死的。怎麼，她說什麼了？」她諒他也不敢真的對自己動手，遂有恃無恐地道：「她對你說，哀家將她與豹子關一起了？這可不是哀家關的，是她自己找死，偏要進去的，蠢死了！」

豹子?!王玄瑰丹鳳眼瞇起，眼下小痣一動，渾身煞氣四起，手中鐵鞭一甩，破空聲響起，擊在青石板上，留下深深的一條長痕。他望著跪了滿院子的人，冷冷問道：「今日，都有誰碰過她？」

按住沈文戈貼近豹籠的兩個嬤嬤身子一顫，被他準確地從人群中找到。「啪」的一聲，鐵鞭抽中她們的身體，倒鉤剮下她們身上的皮肉，瞬間劃出血痕。

「啊！宣王，奴婢們，啊啊……宣王饒命，奴婢們也只是聽令行事啊！」她們疼得在地上打滾。

這可不是普通的鞭子，是能在戰場上要了敵軍性命的鐵鞭。鞭子在他手中揮舞出了殘影，一下又一下地抽在她們身上，專往皮糙肉厚的地方打去，打得兩人哀嚎不已。

「挾持朝中官員，妳們好大的膽子！」他冷冷問道：「還有誰？」

沒有人敢與他的目光對視，只能個個瘋狂地搖著頭。

陸國太妃一時被他的暴戾驚嚇到，反應過來後怒喝道：「你敢?!」

「本王當然敢。」他拖著鐵鞭走上前去，嘩啦嘩啦的鐵鞭在青石板上留出長長一道沾著肉末的血痕。

「哀家是你生母！停下！你就不怕群臣彈劾你不孝？」

「母不慈，子自然不孝。」他步子未停，一步步朝她走近。

陸國太妃被他驚得連連後退。「王玄瑰！」

他最終停在了臺階下，仰望著她，眼尾嫣紅，唇瓣翹起。「母妃，妳說我不孝，妳可有照顧過我一天？妳沒有，妳如今還想搶走七娘！我真恨不得妳從來沒有生下過我！」用近乎嘶吼的聲音說完這句話後，他揚起了鞭，就在那鞭即將落在陸國太妃身上時，他腦中想起沈文戈的低語——多想想他們二人以後。手腕一動，鐵鞭在陸國太妃的眸中迅速放大又遠離，最後擦過她的衣襬，狠狠擊在地上，裙襬一角被割了下來。

她不敢置信地看著被裁下的衣角，若這鞭落在她身上，她非得毀容不可！她吶吶地道：「你竟真的敢襲擊哀家？你瘋了不成？哀家是你母妃！你就為了個和離二嫁女這般對哀家？」

「娘娘——」

王玄瑰沒有回答她的話，而是用鐵鞭捲起了她的貼身嬤嬤，直接捲到了臺階下，一腳將她踩住。只要他稍微使些勁，就能輕而易舉地踩斷嬤嬤脆弱的脖頸。

他低垂下頭，腳掌用勁，對那嬤嬤說：「就是妳將她帶進宮中來的？讓本王猜猜，也是妳看著她跪在這殿前的？她跪在哪一塊磚上？嗯？」

「王玄瑰！」陸國太妃在臺階上喊他。

他全然未理，自顧自拎起嬤嬤，摔在了她指出的位置。「給本王跪！」

那嬤嬤含淚喚了聲。「娘娘！」

他輕笑一聲，讓人毛骨悚然。「跪不了？本王幫妳。」鐵鞭揚起，再次落下，猛烈的破空聲響起，重重擊在她腿彎處，只聽「啪嚓」一聲，那嬤嬤的腿骨斷了！慘叫聲嗷起，王玄瑰卻仍沒放過她，鐵鞭捲在她身上，硬生生將她拎了起來豎在地上，帶著血的骨戳出皮肉。

「啊——」

幾個膽小的宮女不敢再看，捂住了眼睛。

王玄瑰這時才直勾勾地盯住了陸國太妃。

陸國太妃退了幾步，背抵在牆上，驚懼地看著他。

「妳知不知道，她腿上有舊疾，不能久跪？妳又知不知道，我自遇上她後，終於能睡一個整覺，不用在夢中見到妳這張令人作嘔的臉了？但妳卻要搶走她！妳知道我有多怕，多怕她承受不了妳的威壓，鬆口同意退婚嗎？但我又捨不得她受妳欺負！」鐵鞭被他扔在地上，他眸中血絲遍布，深埋在心中的恐懼，在沈文戈可能會遇到來自陸國太妃的威脅時，通通不見了。他走上臺階，伸手掐住了陸國太妃的脖子，就像他小時那般，她笑著對他說「不許哭」，他便也學著她的樣子。「不許哭，我沒用多少力氣，不會讓妳喘不過氣的。母妃妳不是教導過我，不准哭嗎？所以……別哭！」

身後腳步聲響起，無數禁衛軍衝進院中，緊隨其後的便是聖上。

聖上喝道：「長樂，放手！」

陸國太妃哭花了的臉上突然綻出喜悅，就像是溺水之人終於瞧見了浮木！

王玄瑰緩緩鬆開手，像是犯了錯事的孩子，遲疑半晌才敢轉過身去。

聖上瞧見陸國太妃尚且還活著，不自覺地鬆了口氣，直接道：「宣王帶兵器入宮，罰俸半年！還不帶著你的鐵鞭，出宮去！」

他眸子微動，在聖上的又一聲「出宮去」之下，終是撿起鐵鞭，將那昏死過去的嬤嬤鬆開，走到聖上身邊，道了句。「多謝皇兄。」

自他有了官職後，再未開口喚過聖上皇兄。若非地方不對，這一聲皇兄叫出來，聖上非要飲杯酒不可！

聖上看向那癱在地上的陸國太妃，在她忿忿地說要請他作主，責罰王玄瑰之時，冷笑兩聲，甩袖離去。

次日，大朝會上，群臣肅穆。

王玄瑰微揚著頭，他帶著兵器入宮，又大鬧陸國太妃宮殿，已經做好會被御史彈劾的準備了。

御史大夫瞥了一眼背脊直挺、坐得筆直，準備隨時出列領罰的王玄瑰，上前道：「臣要彈劾陸國太妃，掠朝中九品常客入宮，還迫害其險些喪命豹口！」

王玄瑰要起的身子微頓，挑眉看向御史大夫。

御史大夫則端著兩隻手，見他看來，哼了一聲。

緊接著，眾臣出列。

「臣附議！」

「陸國太妃為宣王求娶燕息霓裳公主，還可算是為子考慮，尚且不能說她干擾國事，可她竟敢讓人在鴻臚寺，當著眾官員之面強行掠走沈常客，實在過分！」

「豈止過分？下官聽聞此事後，著實氣憤不已！官員犯錯自有《陶梁律》來處罰，陸國太妃有何資格隨便召常客入宮，予以責罰？退一萬步說，就算沈常客不是官員，她陸國太妃也不能隨意迫害人家小娘子啊！讓小娘子餵豹，這是何等、何等毒婦行徑！」

「陸國太妃還妄圖插手國事！陛下，臣等請願，嚴懲陸國太妃，以儆效尤！」

「臣等請願，嚴懲陸國太妃，以儆效尤！」

戶部、吏部、禮部、兵部……除了王玄瑰，幾乎所有上朝的官員全站了起來，他們集體要求聖上，嚴懲陸國太妃。

王玄瑰愕然。

他並不知，在他拎著鐵鞭進宮時，陛下正和六部及宰相議事，他們聽聞王玄瑰持兵器入宮，那是隨即就當著聖上的面噴他個狗血淋頭了。可再一問，宣王為何怒氣沖沖去尋陸國太妃？得知竟然是因為沈家七娘被叫進宮中，險些被餵了豹子！

兩相之比，宣王帶兵器入宮可以用氣昏了頭腦來解釋，並且聖上已經罰了，可陸國太妃的手伸得未免也太長了些！

「臣等請願，嚴懲陸國太妃，以儆效尤！」

聖上沈聲問：「宣王，你如何看？」

王玄瑰起身，踏步而出，垂眸拱手。「母妃有錯，理應責罰，臣聽聖上吩咐。」

聖上看了他一眼，又看著滿朝請求他責罰的官員們。陸國太妃是先皇妃子，他不管如何處置都有落人口實之嫌，可如今卻是百官彈劾啊！遂開口道：「罰陸國太妃，即日起守皇陵，無詔不得歸長安，可有異議？」

「臣無異議。」

「宣王，你可有異議？」

王玄瑰鴉羽輕合。他能有什麼異議？這個結果簡直再好不過了。她不在長安，遠離他們，亦不會傷害沈文戈。「臣無異議。」

聖上再道：「宣王，你昨日闖宮險些傷母，可知錯？」

知道這是聖上在替他按下不孝的罪名，便道：「臣知錯！」

「甚好，念你在鴻臚寺勞苦功高，如今還要負責燕息使團，待其離開長安後，罰你接手工部。」

王玄瑰幽幽抬頭。到底還是將工部塞到他手裡了，但他也只能無可奈何地道：「臣領命。」

陸國太妃出發守陵那日，宣王告病請假，閉門不出。

天邊濃雲翻滾，遮住了金烏，掩住了其後的澄藍天空，烏濛濛的天壓得人心口難受。不消片刻，細雨落下，打濕了地皮。

護送陸國太妃去陵墓的士兵們步子不停，甚至還加快了，希望能盡快趕到陵墓，不會在路上淋雨。

馬車內，陸國太妃雙眼紅腫，儼然已經痛哭過了。她那些受傷的嬤嬤悉數獲罪，一個都沒能跑得了。如今在她身邊的，都是皇帝派來看守她。

將為先皇守墓，了此殘生？憑甚？顏色半退、斑駁的指甲狠狠掐進掌心。

她是為了什麼？她讓他娶一個娘家強勁的人有錯嗎？

宣王府，泡完湯池，終於有些許睡意的王玄瑰剛瞇上眼，便又被幼時驚恐的種種場面激得醒了過來。

他眼眸密布血絲，已經近一天一夜沒有睡覺了，安神湯對他而言也不好用，索性離水而出。

整座府邸安靜得不像話，似是知道他沒有睡好，心情不佳一般，回房的路上，一個人影都瞧不見。

將自己砸進宣軟的被褥中，夏日天熱也是蓋不上的，索性全壓在身底。他闔上眸子，想再掙扎著睡會兒。

吱呀——悄悄進來的雪團，在拱起身子打算跳到王玄瑰背上時，被一雙白皙的手摟住了。

「喵嗚……」

「噓！」

沈文戈用勁，將這不聽話的小東西抱了起來，真是沈啊！她四下一望，腳步輕緩地尋到了雪團的玩具，還有牠嶄新的貓墊，把牠放了下去，而後揉著手腕，打量起來。

這還是她第一次進王玄瑰的房間，好奇中又不自覺想起，她日後是否也會睡在這間房中？這一想，雙頰便升起紅霞。

搖搖頭，試圖令那紅霞褪下，她今日可是帶著任務來的。傷了腿被鴻臚寺批假的她，在家中閒來無事，只能擔心他這幾日整天和陸國太妃的事打交道，會不會勾起幼時的傷心事？從安沛兒那兒聽說他一直未睡好，便忍不住翻牆摸了過來。

小心地從珍珠掛簾下鑽過，省得弄出聲音吵醒剛閉眼的王玄瑰，入目之處，處處奢華，從蕾絲鎏金香薰爐中冒出的沉香香氣，籠罩在整間屋子中。

一打眼，便是和田玉雕駱駝、貓眼球鎏金擺件，再一看，那上好的、一般捨不得穿在身上的雲綢，在這間房中，也只能當條軟榻上的坐簾。金、銀、玉、夜明珠，在這屋子裡，轉個身就能瞧見。

她掀開床榻上的軟紗，內裡的人便露了出來。

他整個人呈大字型趴在床上，雲白裡衣捲起，露出勁瘦的腰身，黑髮隨意滑落肩頭，露出閉上眸子後褪下戾氣，只剩安靜俊美的容顏，結合身下暗紅色的綢緞，將他整個人襯得糜豔，害得她視線在他腰間流連。以往無人可見的美景，今日終於得以被沈文戈一窺，她被這幅美人睡圖衝擊得一時不察，讓雪團跳上了床。

牠邁著貓步，熟門熟路地尋到他的脖頸，窩在他身邊趴了下來，閉上那翡翠綠眸，也要跟著睡。

沈文戈好笑地看著牠的長毛蓋住他近乎半張臉，他可還能呼吸？彎腰輕輕拂下牠的長毛，拍了拍雪團，將牠擾醒，在牠伸爪子撓她時，拍了那隻小爪子一下。

「噓！往後退些。」費勁地將牠往外側挪了挪，給王玄瑰留出一點呼吸的空間，他的唇瓣就在自己手側，上面還沾著一根貓毛。

撿了兩下，也沒將那根毛撿下，她只好又湊近了些，輕輕吹了口氣，將貓毛吹起，這才成功拿下。

可如此，兩人便也離得極近，她伸手，指腹在他眼下小痣上摩擦，時不時能碰到他的睫毛。

他強自忍著癢意，依舊裝睡。

她心中顫成一團，慢慢俯下身，一隻胳膊撐在雪團一側，怕壓到牠，而後輕輕地、如羽毛搔過般，先在他的小痣上輕吻，而後又碰了碰他的唇，一觸即離。

他猛然睜眼，追隨著她起身而撐起身子，伸手覆到她的後頸，阻止她的離去，而後親了上去，裹住她的唇。

雪團被這兩人擾醒，一下子跳進王玄瑰懷中。

不必再顧忌會不會壓到雪團，沈文戈的胳膊頓時卸了力，軟了一瞬，只能重新尋找支點。她攀上他的肩頭，跪在了床榻上，便比他高出半個頭來，低下頭去與他認真親吻。

「喵嗚……」雪團在兩人中間，探探這個、嗅嗅那個。

王玄瑰伸手攬過牠，閉眸摸著牠的貓頭，想將牠移出懷中。

可雪團才不呢，牠在他懷中輕踩，愉悅地發出呼嚕嚕的聲音。

兩人便只好隔著雪團，默默交換著彼此的呼吸。

為了一探有沒有碰到雪團，沈文戈也抽出一隻手，摸了摸雪團，正好與他的手相遇，兩隻手便在柔軟的貓毛上十指緊扣。

他用於固定她脖頸、不讓她走的手，逐漸下移。

外裳墜落在暗紅被褥間，紅中一點白，緊接著是綴滿了珍珠的紗裙外罩。

美人在懷實在難以忍耐，意亂情迷之際，她砸進被子中，雪團便從他的懷裡掉進她的懷中。似是感覺很好玩，牠翻了個身，在沈文戈身上踩起來。

王玄瑰難耐地用手撥牠，牠卻以為是在跟牠玩，伸出爪子勾他，他只能撐起身體，不讓自己壓到雪團。

沈文戈艱難地嚥下一口口水，將手從他身上移開，兩隻手全用來抓雪團了。雪團光滑柔順的毛，在此時卻成了牠得以繼續玩耍的保障，她抓了半天，只摸到兩把毛。

偏過頭躲過他的親吻，她換了口氣道：「不行，太沉了。」是的，雪團太沉了。沈文戈覺得牠在自己身上踩踏時，她氣都要喘不上來了。王玄瑰離開她，舔了舔唇上水漬，妖魅得讓沈文戈連忙閉上眸，只怕自己深深淪陷進去。

他一把抱起雪團扔到床榻上，自己還沒來得及重新親上，就覺背上一沉，忍不住悶哼一聲，是雪團又重新跳了上來。

然後牠找到了新玩法，用貓頭頂開他的腰腹，又鑽了回去，夾在兩人中間，晃起尾巴。

「喵嗚、喵喵……」

真是忍無可忍！

他坐了起來，看著在沈文戈身上支棱起耳朵的雪團，偏生他一離開，雪團也跟著他走，又窩回了他身上。

牠在他懷中衝著沈文戈「喵喵喵」叫起來，似是催促她快來。

沈文戈笑得用手直捂眼。

「再試一次。」

他低啞的聲音入耳，讓她酥麻一瞬。

這次他將雪團放在自己胸膛上，雪團期待地睜著圓溜溜的貓眼望她，她便翻了個身，用手臂支撐起身體。

然而她體力自然是比不得他的，只親了半晌，就覺得手臂痠軟無力，撐不住了。

瞧他那副不滿的樣子，她彎腰在他眼下吻著，將小痣含在舌尖，笑著道：「王爺，可不能再給雪團吃太多了。」

向來寵雪團無度的男人，這次一反常態沒反駁，竟然咬著牙根，用力「嗯」了一聲。

她笑得花枝亂顫，拍掉雪團勾她衣結的爪子，躺在他身側道：「王爺，睡會兒吧，我在這裡陪著你。」

他側過身，兩人中間夾著一隻雪團。

雪團將自己的貓頭一會兒蹭到他頸窩，一會兒挨到她頸窩。

她伸出手，蓋住了他的眼。「睡吧。」

睫毛掃著她的手心，而後沒了動靜，她撤下手，摸著雪團，雪團也昏昏欲睡，結束了吵鬧不休，與他一起沈沈睡去。

她摩擦著他的指節，出神地看他。室內靜謐，唯有二人一貓綿長的呼吸聲。

不知過了多久，室內光線都從明亮轉為了昏暗，雪團還跟著呼呼睡著。

此時安沛兒的聲音在門外響了起來，似是怕打擾他們，所以非常小——

「娘子，妳家倍檸來尋妳，說是表郎君來了，讓妳回去。」

沈文戈聽見了，她輕輕抽出被他握牢的手，他眼珠立即動了，似要驚醒，她趕緊將他的手挪到雪團身上。手指陷入貓毛中，他便安靜了下來。

「娘子？」安沛兒的聲音微微大了些。「是表郎君來了。」

沈文戈躡手躡腳離去。「嬤嬤，我聽見了。」她重新整理了一番衣裳，這才回府。

屋內熟睡中的王玄瑰睜開了還帶著點迷濛的眸子。

「……表郎君?!」他立刻清醒了過來，狹長的丹鳳眼睜開，冷哼一聲。林望舒怎麼還沒外放？吏部尚書是不是不行？他都親自登門要求對方加快進度了，林望舒竟還在長安！

外面淅淅瀝瀝的小雨下個不停，原本奮力穿過雲層射下光線的金烏逐漸西移，本就不算太亮的天又昏暗了下來。

床榻上的黑貓還打著小呼嚕睡得極香，而睡足了的王玄瑰活動了脖子一下，充斥著力量與美感的背脊隱隱從裡衣透出。

他赤腳下了床榻，走到窗戶旁推開窗，驟冷的空氣襲入，捲走他一身慵懶。

「備車，去吏部尚書府。」

吏部尚書在家中被王玄瑰堵了個正著，吹鬍子瞪眼睛地將他趕了出去。

朱紅大門在王玄瑰背後重重關上，裡面還能聽見吏部尚書的怒喝聲——

「關門！以後掛上牌子，宣王不得入內！」

「嘖！」王玄瑰咂舌，怎麼這些尚書的氣性一個比一個大？

他悠悠地晃上白銅馬車，在馬車內打了個哈欠，飲了杯蔡奴遞給他的雪梨湯，翻開吏部尚書抄給他的名單，唇邊笑意掩都掩不下去。

直線行駛的馬車，中途轉了個彎，似是在避讓什麼，王玄瑰挑起車簾，便瞧見了立在鎮遠侯府門前的兩個男女。

郎君執一把油紙傘，一身青衣挺拔清雋，小娘子由身後婢女撐傘，披著輕紗斗篷，卻穿的不是在屋中見過的那身。

他丹鳳眼挑起，唇邊的笑意逐漸變得危險起來。怎麼，見個表郎君而已，連衣裳都特意換過一身？「停車！」

沈文戈早就瞧見白銅馬車了，卻沒料到王玄瑰在馬車裡，她嚇下自己險些脫口而出「王爺不是在睡覺」的話，乾巴巴地道了聲。「王爺。」

她這遲疑又明顯憋話的表現，讓王玄瑰的眸色更深了些。

以往會為王玄瑰撐傘的蔡奴，這次卻是直接將傘遞給了他。

王玄瑰於濛濛細雨中打開傘，傘簷緩緩向上挑起，從露出他的下巴，直到露出他的全面，也就能將他那雙不算客氣的眸子顯露了出來。

林望舒執傘拱手，卻不再像以往般挪動步子擋在沈文戈身前了，也沒有從前那般挺直背脊，他只是道：「見過王爺。」

王玄瑰冷淡地「嗯」了一聲，目光落在沈文戈的身上，而後嚴肅地同她身後的倍檸說：「妳家娘子剛受了傷，這般陰冷的天，還讓她出來做甚？不怕她犯了腿疾？晚些時候讓她去王府泡藥浴。」

他這話裡有太多的親昵與關切，可聽在林望舒耳中，更多的卻是宣告主權——他們兩個人是可以互相去對方府邸的未婚關係。執傘的手不禁握得緊了一分。

倍檸被訓斥得小臉慘白，覺得現在的宣王真是太凶了些。

沈文戈直吸著氣，悄悄看了一眼林望舒，這才解釋道：「是我執意出來送表兄，與倍檸無關，王爺，你嚇到她了。」

王玄瑰已經展示了自己同沈文戈的關係，當下便同她道：「妳且先進去，我送妳表兄。」

不好在林望舒面前落他面子，她用眸子警告他不要亂來後，再看向林望舒。「表兄，那我先回府，就讓王爺送你歸家。」

林望舒向她頷首，兩人間有一種似有若無的疏離，是兩人共同克制與避嫌的結果。「如此正好，表妹歸吧。」

表兄、表妹，叫得可真親熱，還因為他來警告自己！王玄瑰丹鳳眼透著不耐，率先起身上了白銅馬車。

原本侯府要送林望舒的馬車自然只能跟著沈文戈回了府。

白銅馬車裡，林望舒後上來，卻放鬆地坐在了王玄瑰的對面。一旦將自己的身分擺在沈文戈的兄長上，他便能處之坦然。「王爺尋我何事？」

蔡奴為林望舒遞上湯水。

林望舒接過。「王爺不光是要送我回家吧？」

他這態度的轉變，讓王玄瑰多看了他兩眼，隨後一挑眉，將懷中一份單子扔給了他。

上面是密密麻麻的地名，還都是與長安離得頗遠的地方，但無一例外，都是極易積攢政績，乃是各路官員必爭之地。

王玄瑰道：「聽七娘說你要外放了，這是本王從吏部尚書那兒抄來的、目前可變動或是缺人的地方名單。從上到下，是本王私按優劣排名的。」

林望舒聽此，抬頭看了他一眼，再一觀名單，發現確實並非是按照離長安距離遠近排序，排前三的揚州、福昌、新桃全是他父親信上想讓他爭取之地。在仕途一道上，少走錯一條路，便能省下多年時間，王爺這份名單確實用了心的。他拱手道：「多謝王爺。」

「你乃七娘表兄，便是一家人，不必客氣。」說出這句話，王玄瑰整個人都舒服了。他更加慵懶地歪斜著，指點道：「你乃去歲狀元，六品皆可挑，既然你選擇外放，那本王建議你從長史做起，跟在有能力的刺史身邊好好學習。一州刺史所要管轄的東西之多，為其分擔工作，能使你更快速的成長，褪掉一身讀書氣。前三個地方，揚州刺史能力最佳；福昌刺史與你乃是同鄉人，可提拔你；新桃……嗯，新桃問題最多，但卻也更容易做出功績。總之，名單上的地方任你挑，本王會第一時間為你操辦，但本王有要求。」對上林望舒的眼，他道：「本王希望你盡快離開長安……不，是越快越好。」

林望舒慢條斯理地收好名單，正襟危坐道：「王爺放心，吏部任書一下，我便會啟程。此一去，恐參加不了王爺與表妹的婚事了。」他主動提起婚事，並如沈文戈真正的兄長那般，囑託道：「表妹在上一樁婚姻裡過得並不幸福，希望王爺日後好好待表妹。」

王玄瑰丹鳳眼微微挑起，打量著會說出這些話的林望舒，見他真的放下了，方才道：「本王自是會的。」

這是一場郎君之間還算和諧的談話，王玄瑰放下車簾，將林望舒的背影悉數遮住。「倒也是個可造之材，若他有機會再次回到長安，本王也不是不能提拔他一二。」

蔡奴收拾著茶具，聞言看了一眼王玄瑰，說道：「阿郎，還是先想想一會兒怎麼跟娘子解釋吧。奴要是娘子，被阿郎斥著回屋，只怕是要氣了。」

王玄瑰神色一僵，回了府第一時間就將安沛兒尋來了。

安沛兒搖搖頭，只給出了一個主意。「阿郎，有時候適當示弱，也是不錯的選擇。」

示弱？怎麼示？他站在屋內的落地銅鏡前，伸手將自己的長髮弄亂，又扯了一番衣領，露出自己的脖頸和鎖骨，將自己最脆弱的地方袒露出來後，便耐心地等著沈文戈過來。

屋內蠟燭燃著，夜明珠都幽幽亮了起來，左等右等人都不來，自己反倒是因為白日裡被沈文戈守著睡著過，所以充滿可以再次入睡的自信，躺在床榻上竟也真的睡著了，但很快就像以往般，被拖拽進有陸國太妃出沒的夢境中……

「你還敢頂嘴了？再用那種眼神瞪我試試？」瘦小的王玄瑰被陸國太妃從衣櫃中拽了出去。「你為什麼背不好書？你怎麼那麼笨！」

倏地，他被蔡奴和安沛兒護在身後，兩人祈求著陸國太妃讓他吃一口飯。

「廢物不配吃飯！」陸國太妃只留給了他一個決然的背影。

「王爺！」沈文戈是帶著大兄給她買的酥山過來的，一進屋就發現他蜷縮在一起，還時不時打個顫，趕忙放下東西將他搖醒。

他睜開眸子，意識還有些不清醒，但瞧見她下意識便脫口而出道：「妳怎麼才來？」語氣裡帶著自己都沒察覺到的委屈，也並不知道他現在這樣眸中含著剛睡醒的水光，又混混沌沌望她的模樣，有多令人心顫。

一向強大到護在自己身前，能在敵軍中殺個幾進幾出，就算對上聖上都能面不改色的人，現在卻將醒未醒、沒有安全感地問她怎麼才來？反差之大，令還想和他好好談談林望舒的沈文戈心軟了。她坐在床榻邊，伸手拎過食盒。「我特意帶了酥山過來一起吃。」

王玄瑰眨著眸子，靜靜地看著她，伸手勾住她的手，勾得她有些疼。

她抽出汗巾為他拭去額上汗水，沒有問他剛剛夢見了什麼，總歸是不好的東西。

他伸手攬住她的腰，將頭枕了上去，已經逐漸清醒過來的人，通過她溫柔的語氣，有些懂嬤嬤所說的示弱的意思了。他哼了一聲，先發制人道：「妳叫林望舒叫得好親密，妳叫他表兄。」因為臉有一半都壓在她腿上，所以說出去的話帶著點含糊不清。

沈文戈哭笑不得。「他確實是我表兄，我不叫表兄叫什麼？」

「哼！」

她伸手從他長髮中穿過，為他揉著頭頂的穴位，疏解作噩夢殘留下來的恐怖之感，回道：「表兄今日過來是提前辭行的，吏部已經放出信兒來，他們要外放了。」見王玄瑰還是不說話，她又道：「你送表兄歸家的時候，同他說什麼？」

腦子裡轉了一圈，他打算先把自己摘出去，放在一個安全的位置上。「本王不信妳不知道，妳那個表兄對妳有意。」鼻梁被她摸到，來來回回、反反覆覆，他不耐，捉住她的手，人也坐了起來，狹長的丹鳳眼近乎眯成一條縫。到底沒想到，這個問題沒問住沈文戈，反而折磨到自己。「本王問妳話呢！」

她輕輕晃著兩個人交握的手。「可我已經有王爺了。」真奇怪，王玄瑰覺得自己瞧見他們兩人在府門前說話那一幕的心酸，一下子就抽離了開去，而後心裡被她堅定的話給填滿了。

「所以，王爺同表兄說什麼了？」

「本王給了他一份外放名單，讓他自己挑地方。」

他一副「怎麼樣，我對妳表兄還不賴吧」的模樣取悅了沈文戈，她打開食盒，露出內裡用琉璃盞盛放的酥山。奶白色的酥山上澆著櫻桃酪，最上端還點綴著一顆紅櫻桃。

捏著櫻桃，餵進王玄瑰嘴中。「王爺辛苦了。」紅色的櫻桃咬破，將他的唇瓣染得鮮紅欲滴，沈文戈現下不想提林望舒了，她望著王玄瑰。「王爺，要親一下嗎？」

從來都是王玄瑰說「我想親親妳」，這還是沈文戈第一次張口要親親，他咀嚼的嘴停下，臉上罕見地露出些許剛睡醒的迷茫表情。

她已經勾著他的脖子探了上去，嚐到了外表被他口腔溫熱，可內裡還冷著的櫻桃，甜滋滋的味道在舌尖綻放。

他們兩人的感情，從來不是單方面的一方付出。

為了她，他親手將自己的母親送去了守陵，縱使再恨陸國太妃，那也是在他心中留下一筆濃墨重彩的母妃。

他永不會原諒陸國太妃，也不會與她和解，可他至今還會因為她而作噩夢。然陸國太妃確確實實不配當他的母親，她從來沒將他的喜怒哀樂掛在心頭。

但沒關係，日後還有她在，她也會付出她的一切。

她捧著他的臉輕啄。「王爺，日後還有我陪著你。」所以不要再夢見陸國太妃了好不好？剛剛那不經意展露出的脆弱，足以讓她心痛到現在指尖都還麻木著。

回應她的是一顆還掛著些許果肉的櫻桃，被推進了她唇中。

他掐著她的臉頰，將她的臉掐出了小坑，呼吸有些不穩。「專心些。」

酥山琉璃盞的外壁上掛滿細碎的水珠，大大小小的水珠上映著將人一把推倒的沈文戈。

王玄瑰眸子上露出不敢置信的神色，其實他要是想，只需用些力氣，就能掙脫開按住他手腕的手，但他只是喉結滾動，順從地舉起手臂，任由她肆意妄為。

她的鼻尖上已經滲出了汗珠，雙頰粉嫩，也不知是羞的，還是……

綢衣本是最順滑，可在這一刻，脫離肌膚時的觸碰，讓他忍不住顫了下。

「嫿嫿……」他有些受不住了，想掙脫開她給設下的牢籠，但她不許，他便也只能忍著，仰頭望著床幔。

她的手指從最初的按住他的手腕，到與他十指緊握，而後漸漸往下……

她在耳邊的一句話，讓他眼前忍不住炸開金星——

「長樂……」她承諾說：「日後我的家人，便也是你的家人……」

事後，她迅速直起身，背對著他坐好，摸索到汗巾，仔細將手指擦乾淨，心臟撲通撲通的，將所有的熱血都沖刷到了她的臉上。再看食盒中的酥山已經化成了一汪奶泉，怪不得她手都痠了。

他望著她的背影，瞧她用汗巾擦完手後，猶豫著要怎麼帶走，喉結忍不住再次滾動，而後啞著聲音道：「扔那兒吧，一會兒我收拾。」

沈文戈連脖頸都是紅的，「嗯」了一聲，將汗巾丟下後，自己提著裙襬，佯裝鎮定地走了出去，可在門檻處卻絆了一下。

王玄瑰依舊躺在床榻上，食盒裡的酥山孤零零地放在那兒，他感受著身體的餘韻，不能回想剛剛都發生了什麼，只要一想，便要墜進去。

他緩緩吐著濁氣，嘴裡嚼著櫻桃核，想著，嬤嬤教的法子，也未免太好用了些……

鴻臚寺和工部的一眾官員們，一邊如喪考妣，唸著「王爺怎麼就要去工部了」，一邊萬念俱灰，說著「宣王怎麼就要來工部了」，雖想法不同，但詭異地達成了共識。

「唉……」

也不知是第幾次嘆氣了，柳梨川等人連幹活都沒有力氣。「我真希望燕息使團能晚點走。」

張彥接話道：「別想了，五皇子和六皇子都已經提出要求娶霓裳公主，番館已經吵起來了。等兩國盟約一簽，唉，王爺就要去工部了。」

番館內，燕淳亦氣得英眉都快要成了飛眉，指著霓裳公主道：「怎麼偏偏那麼巧，妳的面紗會在兩個皇子面前掉了？又是沈家七娘給妳出的主意是不是？不然我怎麼不知道，與妳同遊者還有皇子呢？妳是不是瘋了？放著太子側妃不當，妳去勾搭兩個皇子？」

這話太難聽了，饒是霓裳公主也受不住，她抬手將他的手指壓了下去。「兄長竟這般說我？太子如何？我堂堂一國公主，要去給人做妾嗎？」

燕淳亦怒道：「這是妳的使命！妳來就是和親的，自然要爭取最大的利益！」

「誰的利益？」霓裳公主問。「是燕息的利益，還是兄長你的利益？這個時候要求我維護燕息了？那兄長你在求娶陶梁西北大將軍的時候，怎麼不要求自己呢？憑什麼你可以，輪到我就不行了？」

提到沈婕瑤，燕淳亦眼都紅了，此時又被妹妹往心臟上插刀子，他氣得猛地揚起手。

「妳！」

霓裳公主主動將臉湊了上去。「兄長打啊！燕息諸多公主，人家拚命攔著、護著不讓外嫁，唯你一人，提出要我和親！」她淚水簌簌而下，問道：「嫁給陶梁太子就那麼好嗎？我要給人家做妾啊！日後生的孩子只能是庶子，就像你我二人一般，小時候飽受欺凌！」

燕淳亦怒道：「怎麼會一樣？妳是公主，誰敢給妳氣受？」

霓裳公主慘笑一聲。「兄長，妳如今就在罵我。」

被她目光看的，燕淳亦恨恨地放下手。「妳怎能這般不識大體？」

「不識大體？」她淚珠再次滾下。「都說會哭的孩子有糖吃，我就是太識大體了，所以在母妃求我幫你的時候答應和親；我就是太識大體了，所以讓你覺得我的意見、感受，一點都不重要。燕息要的只是穩固兩國盟約，不要再次開戰，兄長，是你想登大位，所以要犧牲我嫁給太子，不然我嫁誰都可以，只要他是陶梁人！」面紗被她摘下，她道：「兄長，你多久未曾認真看過我這張戴著面紗的臉了？」

與燕淳亦極其相似的面龐突然出現在他眼前，他微微恍惚了下。

她喃喃道：「兄長，你還是幼時那個偷偷給我藏糕點吃的兄長嗎？你當真為了權力，什麼都不要了？」面紗落地，她道：「你走吧，你若心裡沒我這個妹妹，便隨你，儘管要求陶梁太子娶我，側妃也好，無名也罷，我嫁就是了。」

燕淳亦望著這個亭亭玉立，似是有好些年沒有認真說過話的妹妹，心裡像是被人掐住般，幾乎無法呼吸。

她側著頭，一副實在難以忍受和他待在一起的模樣。

她說到他心中只有權力的時候，幾乎和痛恨與他相識的沈婕瑤一模一樣。

他踉蹌地從她屋子走了出去，只走出兩步，便聽見屋裡傳來她撕心裂肺的哭聲，步子當即一頓。

使團使者趕來，也是勸道：「三皇子，如今陶梁聖上身體康健，等他的太子上位還不知要多久，莫不如同意其他皇子聯姻吧？」就因為要求太子娶霓裳公主，兩國盟約之事一直擱置著，他們心裡急啊！燕息禁不住再打一場仗了。

星目閉上，燕淳亦道：「讓我想想。」而後他面露掙扎之色，說道：「你去，去查……罷了，我安排人。」他要找人調查兩個皇子的為人品性。

抵達長安後，出行皆有鴻臚寺官員跟隨，還是因聯姻一事耽擱結盟，才讓安插在長安城的細作得以聯繫上他。讓在長安生活的人去調查兩位皇子，再好不過。

很快地，細作就將消息傳了過來——兩位皇子半斤八兩，母族都一樣不是十分顯赫，基本上沒有和上面的兄長競爭大位的能力。

他揉了揉鼻梁，跳過這些信息，著重放在他們平日的處世風格上。

五皇子人有些跳脫，不甚穩重；六皇子則不喜出門，出宮門的次數屈指可數。

燕淳亦將查來的這些資料一股腦兒地摔在霓裳公主面前。「妳挑一個吧！」

哭得眼睛都紅腫的霓裳公主，只略略掃了一眼，想也未想地道：「就六皇子吧。」

她說得太快，讓燕淳亦忍不住多看她兩眼，懷疑地問：「怎麼，他那日哄騙妳了？」

「沒有。」她側著臉對著空氣道：「面紗掉落後，五皇子一個勁兒地誇讚我貌美，但是六皇子卻跟我說『既然面紗都已經掉了，要不要摘掉它吃些東西？我見公主一路上都沒有吃喝過』。」

「聽著倒是個細心的。」燕淳亦將所調查來的資料悉數點上燭火，燒光殆盡，才道：「若兄長登位，還能請他護送妳回燕息看看。」

霓裳公主猛地回頭看他，又趕忙轉了回去。「兄長不讓我嫁太子了？」

燕淳亦沈默了下。「兩位皇子一說求娶妳，除非用些上不得檯面的手段，否則妳不可能再嫁給太子了，我也……我再卑劣也不至於讓妳做那種事。」半晌後，他道：「我是賣妹求榮了，兄長對不起妳。」

霓裳公主撇過頭去，咬住了下唇。

他伸手想摸她的髮，最後仍是收回道：「我會要求陶粱為妳舉辦一場盛大的婚禮，送妳出嫁。」

燕淳亦的要求，聖上大方地同意了，當場舉辦宴席定下六皇子和霓裳公主的婚事，兩國正式簽署盟約。同時，聖上立即要求禮部著手操辦婚禮。

鴻臚寺早就同禮部通過氣了，幾乎是燕息剛一來，便將霓裳公主報了上去。後來禮部還一度擔心會換成沈婕瑤，幸好最後還是霓裳公主。由於萬事早有準備，即日就能成親。

燕淳亦自己挑了個良辰吉日，說要送妹出嫁，不近不遠，就在半個月後。

陶粱聖上可以接受，鴻臚寺卻是哀鴻遍野。

太快了、太快了！成婚哪有那麼快的？再拖兩個月啊！他們的王爺啊⋯⋯

此時他們的王爺正拿著新鮮出爐的良辰吉日單子挑選著，那認真的模樣，感動了不知多少鴻臚寺的官員。

嗚嗚，他們向來不愛處理鴻臚寺公務的王爺，因著快要去工部，都開始主動幹活了！

不行，他們要跟上王爺的步伐！趕在王爺去工部前，先敲定好條條框框，管他之後誰來接手鴻臚寺，左右也大不過王爺去，不好隨便更改他定下的東西，他們可真是太聰明了！

一時間，鴻臚寺裡人人擼起袖子，熱火朝天，全是認真處理公務的人。

日日都能見著王玄瑰的沈文戈見狀，深深吸了一口氣。她朝左面看看，好傢伙，沒一個人抬頭；再朝右面看看，怎麼還跑起來了？什麼公務這麼著急？

她又抬頭看了一眼坐在几案後，正提筆思考事情的王玄瑰，然後默默將本來打算明日處理的工作放在几案上，嗯⋯⋯還是現在做吧！

第三十二章

公務繁雜，他們又要保證燕息公主的婚禮不出一點紕漏，頻頻和禮部交涉，因此幾乎沒有一個人下衙之後準點回家的。

在這樣的氣氛下，不知不覺，沈文戈都將次日、後日的工作處理完了。

她晃了晃脖頸，突然聽見王玄瑰的聲音傳來——

「處理完了？」

這一聲將她嚇了一跳。不知什麼時候，大家都下衙了，此時屋子裡只有王玄瑰和她自己，連蔡奴都不見了蹤影。

他手裡拿著單子招呼她。「來。」

剛才就一直見他在上面寫寫畫畫，沈文戈也好奇是什麼東西，但還是先問了一句。「是我能看的嗎？」她怕是一些涉密公務，在公事上，兩人還是要保持些距離。

王玄瑰愕然看向她。「妳不能看還有誰能看？難不成，本王還有另外要娶的人？」

嗯？沈文戈上前，彎腰看去，那單子上羅列的全是近兩年的日期，有不少都已經被他勾畫掉了。所以說，以一人之力讓整個鴻臚寺忙起來的人，實則是在看自己的婚期嗎？她扶額，頓時有些哭笑不得。

他讓出一半的位子讓她坐下。「妳且挑挑看，而後留出三個，待我拜訪過戚老夫人後，再送給妳母親。」

沈文戈抿了抿唇，眼裡全是喜悅。她挨著他坐下，自然而然地被他攬在懷中，她下意識抬頭看去，見房門都關著，才鬆了一口氣。在鴻臚寺為了避嫌，兩人便是連眼神交流都是極少的，何況做親密狀。

她放心地窩在他懷裡看了起來，越看越覺得有些不對勁。來回翻了個遍，又將他几案上的東西也看了一遍，確認只有自己手裡這一張單子，於是猶猶豫豫，再次認真看了一遍。

沒錯，最早的成婚日期是明年八月，明年！一年之後！

這還不是最誇張的，最晚的成婚日期，他挑了個後年元宵節？

手指從八月往前捋，前面五月、三月、一月的日子全被他劃掉了；今年的好日子，他則是連看都沒有看，壓根兒沒想選。

他見她看了半天，一個都沒勾，不禁問道：「如何？一個都選不出來？」

沈文戈吸著氣，捏著這份單子，頗有些興師問罪之意。「王爺，你不著急、不想娶我嗎？」

她在他懷中轉了個身，將單子湊到他眼前。「最早都要明年八月啊！就連霓裳公主都半個月之後就要成婚了，我們要那麼晚嗎？」

王玄瑰「嗯」了一聲，捏著她的手指骨節，隨意道：「本王特意挑的。」而後他挑起眉梢，湊近她。「怎麼，心急嫁給本王？」

靡麗的容顏快速在瞳孔中放大，那顆誘她心智的小痣在她觸手可及的地方，她伸手推開，幾乎不可控地、狼狽地轉過頭。

他輕笑一聲，沒往後退，反而又湊近了些許，不准她逃離，將人又帶近些，讓她坐在他腿上。「生氣了？」

沈文戈捏著單子的手指都發白了，她背靠著他堅實的胸膛，低垂著眼瞼，違心道：「沒有。」

「還說沒有。」他從後環住她，溫熱的氣流吹在她的耳畔。「本王想給妳一個完美的、華麗的，比霓裳公主還要盛大的婚禮。誰說本王不想早日娶到妳？本王心癢難耐，但一想這樣的代價是婚禮的不完善，本王就不願了。」

她身子僵住，聽他在後面有點絮叨地唸著。

「就連妳我二人的婚服，若要現在開始準備，至少也得一年，最重要的是，婚禮往後延些，本王可以上書聖上，准妳兄姊從西北回來參加我們的婚禮。今年定是不成的，他們已經回過長安一次了，只能是明年夏後。若是後年過年前後成婚正好，藉著過年叫他們歸來……」

所以這就是他壓根兒看都沒看今年日子的原因？

她不自覺想起自己的上一段婚姻，那一場婚禮，沒有兄長們參與，最後還得知尚滕塵要去戰場了，新婚之夜她只能苦守新房，當時她滿腔委屈，所有人都默認他們無法歸來。

不像他，會主動為她考慮。現在的她，心裡密密麻麻全是叫王玄瑰的人。

有灼熱的淚滴從她臉上掉落，是因為被人珍視呵護，所以忍不住掉下來的淚珠。

手背上有水漬聚集，他無奈地道：「妳怎麼又哭了？」

他掰過她的身子，在她腰間摸著汗巾。換了官袍後，汗巾塞哪兒了？一時沒找到，剛要抬手拿袖子為她拭淚，她便湊上來，在他唇上輕碾。

「王爺……」

她可憐兮兮的，滿臉都是淚水，可眸中深情，在他本就不平靜的湖面扔下了一枚石子，驚起令他心悅之的漣漪，而後便是攻城掠地的與她爭奪唇齒間的空氣。

他勾著她的腰帶，用指尖描繪壓袍玉珮的紋路，倏而掐著她的纖腰，將她放在几案上，整個人俯了下去。

她一隻手撐在几案上不讓自己倒下去，一隻手攬著他的脖子，姿勢羞恥不說，一想到這張几案還是平日裡他辦公用的，冰肌就寸寸爬上紅，最後連耳垂都變粉了。

他低頭，將她的唇瓣重新叼住。

她半睜著迷濛的眸子，理智尚存，推著他的肩膀，破碎的聲音從嘴中發出。「別……讓人……發現了……」

他咬著她的舌尖。「全都下衙了，此時無人。蔡奴也去辦事了，不會回來的。」

按住他想離開腰間的手，她艱難地道：「不成，還穿著……官袍呢……」腦子裡還轉著「怎麼他說話都不喘」的念頭，就聽他惡狠狠地叫她「閉嘴」。

所有不成句的話都被他吞了進去，耳邊清晰可聞交換唇舌的聲音，讓她更臊了，手臂一軟，整個人仰在了几案上。

他控著她的腿，只能隔著布料，不能再有多餘的動作，惱得親吻越發凶了起來。

這時，有腳步聲從外傳來——

「門窗均關上了，大家都走了吧？」

「應是。」

屋內兩人齊齊停下動作，睜大眼，王玄瑰用力將人給帶了起來。

耳聽著人是朝這間屋子來的，沈文戈急得來回在屋中望，而後指著書架，示意王玄瑰過去。

為了方便官員們查閱資料，所以每間辦公房內均設置了兩、三排書架，而王玄瑰所在的地方，更是書架書籍繁多。

他抱起她，在門開前一刻，閃身進了書架最裡端，藏在書架後，沈文戈則索利地拿起兩、三卷竹簡堆疊在他們面前，擋起二人的臉，結果揚起一堆灰塵，險些咳出聲來。

她趴在他肩頭，細細喘著氣，聽著他也將呼吸放緩了，而後就是門打開的聲音。

「李兄你找荷包，我正好有個地方要尋本書翻看一下。」

腳步聲往這裡而來，在這一刻，沈文戈覺得自己的心都要跳出來了！她微微張開唇，感覺王玄瑰又往裡避了避。

他輕聲在她耳邊，用氣音道：「莫怕，我們在最裡面，他不會過來的。」這裡的書架靠近他平日辦公的地方，所以上面放置的都是經久不會翻的東西，不然沈文戈剛才拿起書卷，上面怎麼會有那麼多落灰？

她緊緊攀附在他身上，不知她這副側著頭、露出修長又染著粉的脖頸，擔憂著外界的腳步聲而驚慌失措的模樣，看起來是何等美妙可口。剛剛親吻過的唇瓣，似充了血一般豔麗，上面還泛著點點水漬，讓人想親。他向來無法無天慣了，想親便沒忍著，真低頭去勾她。

她睜圓了眸子，不敢相信他這個時候竟還敢！

他不光敢，還想騰出手，所以將她放在了堆疊在地的書卷上。

覺得身下書卷不堪重負地發出要倒的聲音，她哪裡敢動，生怕傳出些動靜讓外面的兩個人聽見了。如此，連手上都沒有勁兒，推他如同在拿羽毛掃臉，令他一路癢到了心裡。

他捧著她的臉，在唇瓣上親吻還不知足，又去點她的鼻尖，而後是眼睛。

沈文戈一半被他勾去沈淪，一半注意著外面的說話聲，兩相刺激，讓她比平日還要敏感，繃得極緊的背被他一碰，頓時酥軟掉。

在他再次親上來時，她重重咬了他一口，血腥在兩人唇間蔓延，她瞪他，就像雪團被惹急了的樣子。

他喉結滾動，終於等來了兩人離去的聲音。

門一闔，他迫不及待將她抵在了牆上，而後將她那不斷推他的手給握住，讓她只能坐在半人高的竹簡上，仰著脖子和他親吻。

「王爺！長、長樂？王玄瑰！」

他含糊不清的沙啞聲音炸在她耳側。「嗯？」

她扭過頭，任由他細碎的吻落在臉頰、脖頸。「我、我生氣了啊！」在鴻臚寺，兩人辦公的地方，當著……不是，在外面還有人的時候親她，簡直就是在挑戰她的……挑戰她的……

「不喜歡？嗯？」他將她困在自己懷中，遮擋住大半光源，讓她能感受到他源源不斷傳過去的熱度。

彎腰親她，他嫌礙事，伸手扯了扯衣襟，露出一半鎖骨，她臉倏紅，憤而咬唇，然後低聲喝他。「你不要臉！」

她自認為是喝他，可聽在他耳中，卻如情人般低語。

「娉娉。」

她躲著，快氣出哭腔來了。「你先鬆開我，這裡可是鴻臚寺！」

「本王知道。本王馬上就要去工部了，日後便不能與妳共事，想見妳都見不到。」王玄瑰感受到了快樂，她瞪他的眸子都帶著水，軟得可愛。心裡想著，不能將婚期提到今年，真是太後悔了，便哄道：「再親最後一次。」

過了許久，這最後一次久到她快在他懷中軟成一灘水，他才放過她，終究是不捨得在這種地方讓她難堪。舌尖捲起她眼角因時刻怕人進來而流出的水漬，擁著她平復著兩人的呼吸，而後為她整理凌亂的衣衫，她扭過頭去不看他，他就在她鼻尖上蹭著。

待恢復了些力氣後，她推開他，將有些皺的官袍弄平整了，拍掉身上蹭上的灰，確認自己的形象沒有大礙，方頭也不回地道：「你自己回去吧，我去番館看看霓裳公主有沒有需要我幫忙的地方。」說完，門被「砰」地關上。

辦完事回來的蔡奴，連「娘子」二字都還沒說出來，就受了池魚之災，被沈文戈瞪了一眼。「啊？娘子？」

王玄瑰悠哉悠哉地拾起几案上的婚期單子，舔舔下唇被她咬破的地方。可惜，下一次不好下手了。

沈文戈一路氣沖沖地去了番館。

霓裳公主趕緊拉她進屋。「外面日頭那麼曬，妳怎麼走過來了？瞧妳，臉都紅成什麼樣了！」

沈文戈伸出兩隻手捂臉，想到剛才不管她如何求他，他都不放手，頓時更氣、更羞了！

霓裳公主喝不慣陶梁的茶，所以為她倒了杯水。「七娘，我與六皇子成婚，妳會來看嗎？等妳與宣王成婚的時候，一定要請我啊！」

「當然。」

沈文戈磨牙，回去就告訴母親，讓她選個距離最遠的婚期！

燕息霓裳公主與陶梁六皇子大婚的婚禮上。

「還生氣嗎？」王玄瑰特意沒戴護臂，寬袖垂順落下，遮掩住他與沈文戈交握的手。他揉捏著她的指骨，繼續道：「本王知錯了，再也沒有下次了。」

沈文戈既要維持表面的恭喜笑顏，又要不著痕跡地掙扎，用氣音道：「鬆手！」

「不鬆，除非妳原諒本王。」他簡直像個小無賴一樣，拉著她的手在寬袖中來回晃。

她怕被人瞧見，悄悄瞪了他一眼。

他頓時委屈起來，說道：「妳都半個月沒理我了。」

那怨誰？竟敢在鴻臚寺裡的書架後、在有人的時候親她！不好好表明自己的態度，讓他有所顧慮，日後說不定要做出什麼更過分的事情！

王玄瑰又往她身邊靠了靠，勾著她的手指不放，聲音失落，充滿了要被拋棄的不安。

「妳別不理我，打我、罵我都行，好不好？」

他示弱，連「本王」都沒喊，哪裡還有半點宣王的氣勢？沈文戈禁不住他這樣求饒，也已經半個月沒有理他了，感覺差不多到時候了，便微側著頭看他。

他連連保證。「絕無二次！」

她便在他寬袖中主動回握，扣住了他的手指。「只此一次，下不為例。」

「好！」

此時禮官也已經喊上了。「禮成！」

可霓裳公主卻沒有被送入房間，反而與六皇子一同來到燕淳亦面前。參加完她的婚禮，送她出嫁後，他就要帶著使團返回燕息了。

她的面紗，換成鎏金墜遮在她的面前，此時她眼眸含淚。燕淳亦伸手在她金墜上滑過，說道：「日後在陶梁，妳不想戴面紗，便不戴。」

「嗯！」她重重點頭，淚水隨之滑落。

他星目一轉，望向六皇子，六皇子朝他拱手，他道：「今日，我便將我妹妹交予你，望你善待她。」

「請兄長放心。」

他英眉一挑，說道：「那你還不趕緊替她拭淚？」

六皇子與霓裳公主婚禮前唯一的交集便是沈文戈策劃的那場同遊，此時手忙腳亂地用衣袖為她擦淚，手指時不時被她沾了淚的睫毛輕掃，雙雙紅了臉。

燕淳亦這才滿意地放過他們，視線在禮部官員中轉了一圈，與其中一人對上視線，那人極其隱晦地頷首，他方才收回目光，說道：「兄長走了，照顧好妳自己。」

霓裳公主便只能淚眼婆娑地看著他轉頭，帶著燕息使團連同相送的鴻臚寺官員們，逐漸消失在自己的視線內。

六皇子這時出聲問：「公主，我已經派人去送妳兄長了。妳折騰了一天，早上可有用膳？要不要回房用些？」

她咬唇點頭，一步三回頭地看著空盪盪的門口。自此她便嫁入陶梁，此生不知是否還能回去燕息？

六皇子成婚後便搬出宮中，自己開了府，所以這不光是他的婚宴，也是他的開府宴，杯盞交錯，險些被灌醉了。

還是沈文戈拉了拉一直膩在自己身邊的王玄瑰的袖子，他這才端起酒杯道——

「本王這姪兒臉皮薄，不勝酒力，大喜之日，還請諸位高抬貴手。」

「宣王客氣！」

有王玄瑰發話了，誰還敢灌六皇子酒？

六皇子費勁地舉著酒杯。「多謝皇叔……」

王玄瑰「嗯」了一聲回他，看他被宦官們架著往婚房走，私底下和沈文戈悄悄說：「等我們婚禮的時候，本王勢必不能讓他們灌我酒。」

她推他。「你坐好了！」

「霓裳公主的嫁衣妳瞧著可好看？」

「你安靜些！」

大喜之日，兩人誰都沒注意到，那與燕淳亦視線相交的禮部官員正關注著他們，邊有一搭、沒一搭地和人聊著。

「瀚弟，馬上要年末考評了，據我從吏部打探出來的消息，你們去歲這些人，除去外放的，將被重新安排職務，你可有想去的地方？」

李欽瀚收回落在王玄瑰身上的目光，笑著回道：「目前對工部有些興趣。」

他的同僚們紛紛搖頭。「若你要去工部，以你探花的身分，定能成功入選。」

現如今，誰不知道宣王就等著燕息使團離去，而後入主工部，哪有人會想在這個時候進去？在工部的人還都想往外折騰呢！

李欽瀚不語，見太子與太子妃相攜欲走，趕緊起身拱手。

太子妃冷淡一點頭，算是打過招呼。

待他們離去，他的同僚們疑惑地小聲嘀咕著。

有人指點道：「李欽瀚是太子妃的表兄。」

眾人恍然大悟，有這層關係，李欽瀚去工部便是板上釘釘了。

可實際情況卻不像他們所想，吏部官員們如今愁得頭髮一把一把地掉啊！實在是年末一動，鴻臚寺不少官員都暗戳戳提出，他們也想跟著王玄瑰去工部。

本以為沒有人想去的工部，頓時就成了香餑餑，這讓吏部的人不禁想大問一聲：你們是不是忘了自己之前有多怕宣王？

但不管他們如何提出，吏部都得要根據他們的功績，擇優分配。

鴻臚寺內，許是知道王玄瑰不日就要去工部，大家都帶著傷感辦公，時不時要抬頭看一眼摸貓的王玄瑰。從窗邊走過的時候，也要稍微停下步子，往裡探上那麼一眼。

可三日而已，轉瞬即逝。

不只王玄瑰要走了，柳梨川等人也要走了，他們本就是被吏部尚書扔來鴻臚寺歷練的，自然有更重要的事情要去做。

甚至柳梨川出使一趟後，回來就同夫人商議，向吏部提出了外派。

他們一走，鴻臚寺再進來些新面孔，就都有些不一樣了。事還是那些事，但總歸有些彆扭。

這日，是王玄瑰留在鴻臚寺的最後一日，所有應交接的東西都已經交接完畢，只等下衙，過了休沐日後，他就不會再來了。

鴻臚寺的官員們不約而同地穿上了官袍，平日難能一見的緋袍、經常出現的綠袍，還有遍地的深青色、淺青色官袍，今日出現在了鴻臚寺的每一個角落。

他們像是以往每一次迎王玄瑰來鴻臚寺那般，在他身後魚貫而出，最後停在鴻臚寺的正門前，紛紛拱手。

「王爺……」大家有些沈默，想說「多謝王爺維護鴻臚寺」，想說「這段日子共事，他們又怕又快樂」，想說很多，最後說出口的只有──「下官們，賀王爺高升。」

王玄瑰「嘖」了一聲，睨了他們一眼。「去工部就是高升了？你們也就這點志氣了！」

熟悉的表情、熟悉的語氣，大家紛紛笑了起來。

柳梨川嚷道：「王爺，就算去了工部，也不能忘記我們啊！」

「極是極是！」

「王、王爺，我還和您一起出使了呢，也別忘記我啊！」

「王爺，您放心，不管再來哪國使團，我們都能駕輕就熟地招待！」

蔣少卿眼角的褶子都因這句話而笑得皺起來，他與王玄瑰對視一眼，再次拱手。「謝王爺出使時極力相護。」

「應當的。」王玄瑰回禮。

而後馮少卿、蔣少卿再次拱手，王玄瑰再次回禮。

這一拱一回間，好似道盡了千言萬語。

最後他拱著手久久停留，在他對面所有的鴻臚寺官員們也久久沒有鬆手。

半晌，大家才抬起頭來。

王玄瑰狹長的丹鳳眼沒有瞇起，反而向上挑了一下。這好像是他第一次被人捨不得離去，有一些怪異，但他並不排斥。「本王也祝諸位，步步高升。」
「謝王爺！」
「嗯。」他看著人群中的沈文戈，伸出手，她便從後走到他身邊，將手遞進他手中，與他並排而站。「本王未來的王妃，便要拜託大家照料了。」
蔣少卿等人道：「誰照顧誰還不一定呢！」待日後兩人成婚，說不定他們都要靠沈文戈吹吹耳邊風，讓王爺不要忘記自己還曾在鴻臚寺任職啊！
沈文戈仰著頭看他，只覺得在淺淡的陽光下，就連他鍍了層金芒的睫毛，都那樣吸引人。
她曾在使團出使時見過鴻臚寺官員們如何誇張的需要他，可今日，她站在鴻臚寺的隊伍中，也是第一次感受到他們對王玄瑰的認可。這種認可，比他們接受自己還要讓她興奮與激動，像是多日澆灌、悉心培養的花，終於綻放花瓣，花香襲人。
他牽著她的手，毫不避諱地與她十指緊扣，說道：「本王與七娘婚期已定，在明年十二月二十八日，靜候諸位到來。」
「我等必去！」
最後看了他們一眼，王玄瑰帶著沈文戈上了白銅馬車。

來。

車外景色倏而被白雪覆蓋，倏而又被夏日驕陽烤化，然後街邊的糖炒栗子又被叫賣了起來。

寒冷的冬日，也抵擋不住人們的喜悅，新年將至，陶梁在元日前後放假七日，沒有宵禁，到處都是歡聲笑語。

十二月二十八日這天，崇仁坊各家大門被敞開，迎面遇見鄰居，打聲招呼便問道：「這是去宣王府還是鎮遠侯府？」

「我去鎮遠侯府。」

「我去宣王府。」

「一道，一起走吧！」

路上碰見鴻臚寺的官員們，一問，全是去鎮遠侯府的。

待工部相熟的人一來，目的地乃宣王府是也。

兩方人你走左面，我就走右面，端得是涇渭分明。

夾在中間的官員們……哎呀，甭管哪個府，反正兩府挨著。

這大喜的日子，宣王要迎娶七娘嘍！

桃之夭夭，灼灼其華。

金光穿過天際雲層直射而下，驅散了籠罩在長安城的氤氳霧氣。

此時宣王府已經朱門大敞，喜迎四方賓客。

明明黃昏時分才舉行婚禮，可自宮牆內鐘聲拂曉大地，王玄瑰便再也睡不著了，就是早膳都有些難以下嚥，被安沛兒強押著吃了幾塊糕點墊肚子。

他照舊先去泡了湯池，而後一層又一層將婚服裹上，緋紅為底，黑金鑲邊，金紋從肩膀兩側蜿蜒而下，赫然是一條四爪金龍。一頭黑髮被蔡奴整齊地梳上，又被束以金冠，上面鑲嵌著一枚沾著喜氣的紅瑪瑙，最後同樣的緋紅金紋大氅披上。當真是氣宇軒昂、朗如星月。

蔡奴和安沛兒圍著他團團轉。

一個道：「阿郎別緊張，屆時奴會跟著阿郎的。」可觀之他絮絮叨叨、走來走去，一會兒去外面查看迎親隊伍都到了沒？一會兒又仔細將大氅上的浮毛摘去，也不知是誰緊張。

另一個身上披帛都快滑到地上了也不自知，對他說道：「府中諸事均已安排妥當，皇后娘娘親派的嬤嬤們都到了，幾位皇子、皇子妃正在幫忙招待賓客。」

王玄瑰下意識舔了下唇，輕輕頷首，望著一牆之隔的鎮遠侯府，便聽蔡奴揚聲道——

「阿郎，時辰到了，該走了！」

鞭炮聲噼哩啪啦地響起，緋衣揚起，穩穩落於馬上，他對候在他身邊的蔡奴和安沛兒說：「我去接七娘了。」

兩人齊齊「哎」了一聲，蔡奴立即跟上。

迎親隊伍出門後徑直右拐，可不敢走左面，不然整支隊伍都來不及從宣王府全部出來，就該到鎮遠侯府了。

早早準備好綁著紅繩的銅錢，在蔡奴一聲「扔！」後，悉數仰天四散開來，人們爭先撿拾，還要說上兩、三句吉祥話。

備了兩大筐的銅錢，一邊走、一邊拋，拋了半座城，抵達鎮遠侯府時，將將拋完。

已經得了信兒的鎮遠侯府朱門緊閉，王玄瑰攥住韁繩，心又開始亂跳起來，但這次他知道自己不是生病了，而是巨大的喜悅迎頭砸上，讓他有些不知所措。

他馬上就不再是孤家寡人了，他會徹徹底底擁有娉娉，他會融入進鎮遠侯府，會成為他們一大家子中的一分子。深深吸了一口氣，他擺手，迎親隊伍中頓時走出幾個人。

跟在他身邊迎親的工部官員們，那是舌燦如花，幾乎不費吹灰之力就將大門給叫開了。

大門完全打開之際，王玄瑰也下馬落地，而後，他今日一直繃著的臉變了。

只見門後齊齊跑出一堆孩童們，頭上都紮著小揪揪，綁著紅繩，大的四、五歲，小的搖搖晃晃，看上去僅有兩、三歲的模樣，全手拉著手攔在門口。

再觀之他們身後的家長，六郎搶了五郎的位置，蹲下去同五郎最小的兒子低語，一看就不懷好意。

其餘幾位兄長也是抱胸而立，將王玄瑰從頭髮上打量到腳下。

沈婕瑤更是沒有去陪沈文戈，反而來了前院，斜靠在門框上，說道：「還請王爺進來。」

王玄瑰看著這些小孩子們，背脊都浮上一層冷汗，僵在原地。怪不得大門這麼痛快就敞開了，原來在這兒等他呢！不用說，一看就是沈家幾兄弟的主意。

後面的蔡奴催促道：「阿郎，去啊！」

稚童這種軟乎乎的小人，實在讓王玄瑰不知該如何對付。他抬步上前，剛跨進門檻，幾個小孩子就圍攏上來，將他整個人包圍住，小手象徵性地拍了拍他。

這是婚禮迎親的一個流程，女方家要用棍棒擊打想來求娶女兒的郎君，表達「你休想輕易娶走我家小娘子」的意思。不過多是拿柳枝等軟軟的東西隨便打打，意思意思，哪還能真給打壞了。

是以王玄瑰整個人手腳都不知該如何放了，就這麼被一圈奶呼呼的娃娃們，用根本沒有什麼勁的小手左拍拍、右拍拍，他是進也不是，退也不是。

更甚至，那被六郎囑咐過的小童沈鈞白，直接兩手一張，「啪」地貼在了王玄瑰腿上，仰著頭、眨著大眼睛看他。「抱！」

王玄瑰喉嚨一滾，完全不知道該怎麼辦才好，求助地看向蔡奴。

蔡奴拿出早就準備好的彩包，孩子們客客氣氣接下了，但人卻是沒有讓的。

蔡奴當即望向迎親隊伍。「你們快想想辦法啊！」

來迎親的人表示，自己也是空有一身本領卻無處可施啊！聽聞鎮遠侯文武雙全，今年科舉更是一舉奪魁，而七娘的其餘幾位兄姊也都是軍中好手，因此他們私下裡可是準備了頗久，勢必不墮王爺面子，可誰能想到攔路虎竟然是幾個孩童！他們是能和有的話都說不流利的稚童比詩詞，還是比武藝？

實在沒招了，王玄瑰只好僵著身子蹲下，將小孩子抱了起來。這一抱可好，其餘的孩子們也吵著要抱抱！他額上冷汗都要下來了，再看沈婕瑤幾人，全幸災樂禍地站在一旁看他。

眼見著迎親隊伍直接卡死在門口，終於有人挺身而出了，是工部擅土木繕葺的陳辰，他半蹲下身，解下腰間荷包，在掌心中倒出桂花糖來。

霎時間，所有人看他的眼神都不對了。迎親當日，你荷包裡帶那麼多糖做什麼？

陳辰可沒工夫跟他們解釋，眼見小孩子們眼睛都亮了，他問道：「要吃糖嗎？你們管王爺叫一聲姑父，就能來領一顆糖。」

糖對小孩子的誘惑力，可比他們現在還不知用途的錢高多了。

最先動搖的是三郎家的玥玥，她看看陳辰手裡的糖，又看看沒有阻攔之意的父親，當即仰頭甜甜地喚了王玄瑰一聲。「姑父！」而後邁著小短腿，直奔陳辰手裡的糖而去。

她一開頭，其餘幾家的孩子也紛紛「姑父、姑父」地叫個不停，之後悉數圍上陳辰了。只有還被王玄瑰抱著的最小的鈞白急壞了，對上王玄瑰的眼叫道：「咕咕？」

王玄瑰挑眉，穩穩將他放下，看他搖搖晃晃地扒在了陳辰的膝蓋上。

陳辰撈了他一把，餵給他一塊最小的桂花糖，對王玄瑰道：「王爺快進！」

蔡奴也催促道：「阿郎，我們繼續走吧？」

王玄瑰點頭邁步。

沈婕瑤幾人俐落地讓出一條路來，讓迎親隊伍進去。

除了在門口被孩子們攔了一下，之後的每道關卡，他們是勢如破竹，那被稚童碾壓的心，在這一刻催動著爆發出了全部實力。

「快快，娘子，世子要攔不住了！」

嶺遠是沈文戈院門前的最後一道防線，屋裡的人頓時手忙腳亂起來。

四夫人陳琪雪喊道：「扇子呢？扇子呢？」

手裡就拿著團扇的沈文戈哭笑不得。「在我手裡呢，四嫂。」

「喔喔，好好。」

緊接著，又有人喊道：「快！霞帔、墜子歪了，正一正！」

沈文戈任由她們捯飭自己，心裡一片平和，沒有什麼要出嫁前的緊張，甚至昨晚她也沒有失眠，反而一覺睡到宣王府的鞭炮響。因為，嫁給王玄瑰讓她絲毫不擔憂未來，所以她才能泰然處之。

沈文戈的笑顏看在陸慕凝眼中，也是一種安慰，她偷偷紅了眼角，被三夫人言晨昕發現，輕輕握著她的手。

沈文戈就這樣笑著等來了王玄瑰。

當他出現在院子裡的那一刻，她的心「撲通」地快了起來，顯然她高估了自己。

這一刻，她微微耳鳴，透過窗櫺縫隙看他越走越近，她幾乎聽不見她的嫂嫂們是如何

「為難」他，讓他作詩的。她細細喘著氣，被陸慕凝牽起的那一刻，忍不住瑟縮了一下。
「娉娉，走，母親送妳出嫁。」
眼眶裡迅速凝聚出淚花來，她被母親的手死死攥住，來到門前。
而後團扇掩面，遮擋住她的視線，因而便沒有發現，當門敞開，她出現在王玄瑰面前時，他眼中的驚豔。
嵌著金珠翠玉的團扇，是沈婕瑤特意為她打造的，將她的小臉遮擋了個嚴嚴實實，卻遮不住其他地方。
她頭戴鳳冠，滿頭秀髮被鳳簪、金簪固定，青色嫁衣繡滿金紋，便是連裙襬處都是，可以想像，當她走動間，將會如何的步步生蓮。鳳冠霞帔，貴不可言，再配她不過。
他上前，鄭重地與陸慕凝等人見禮，而後在大家的起鬨聲中，一把將她騰空抱起。
紅唇發出驚呼，又很快隱沒在她口中。她兩隻手都握著團扇，無法攏住他的脖頸，也覺此時當著眾多人的面摟他不雅，只能忍耐著不適。
察覺出她的僵直，他道：「我在。」
她身子緩緩軟了下來，靠在他懷中，感受著他胸膛的震動，說：「我也在。」
他想親親她，只能更加地摟緊她，大步朝鎮遠侯府門外走去。
抵達馬前，他先問了句。「冷不冷？」
她搖搖頭。今日穿著鳳冠霞帔，自然不能再披大氅，僅這走出府的片刻工夫，她的手指已經凍紅了，但為了婚禮，冷也要忍著。

他卻將人抱至馬上，而後沾染著他氣息的大氅被他披到了她的身上！

她不能看他，便只能帶著團扇面向他。

早就洞悉了她的想法，怕她不穿，他低聲道：「在大家面前，穿著我的大氅回府……」話不用說完，只讓她自己去想。

團扇後的臉倏地紅了，她想著，幸好如今有團扇遮著。又察覺出他細心地為她繫著大氅帶子，還伸手攏住她的手。

殊不知，他的手比她還涼，發現這一點後，他抻了抻她的袖子，又將她的手藏進大氅中，只露出被團扇遮住的臉。

看見他這貼心的樣子，無論是陸慕凝、沈舒航、沈婕瑤，還是其餘的兄長、嫂嫂，不禁擦淨眼上淚花，均放了心。

待王玄瑰牽著沈文戈坐的馬，帶著迎親隊伍掉頭而走後，沈婕瑤道：「走吧，我們去宣王府。」一會兒婚禮要在宣王府上舉辦。沒走兩步就被迎了進去，她感嘆道：「這近點兒還是有好處的。」

幾位嫂嫂一同道：「可不是！」

而後六郎問道：「攔車的人都安排好了？」

沈舒航看了一眼自己這個弟弟。

唐婉伸手捂住六郎的嘴，壓低聲音道：「誰敢去攔宣王？」

確實如此，那些鴻臚寺的官員們，剛一做出要攔人的姿態，王玄瑰眼風一掃，頓時就敗下陣來，刷刷地讓開中央的路，自己只能憋憋屈屈地同旁邊看熱鬧的人混在一起，而後齊齊唱著恭賀之詞。

王玄瑰牽著韁繩，仰頭看騎在馬上的沈文戈。不同於往日的乖戾，此時他眉眼溫柔，臉上透出來的幸福喜意是藏也藏不住的。

這讓本來害怕的人們頓時不怕了，一時間追逐著他們接親隊伍的人越發多了起來。

「哎，你怎麼不跟上啊？說是等到了宣王府，還會再發一次喜錢呢！」

被推了下的尚滕塵恍惚回神，嘴上說著抱歉之語，悲戚的眸子落在還披著王玄瑰大氅的沈文戈身上。

他記得她與他成婚那日，也是個冬日，因不喜家中安排自己娶她，所以他步子邁得快又急，也沒有繞路，用最短的距離將人迎進了府。

她穿著一身青色喜袍，露出姣好的身段，那喜袍非常單薄，而他並沒有發現她也會冷這件事，是以如今回想起來，都不知她的手有沒有被凍紅過？

他被人群裹挾跟著往前走，走了半個長安城。聽身旁的人說，稍早接親時，王玄瑰選的是另外半個城。

而此刻，王玄瑰絲毫不顧自己是一雙腳在牽著馬走，執意帶她走完了半座城，似要昭告整座長安城，今日他王玄瑰正式迎娶沈家七娘。

突然，身邊的人群嘰嘰喳喳地叫嚷著——

「你們快看！」

「這是……天啊！」

尚滕塵呼出口氣，睫毛上結了一層冰晶，望著宣王府上的紅綢，視線往下一掃，隨即痛苦地閉上了眸。

馬兒停下，王玄瑰伸手將沈文戈抱了下來，沒穿大氅的他，整個人的懷抱都是寒涼的，可抱與被抱的兩個人，均只覺得心頭火熱。

到了宣王府，終於可以落地，雙腳一踩，輕微的脆聲響起，她舉著團扇，用餘光掃著地面。目光所及，她站立之處滿是牡丹花瓣，有的上面甚至還有水滴，在這寒冷冬日，凝結成冰，看著更加鮮豔。這是？

王玄瑰說道：「我的王妃，當得鮮花鋪路才行！」

是的，從她腳下開始，一直延伸到宣王府青廬拜禮之處，鋪上了層層疊疊、特意從南方運來的牡丹花！仔細嗅著，還能聞到那淡淡花香。

沈文戈啞然亦動容。因要等年末，讓兄姊從西北回來，所以他們的婚禮不能在鮮花盛開的七、八月舉行。她只跟他提過一嘴，說沒花香有些可惜，誰知他竟給了她這麼大的驚喜！

他為她脫下大氅，貼心地擺正霞帔，牽起她的手道：「可不興哭的。」而後又補了一句。「妳若能忍住，晚間讓嬤嬤給妳買酥山吃。」

沈文戈便憋著淚。被他帶著一步一步往裡走的時候，還在想，她不愛哭的，極少在人前哭，可每次大哭、慟哭之時，都是當著他的面。

「一拜天地賜良緣！」

「二拜高堂知恩結！」

「三，夫妻對拜！」

該如何形容這最後一拜的心情呢？如漂泊半世終扎根泥土有了家，如逆流而上的魚兒終回到了自己的出生地，如破繭而出的蝴蝶撲閃著翅膀，終覓到自己最愛的蜜。喜悅與踏實。

緊接著，他們二人被一幫死皮賴臉、非要到喜房看熱鬧的人，瞧他為她唸卻扇詩。

「王爺你行不行啊？我們還想看七娘的容顏呢！」

「就是就是！」

「哎、哎？我自己妹妹看看都不行？」

「別推，我們自己走，自己走……」

而後聲音漸小，王玄瑰將他們全都趕了出去。他的嫂嫂，自然只能他一人看。

明明是一首卻扇詩，偏生讓他唸得纏綿悱惻，他冰涼的手指碰到她的，輕輕壓下了團扇，便成功瞧見了扇後的嬌顏。旖旎如花，嬌豔欲滴。

被他灼熱的視線打量著，讓她忍不住低下頭去，又被他摸住下巴抬了起來。他眸色幽深，在她唇瓣上親吻。「等我。」

還不待她將他今日的身姿看個清楚明白，人就已經風一般地消失在了房內，似是身後有什麼在追趕似的。她疑惑地撇頭望向銅鏡中的自己——美的呀！妝也沒脫！

正是因為太美了，王玄瑰生怕自己忍不住，所以趕緊離開房間，他還要招待前院賓客。

摸著頭上頗有分量的鳳冠，沈文戈想了半晌，放下手去，沒摘。

她自己都不知道，自己坐得筆挺，只一雙眸子打量著這間屋子。一年中，她陸陸續續添置了許多東西，如今這裡不光只有他的，還有她的。眸子一彎，她真嫁給他了。

門外腳步聲響起，沈文戈心中一緊，是王玄瑰回來了。

他沒讓她等太久，沾著一身酒氣，帶起寒風，將紅燭燭光吹得搖曳，端起兩杯酒，遞給她一杯。

她接過，打趣道：「王爺不是說，婚禮上絕不喝酒嗎？」

「嗯……」他眸色一寸寸深下去，裡面像是有一個漩渦，欲要帶著她一起沈淪。「但今日開心，所以貪嘴了幾杯。」在她喝完後，低啞的聲音再次響起。「嫿嫿，陪我多飲幾杯如何？」

酒是番邦送來的葡萄美酒，入口醇滑，甜滋滋的，十分好喝，他又那般帶著點祈求意味地邀她同飲，她自是沒把持住，跟著他飲了一杯又一杯。

她不知她臉上逐漸攀起紅暈，讓人很想親一親，他也未說，這酒啊，後勁極大，甚至他其實根本沒有喝幾杯，全都看她在喝。

當她突然被他騰空抱起，驚得手中杯子都落了地時，人尚且還清醒，緊張地問道：「做、做什麼去？」

他笑道：「自然是先去泡個湯池解乏。」

她在他懷中掙扎。「別，我自己走，萬一被人瞧見怎麼辦？」

他手不鬆，回答得很肯定。「不會被人瞧見的，我讓他們全去前院睡了。」

還殘留他體溫的大氅從頭到腳將她罩住，他不由分說地抱著她往湯池而去。

第三十三章

湯池外的樹依舊高聳，雪團的墊子全部被換成了紅的。

自從訂婚後就時不時過來泡藥浴的沈文戈，自然是對湯池不陌生的，可今日一進去，熱氣迎面那一剎那，她就覺得變了。

屏風不再是之前的山水屏風，而是換成了輕紗為底，半透不透、欲語還休的新屏風。

美人榻還是之前那個，可今日的它，上面鋪了一層紅綢，細細看去，內裡還有軟墊。

湯池中本應該清亮的水，此時蕩著乳白色的波紋，裡面竟是加了去膻的羊奶，上面還漂浮著一層牡丹花瓣，隨注水的水流輕輕蕩呀蕩的。

她被他放在美人榻上坐好，而後他深深地注視著她，半跪了下來。

修長的手指摘下了她的鳳冠、金釵，而後下移，一件件像剝葡萄一樣，剝下外皮，露出內裡香膩如玉的肌膚。

雖以往兩人也有過親密的時刻，可每每都會停在最關鍵的地方。

今日不同了，他不會再停，所以她的呼吸已經亂起來了。

身上只餘肚兜、底褲之時，她伸手截住了他的手。「王爺？」

她的目光落在他至今還穿戴整齊的衣裳上，所以他便站了起來，緋紅的衣袍四散在地。

金冠砸在磚上發出「噹」的響聲，黑髮垂落，白色裡衣凌亂，丹鳳眼、高鼻梁，鴉羽輕貶，眼下小痣正相宜，似妖。

他蹲下身對她輕語。「夫人、王妃、七娘……娉娉。」深情地望著她，似在媚惑她。

而後他像是抱小孩子般，將她抱了起來，兩人一同往湯池而去。

說了要泡湯池，自然不是空言。只是湯池裡濺起的水花，比往日多了些。

「娉娉……」王玄瑰咬著沈文戈的耳垂，將柔軟的耳垂咬得似是充了血般紅。

沈文戈身上再次浮起粉紅，他這人總是這樣，會在情至濃時喚她娉娉。

尤其現在惡劣地將她翻個面，背對著他，趴在池邊。

「娉娉，堅持一下，還沒洗淨。」

澡豆滑過肌膚，池裡的水漫了上來又退下，讓她撐起的手頻頻打滑。

她被折磨得有些惱，回過身去，便有牡丹花瓣送至肌膚上，貼了上來，而他緊隨其後，將那花瓣抓了個正著。

眸子迷離，酒意漸漸上湧，她臉色潮紅，將手揉進他的髮中。

在雙腿終於沒有力氣時，她被放倒在池邊光滑的琉璃壁面上，被涼意激得豎起了汗毛，背後的肚兜繫帶還有些硌著她，所以她掙扎了起來。「長樂……涼……」

他一片片摘下她身上的花瓣，不緊不慢。

她伸腳踹他，暈暈的腦袋好像控制不了四肢，踹了個空。

小巧精緻的腳丫在他面前晃過，熱氣、酒氣讓她越發紅豔起來，他語氣惡劣地說：「著急了嗎？」

「你！唔……」她又再次被拽入水中，與他唇齒相交。

無數牡丹花瓣隨著水波上下沈浮，奶白色的湯池水時而覆蓋住兩人，時而露出兩人。

她已經徹徹底底軟成一團，全靠他支撐方才沒沈進水中。

水裡的倒影支離破碎，王玄瑰已經忍了許久了，他親吻她的眼睫，問她。「娉娉，醉了嗎？」

沈文戈推他，像是小貓撓癢。這種時候，他哪來那麼多的問題？回答他的是她費力撐起身子，迎上的吻。

破水聲響起，她被按捺不住的他抱起放在美人榻上，湯池房中的溫度終究比不得水裡的，她身上起了一層雞皮疙瘩，但很快便被他挑起的灼熱消了下去。

濕淋淋的肚兜此時沒有一點作用，上面的繡花挺立，蕊吐紅珠，根本察覺不到，底褲被揉搓成一團扔在榻下。

他遇門而不入，一直在耳邊喚她，一聲又一聲。「娉娉、娉娉……」

沈文戈睜眼看他，有水珠從他髮梢上墜落，他丹鳳眼瞇得越發狹長，眼尾殷紅一片，糜豔地誘惑她。所以她湊近，將他眼下那顆小痣含裹住了，也喚他。「長樂……」

他身子一顫，撐在榻上的手青筋暴起，喉結滾動，艱難地問：「娉娉，妳……妳是清醒的……還是醉的？」他說出的句子斷斷續續，顯然已經忍到了極致。

可此時的沈文戈已經有點聽不真切他到底在說什麼了，她暈乎乎的，一切只憑本能去做，思想和身體告訴她，她想和他在一起。

她的配合是最好的回答，他動了。

紅綢被她倏地攥緊，攥出團團褶皺，展都展不開，一片暈紅隱沒在其中。

她費勁地呼吸著，只覺他是一尾要躍龍門的魚，躍的是她這個龍門，甩尾用勁要衝破她的束縛。他蕩漾得很快樂，她初時有些痛苦，隨即喝下去的葡萄酒麻痺了她，讓她也跟著歡樂起來。她將落在眼瞼的汗滴眨掉，朦朧的視線相隨，卻不知自己這般又嬌、又軟、又迷茫的樣子有多勾人。

氤氳的霧氣籠罩住兩人，湯池中注入的水流潺潺，讓其一直保持著溫熱。

也不知持續了多久，繪著紅金二色的指甲無力地垂落，又被他撈起，親了又親……

巨大的歡愉過後，沈文戈累得渾身痠軟，又睏又乏，還有些微醉的頭暈。

可王玄瑰才剛剛食髓知味，且精神奕奕，目光灼灼地望著她。

她想伸手捂住他的眼，可卻抬不起胳膊，只能偏過頭去平緩著呼吸。

身上熱度褪去，就開始覺得湯池房中溫度低了，再加上原本墊著的紅綢，皺皺巴巴堆疊在一起，又濕又冷，因此她動了動身子，結果讓他的眸子更暗了。

他的嗓子依舊有些低啞。「冷嗎？」隨即將人擁進懷中。

肌膚相碰的那一剎那，兩人的呼吸聲齊齊重了起來。

沈文戈還處在餘韻中的身體，根本禁不起半點撩撥和碰觸，她只能從嗓子裡擠出聲音。

「別……」可沒能阻止得了他，被他整個人仰面抱了起來。說是抱不如說是強迫她跪在了軟墊上，甚至怕她膝蓋疼，他還又抽了幾個軟墊給她墊上。

她無力地只能扶住他的肩膀，被他從後背處繞過環住。

「長、長樂……」破碎的聲音斷斷續續。

「嗯？」

「放、放開我好不好？」

「嬈嬈、嬈嬈……」王玄瑰的鳳眸微瞇，本就妖豔的臉龐也染上薄紅，他沈溺其中，不放過她一絲一毫。

幾絲柔白乍如煙，她徹底癱軟在他指尖上，眼角流出淚水，被他捲走。

他騰空抱著她重新進入湯池，被溫暖的熱水包圍，她渾身舒展時，卻聽他不懷好意道——

「剛才我給嬈嬈洗了，現在該輪到嬈嬈給我洗了。」

若是還清醒的沈文戈，定是不會順從地聽他的話、接過他的澡豆，可她現在半暈半醒，還十分累，只會軟綿綿地說：「我沒有力氣……」

「嗯？」他拉長了調子，將澡豆和她的手一起握住。「那我幫妳。」

沈文戈靠在池壁上，被他帶著抬起痠軟的手，在湯池水中眸子半闔半張。

他十分不滿她的狀態，澡豆瞬間換了個人擦洗。

「我不……」所有的未盡之言均被他吞入口中，且他偏偏還惡劣地帶著她往湯池中央走，那裡水深，她腳踩到底，只能露出肩膀在水面上。溫暖的水流纏在她身上，漸漸地，她比他還要高了起來，露在水面上的肌膚粉嫩粉嫩的。沒有可以支撐的池壁，她整個人只能靠著他，便在他更加惡劣的時候，趴在他肩膀上，重重地咬了他一口。

他悶哼一聲，似是十分痛苦。「嫂嫂……妳屬雪團的不成？」

她鬆口，肩膀上只有一個深深的牙印，連皮都沒破！她惱了，又騙她！

王玄瑰低笑出聲，震得她不穩，只能更加用力地摟緊他。

湯池中水波不斷，她在其中和那些散發著香甜味道的牡丹花瓣一樣，沈沈浮浮。而後求饒聲、忍耐不住的罵聲和他的哄聲交織在一起，漸漸弱了下去，湯池房中的水不再注入，室內恢復了安靜。

紗簾垂順而下，紅燭即將見底，外面夜幕上星子密密麻麻高掛，有月光透過窗櫺射入喜房內。

床榻之上，紅被之下，半露在外的肩膀感覺到涼意，往裡縮了縮。

而後一隻沈甸甸的胳膊襲來，「啪」地打在了那個肩膀上，將其直接砸進了紅被中。

沈文戈都不知道是什麼時候被王玄瑰抱回喜房中的，她睜著迷茫的眸子醒了過來，在發現自己被王玄瑰的一隻胳膊給砸了之後，酒醒了，覺也醒了。

摸著他的手給扔了回去，有些亂的黑髮隨她坐起披散到脊骨上，她眨眨眼，摟緊了身上的紅被，身上好似到現在還留存著那噬骨折磨的癢意。

微醺的自己比平日裡還要大膽，她簡直不敢回憶他們兩個人是如何孟浪的，有些羞了。

紅被下鼓起一個小包，是她將腿給彎了起來，那裡冰冰涼涼的，顯然被上過藥了。

再觀搭在紅被上的胳膊，紅痕斑駁，還能嗅到上面的藥味。

是誰給她上的藥，不言而喻。

會在洞房前餵她喝酒抵擋痛苦，會在事後給她清理上藥，他的體貼就像是冬日的暖橘，扒開皮後暖汁四溢，讓她忍不住上癮。

她環著自己的胳膊撐在膝蓋上靜靜看他，倏而他翻了個身，手從她背上滑過，砸進她身後軟枕上，順帶將她的長髮給死死壓住了。她深深吸了口氣，所有的感動頃刻間化為烏有。

她是知道他睡姿不好的，出使的時候就知道了，但她從沒想過新婚之夜，會因為這個被他擾醒。

費了半天勁兒才將頭髮給拔出來，想起稍早她百般哀求他，他都不為所動地賴著自己，如今不說將她擁進懷中安撫，還自己睡得死沈，睡覺也不老實！

她團起被子，從他身上翻過去下地，腳一踩地的一瞬間，腿軟得險些摔下去。於是，便更氣了。

一邊攏著被子，一邊摸著東西挪到了衣櫃旁，從裡面拿出裡衣換上，而後慢慢摸索至房中軟榻上躺了下來。背對著他，來個眼不見為淨。

可是翻來覆去睡不著，那裡隱隱作痛，腿也軟、腰也疼，心中的委屈陡然上升，她又翻過身去，看他大剌剌地躺在床榻上熟睡，覺得好氣。

看他沒有被子蓋，又怕將他凍著了，最終還是抱著被子回去了，將紅被砸在他身上，打算自己再去拿一床被褥鋪到軟榻上。

「平日裡總說自己入睡困難，現下怎麼不醒？」她剛嘟囔了一句，扶著床要往外走，纖腰就被他勾住了，整個人砸進了宣軟的紅被中。

他嗓音裡還透著慵懶的睏意。「誰說我沒醒，嗯？」說完，他用下巴蹭她的臉蛋。「妳怎麼醒了？難受嗎？」

他這一問，沈文戈便有氣可撒了，聲音極委屈。「你睡覺的時候打到我了！」

「抱歉，我晚上一個人睡慣了，睡姿不雅，我改。」

沈文戈咬著牙根說：「要是改不掉，你日後就一個人睡書房去！」

「誰去書房？嗯？」問完，他手指從她衣襬處鑽了進去。

她吸了一口氣，按住那隻作亂的手。「你做什麼？」

「自然是與妳過洞房花燭夜。」

「等等！唔，不是才……嗯！」

沾著藥膏的地方，反倒是方便了他，直接帶著她又攀上了座高峰。

紅被翻滾，喜燭燃燒，天際隱隱放曉，新婚夜還未過。

魚鱗狀的白雲漂浮在澄藍的天空之上，金烏散發著暖洋洋的日光，此時已經是一天中最熱的時辰了。

沈文戈從紅被中拱出的時候，便被這刺目的陽光晃了眼。

她倏地清醒，剛要坐起的身體被攔在腰間的長臂收緊阻礙，又跌回軟綿綿的被褥中。

王玄瑰將人往自己懷中攬了攬，帶著剛甦醒的鼻音道：「再睡會兒？」

沈文戈眨眨眼，仰在軟枕上，腦子半天才轉明白，新婚次日，她是不用去請安的，因為陸國太妃遠在皇陵，而進宮去給聖上和皇后娘娘請安又不合規矩。

但王玄瑰想帶著她進宮去，便同她商議好，明日再去，所以她今日可以隨便睡。

自從開始上衙之後，她就沒怎麼睡過懶覺，能睡到現在，真的有種懶洋洋的幸福感，骨頭都要睡酥了。

咕嚕嚕……她肚子叫了。餓了，從昨日辦婚禮，到晚間鬧了一場，直到現在她都沒怎麼吃過東西呢！

聽到她肚子叫，他手臂下移，手掌揉在她肚子上。「餓了？」

「嗯。」昨日的記憶襲擊上她，怕他再做出什麼，她羞紅著臉，將自己的臉蹭上他的脖頸，依戀地在他喉結附近蹭了又蹭。

「餓了，我們起吧。」王玄瑰便率先起身，坐在床榻上緩了半天神，才發現沈文戈還縮在被子中。不是說要起？

沈文戈死死抓住被子，不讓他抽了去。她昨日後換的一身裡衣又不見了蹤影，此時全身上下一件衣裳都沒有，卻沒有黏膩之感，可見又被清理過了，於是就磕磕巴巴地趕他。「你先去穿衣裳，然後我再去。」

丹鳳眼眯了起來，更為狹長，一個坐著、一個躺著，眼神便有些居高臨下的審視之感，目光在被子上只露出的幾個指尖上流連。最終想起昨日她哭著哀求，心軟一瞬，決定放過她，便掀開被子，赤著身子下地。

沈文戈偷偷睜眼瞧他，入目便是修長的身影，當即駭得重新閉上眼。縱使再親密的事情都做過了，但這般大剌剌在她眼前晃悠，她還是……還是不太能接受。又想起昨日的迎合，她羞得將臉埋進枕頭中。

穿衣聲窸窸窣窣，在他扣護臂的時候，突然想起，是不是該她給自己穿衣裳才是？回頭看她，不見臉，只見長髮披散著，也不怕悶著了。他走上前去將人挖出來，待她重獲呼吸後，在她腦門上落下一吻。「好了，起來吧，一會兒我們去鎮遠侯府用膳，正好能趕上午膳。」

沈文戈還有些害怕他會突然抽走被子，聞言眼眸微睜。「嗯？」

他用鼻尖拱她。「嗯什麼嗯？昨日婚宴結束天都黑了，我便沒讓他們收拾，府中一片狼藉，所以去妳家。」她微愣的模樣也太可口，但唇好似有些微腫了，他便不捨得再做什麼，只在她額上親了親，而後出門，給她留出空間。

回家嗎？但今日不是回門的日子啊！而且說什麼一片狼藉，還會有安嬤嬤擺不平的事情嗎？她唇角翹起，再也控制不住，笑了起來。這是怕她剛嫁過來不適應、會想家，所以今日就要回去嗎？捂著臉又吃吃笑了一會兒，心中滿滿都是這回自己沒嫁錯人的感慨。

王玄瑰已經讓倍檸進來幫她穿衣，還為她揉了會兒腰腿。

本給她挑了一身紅色破裙和寬袖，但寬袖太沈，她現在連胳膊都不想抬，所以又改成了短衫。

等她穿著紅色輕裘出門的時候，王玄瑰已經披著大氅在門外等了許久了。

她驚道：「怎麼一直在外站著？」

他轉過來，眼裡只有穿著火紅的她。「等妳。」

眸子剛剛彎起，便見他懷中大氅突然鑽出一顆貓頭，雪團圓潤的脖頸上還繫著紅綢，衝著她「喵喵喵、喵喵、喵嗚」地叫了起來，叫得太快太急，彷彿在訓她，昨日為什麼將牠一直關在屋中？還不是因為人太多，怕嚇著牠，跑丟了。又想起牠慣愛和王玄瑰黏糊，新婚之夜，若是有牠打擾，少不了得置氣。

她伸手摸了摸一直往後躲的貓頭，直到牠彷彿消氣了一般，又蹭回她的手指，她才看向他。「走吧，王爺。」

他矜持地「嗯」了一聲，一隻手穩穩抱住雪團，一隻手伸向她。

她便將摸貓的手放在他手心，兩人溜溜達達地往鎮遠侯府走去。

一路出行，「王爺、王妃」被叫個不停，沈文戈微揚著下巴，因陽光刺眼而微微瞇起眼，便又有了沈家七娘應有的氣勢。

她腰瘦腿軟走不快，他便陪在她身邊與她慢慢走，捏著她的指骨時不時把玩一下。

他懷中雪團許是從沒這樣被抱著走過，一般出府也是直接坐白銅馬車，因此新鮮地在他胳膊上動來動去。

「會不會太重了？」看著都替他沈。

他掂了掂雪團，眸裡滿是寵溺，也不知是對牠的，還是愛屋及烏因她而起。「無妨，就這一小段路。」

路短到他們從側門出，不用走出百米遠，就能到鎮遠侯府。

鎮遠侯府昨日嫁女也是忙忙碌碌了一整天，但他們比宣王府好，至少沒有婚宴，所以自接親走了後，府上便收拾乾淨了。

此時突然聽聞嫁出去的沈文戈回來了，府上的人都驚了，這才新婚第二日啊！怎麼回事？難道是宣王欺負七娘，七娘氣得回娘家了？

沈文戈幾個昨日喝得酩酊大醉的兄長們，紛紛被自家妻子給推了起來，一聽她回來了，當即就醒了，立刻穿上衣裳衝了出去，攔都攔不住！才剛嫁過去，宣王就給嫋嫋氣受？豈有此理！

等他們氣沖沖地拎著刀劍奔過去的時候，就見王玄瑰伸手摘下沈文戈飄到眼上的髮絲，動作親昵自然，還順勢在她鼻尖點了點，周身哪裡有半分之前乖戾狠毒的模樣，一雙眸子定在沈文戈身上就沒移走過，那叫一個深情！這怎麼看，都不像是沈文戈受了欺負跑回來啊！

兩人聽見動靜，一起看向他們，見著他們手裡拎著的刀劍，雙雙挑眉。

王玄瑰意味深長地湊在她耳邊道：「妳兄長好似不太歡迎我，回去之後，是不是應該補償我一二？」

昨日剛荒唐孟浪過，沈文戈自然知道他什麼意思，便瞪了他一眼，替她幾個兄長解釋。「他們都是武將，所以這是在早起練習呢，是不是？」

被她的目光威脅注視著，六郎沈木琛率先反應過來，當場挽了個劍花，接話道：「對，我們打算一會兒切磋一番！不過妹妹、妹婿，你們怎麼來了？」他特意將「妹婿」兩個字咬得極重，重到唐婉在他身後直擰他的軟肉。

有他這樣的嗎？管人家王爺叫妹婿，他怎麼不上天呢？要是宣王不喜，回頭訓斥七娘怎麼辦？

誰知王玄瑰十分喜歡這樣的稱呼，叫他王爺的人很多，叫他妹婿的人可太少了，這至少代表他們接受了他。所以他神情更加慵懶，說道：「府上昨日婚宴，一片狼藉，沒有辦法，只好帶著七娘來蹭飯了。」

蹭、蹭飯？

不說他們幾個聽聞後目光呆滯，得知沈文戈回來後，急匆匆趕過來的陸慕凝和沈婕瑤也愣住了，而後將目光落在兩人一直沒有鬆開的手上面，湧上無限歡喜。

這是王玄瑰疼愛嫂嫂的表現啊，所以才會新婚次日就帶著她回府用膳！

陸慕凝當即喜道：「好、好，正巧府上還沒用膳，你們來的正是時候。」

而後沈婕瑤為自己幾個不省心的弟弟開脫。「你們幾個酒醉未醒，正好在飯前與我切磋一二。」

這便是要揍上他們一頓了。誰讓他們拿著刀劍，一激動就衝過來了，當下也不敢反駁，只能應了。

沈舒航依舊坐在輪椅上，被嶺遠推過來時就已經聽聞這齣鬧劇了，為防止王玄瑰還記掛在心，便試探道：「妹婿可要與他們幾個也練練手？」

鎮遠侯的一聲「妹婿」，重量是不一樣的，沈文戈當即便察覺他握著自己的手緊了，於是輕輕用指腹捻他，同他道：「王爺想去便去吧，我正好與母親說些體己話。」

王玄瑰有些踟躕，就像是一個小孩子面對突然出現在眼前的蜜糖，不敢伸手去拿，只能停在原地。

沈文戈輕輕推他。「去吧，我在母親那兒等你。」

陸慕凝也跟著道：「長樂不用有壓力，隨便操練他們幾個。我看啊，他們在家骨頭都待散了！」

王玄瑰還是頭一次被陸慕凝這麼叫，大腦好像已經不能轉了，就那麼被他們帶去了演武場，就連懷中的雪團是什麼時候被沈文戈給抱走的都不知道。

另一邊，沈文戈已經將雪團放下，任牠如何撒嬌也不將牠抱起來。

牠知道地涼，所以不愛在地面走，但牠也真的是重到她沒力氣抱牠起來了。

許是知道她不會抱牠，牠用最快的速度衝進了屋。若非婢女瞧見牠了，給牠開門，說不定牠要撞到門上。

有王玄瑰親自出手，沈婕瑤也沒心思去教訓弟弟們了，實際上，她對自己妹妹的新婚之夜還比較感興趣！等進了屋，不由分說將雪團按在自己腿上摸，然後她就一副賤兮兮的模樣湊到沈文戈面前。「昨日妳和妹婿……嗯？幾次？怎麼樣，他技巧行不——唔！」

沈文戈紅著臉，捂著沈婕瑤的嘴。「二姊！」

她能攔得住沈婕瑤嗎？自然是不能的，西北大將軍輕輕鬆鬆就將捂著嘴的手給扣在了桌子上，餘光瞧著對她們這裡鬧出的動靜無動於衷，實則是自己不好意思問，正偷聽著的陸慕凝，怪笑一聲，伸手在沈文戈腰間摸了一把，驚得沈文戈險些後仰過去。

「這麼敏感啊？怎麼，他昨日摸妳這裡了？」

沈文戈惱了。「沈婕瑤！」

「哎呀，別氣！」沈婕瑤將自己腿上一直找機會撓她的雪團遞給沈文戈，倏地收手，沒讓雪團撓到。「妳瞅瞅你們主貓兩個，簡直一模一樣！」

沈文戈摟著雪團，警戒地看著沈婕瑤。

沈婕瑤抱著胸，將腿搭在几案上，而後在陸慕凝的瞪視下，默默收回腿，歪歪扭扭地坐著。「沒跟妳開玩笑，這是很重要的事情，魚水之歡不和諧，以後日子怎麼過？我從軍中搜了不少春宮圖，要是他不行，拿給你們學學。」

「姊！」沈文戈險些揪掉雪團的毛，感覺臉都要燙得冒煙了，只能低聲哀求道：「別說了，再說我也不是第一次成親了。」

「喔？」沈婕瑤這一聲拉得無比之長。「那看來你們兩個很和諧。」然後她神色突然鄭重起來。「疼不疼？事後要做好清潔，知道嗎？」

沈文戈拚命點頭，眼神已經不敢看她姊了，極小聲道：「不疼的，上過藥了，也都清洗好了。」

「嗯。」沈婕瑤滿意了，給了她母親一個眼神——目前來說，這對新婚小夫妻感情十分好。

陸慕凝含笑看著兩姊妹打趣，問沈文戈。「妳與長樂可有什麼暫時沒法子解決，需要問母親的事情？」

別說，還真有！沈文戈期期艾艾地道：「王爺他晚間睡覺不老實……」

她話還沒說完，沈婕瑤就「嘖」了好大一聲。「睡覺不老實？嘖嘖嘖！」

「不是，不是那個不老實！姊，妳先聽我說完！」沈文戈乾脆扭過身子去，不看她姊，對母親道：「是王爺睡覺時手臂和腿總是亂飛，時常會砸到我，他並不是有意的，晚間睡著了控制不了自己，我一時不知該怎麼辦。」

陸慕凝咳了一下，回答她，這種夫妻間相處的事，也只能互相磨合，然後找出一個兩人都舒服的方式，而後將準備跑掉的沈婕瑤給叫住。剛才打趣自己妹妹打趣得歡快，怎麼真聽她說，自己又坐不住了？看著沈婕瑤，陸慕凝心下也是一嘆，而後就聽沈文戈低聲嘟囔著「真不行，就讓他睡書房去」。端起茶杯喝了口茶，正好午膳備好了，陸慕凝趕緊道：「好了，瑤兒，妳去演武場喚他們回來用膳。」

王玄瑰來了，自然要一家人熱熱鬧鬧地湊在一起吃飯，這回的熱鬧終於不是遠離他，而是將他包裹在內了，他整個人都是閒適的，便是看沈文戈的幾位兄長拌嘴都覺得有意思。

人間煙火氣，最是撫人心。

但是，沈文戈的心都要操碎了。

連著兩晚都被王玄瑰突然伸過來的胳膊、踹過來的腳給驚醒的她，睏得淚眼模糊，簡直氣得捶被。王爺的床榻比她自己的大兩倍有餘，饒是如此，不管她睡到哪裡，都能被他準確襲擊到。而每每她醒了，打算抱著被子睡軟榻的時候，又會吵醒他，然後被他拖進另一個世界，次日腰瘦腿疼的，快要恨死了。

沈文戈終於忍不住。「嬤嬤，妳去將書房收拾出來，今晚讓王爺睡書房去！」

蔡奴和安沛兒都知道阿郎的這個毛病，兩人對視一眼。

安沛兒安撫道：「娘子放心，奴會在書房也放一張床榻，勢必讓阿郎睡得好。」

沈文戈不習慣兩人改口叫她王妃，太生疏了，便央著二人像以往一樣叫她娘子，兩人哪有不應之理？且全部站在她這邊，一起將王玄瑰趕去了書房。

自知理虧的王玄瑰，只能一步三回頭地望她。

沈文戈扭過頭去不看他，知道自己一看就會心軟。

晚間，獨享一整張床榻，可以睡個安穩覺所帶來的興奮感，很快就因為身旁沒有另一個人的呼吸聲，被窩也沒有人可以暖而逐漸變得低落。

她翻了個身，覺得屋子裡空盪盪的。也不過和他睡了幾晚而已，就這麼離不開他了嗎？然後又想，書房勢必不比臥房，也不知火盆夠不夠？溫不溫暖？

再翻個身，還是睡不著，索性團著被子坐起來了。

外面的安沛兒聽見她的聲音，似是很遲疑，不知該不該喚她。
她揚聲問道：「怎麼了，嬤嬤？」
「娘子，妳要不要去看看阿郎？阿郎又夢魘了。」
沈文戈一驚，又作噩夢了？

蔡奴閃身進了書房，迅速將王玄瑰懷中的雪團抱了起來。「快，阿郎，娘子過來了！奴帶雪團先走！」
「喵嗚……」
王玄瑰以最快的速度躺下，待沈文戈過來時，一把捉住她的手腕，將人帶進了被子中。
「這裡是書房！唔……王玄瑰！」
狹小的床榻容納兩個人，近乎施展不開，王玄瑰猛地一停，在沈文戈以為自己制止的話有用時，就見他丹鳳眼瞇起，眼下小痣開始變得危險起來。
拇指擦過她唇瓣上的水漬，他低啞道：「妳不說，我幾乎忘了，這裡是書房……」後面的話被沈文戈的驚呼聲掩掉，他將她抱起來，寬袖一掃，几案上的書卷被盡數揮落下去。
冰涼的几案讓她忍不住發顫。「你、你做什麼？」
他在她耳畔道：「嫂嫂可還記得鴻臚寺？那次之後，妳還冷落了我一個月。」
沈文戈抓著他的衣襟欲起身，反駁道：「哪有一個月？分明才半個月！」

「那看來是記得。」

她身子一僵，搖頭。「不、不……」

「不什麼？」他傾身堵住了她求饒的嘴，唇齒互相依偎，她很快便無法抵抗。「我們來把那次沒完成的事情做了。」

「不行！」

「本王說行。」

成婚後他幾乎沒用過「本王」二字，此時這番說，讓沈文戈一瞬間回到了鴻臚寺那天，她被堵在書架與牆壁的夾角，整個人又怕又羞。

如今換成書房，鼻尖滿是墨香，她不可控制地顫慄著。

這種地方，在她心中是神聖而不可褻瀆的，可如今她被他焊死在這几案上，羞恥近乎要將她湮滅。

她圈著他，低聲下氣的求饒。「王爺，求你了，別在這兒，我們回去，嘶……」

紙鎮被推至地上，發出「咚」的一聲，無力垂下的指尖沾染了墨汁。

她的嗚咽聲被盡數吞沒，而他的衣襟上被她蹭上了道道黑痕，墨香濃郁。

在她百般請求、答應再也不分床而睡之下，他終於大發慈悲，準備放過她。

然而，待她起身那一剎那，有東西流出，是他的，她羞憤欲死。

他卻眼眸漸深，烏黑的瞳孔不住縮放，理智是什麼，便都沒有了。她像是他領地上圈養的小獸，無論跑至何處，都能被他叼著脖頸凶狠地拽回來。

迷迷糊糊之際，沈文戈心想，以後，再也不把他趕到書房睡了！

自那一日過後，王玄瑰像是探索到了什麼新世界，書房不讓踏入後，他幾乎無師自通般，將臥房和湯池房裡能利用上的地方都用上了。

到最後，沈文戈幾乎是在他懷中哭著道——

「聖上不是欲要建設西北？你們工部要忙起來了，你怎麼還在家裡？你該去上衙了！」

「我……我鴻臚寺還有事情，和你們共同翻譯的婆娑建築用書馬上要收尾了。」

「王爺、長樂……王玄瑰！」

王玄瑰慵懶又漫不經心地勾著指尖。「嗯……不急，我們有九天婚假呢！」

沈文戈眼前頓時一黑。

最後打斷兩人漫長婚假的，是她阿兄和阿姊要回西北了。

此番回去，他們不是自己孤身一人而歸，陸慕凝作為府上的大家長，主動提出讓四嫂和五嫂跟著回西北。之前讓她們留在長安，是為了安聖上的心，如今沈舒航在家養傷，本身就是最好的「人質」，她們也不用委屈著與夫君分隔兩地了。再說，陸慕凝手把手教了她們兩年，足夠她們掌管小家了。

至於六嫂唐婉，她這兩年在長安開了幾家鋪面，便是想走一時也脫不開身，得將鋪子託付給三嫂才行。為何是三嫂？蓋因現在鎮遠侯府的產業都是三郎在打理，給她就相當於交給三郎，尤其三郎與六郎二人還是親兄弟，怎麼也不會吞沒弟弟那點小錢的。

府上的兩位姨娘，陸慕凝也是放的，雖說是姨娘，不能掌家，但她們本身也在西北生活過，有她們看顧，她也能放心。

但陶姨娘心疼三郎斷臂，還在猶豫要不要跟著過去。

三嫂言晨昕主動提出讓她與唐婉一道走，唐婉如今還沒有身孕，就是吃了與六郎相處時日短的虧，若是去了西北，兩人日日見面，懷上孩子是遲早的事。且西北條件艱苦，唐婉身邊又沒個可以幫襯的，陶姨娘過去也能照料一二。

如此，事情便定了下來。為了能在規定的時限內抵達西北，要一路疾行軍，不方便帶著女眷，因此沈婕瑤與四郎、五郎、六郎會先行一步，而後嫂子與孩子們分兩批慢慢過去，正好也能讓兄長們提前在西北做好準備。

這次的送行，傷感雖有，卻沒有以往多了，似是因為他們小家庭終於可以團聚了吧。

可唯獨沈婕瑤，孤伶伶一個人。這個時候，沈文戈真的太能理解母親的感受了。盼她活著，不做要求，又不忍她晚上連個說話的人都沒有，太孤單，也太苦了。

沈婕瑤倒是半分不著急自己的婚事，灑脫地上了馬，突厥馬兒躍起，馬蹄擊打在青石板上，發出噠噠的聲音。

路上，陳辰被同僚拽著貼牆躲避，抬頭只見一小娘子氣勢霸道，穿著幹練瀟灑，騎一馬迎面而來。

兩人目光交會之際，沈婕瑤一臉震驚，饒是她在長安見慣了各色的外邦友人，可這郎君一身又藍又黃的鮮活色，簡直要亮瞎她的眼。

陳辰的雙眸也亮了起來，視線全在她胯下之馬上。馬鬃捆紮成束，呈齒狀雉堞形，身姿矯健，一身朱紅在陽光下透著紫，騁足如白瓷，是名馬紫璇！

也不過一瞬之間，她縱馬而過，身後跟著四郎、五郎、六郎的馬匹，煙塵四起，陳辰揮手散去塵土，久久凝望紫璇不可自拔。任何東西，得不到的都是最好的，紫璇就是任他有錢也摸不到的馬，真是想想都讓人捶胸頓足。

「好了，我的陳大博士，別看了，大將軍都過去了。」

陶梁管專精一行一藝的人叫博士，而在工部，陳辰就是建築方面最有名的博士，因而大家為表尊稱不叫他的官職，都是喚他陳博士。

陳博士含恨看著紫璇消失的地方，神情低落。「哎……」

兩人一同往前走去，同僚勸道：「我看待七娘上衙後，你還是讓她與王爺說一聲吧，明明都是你與七娘合力譯的書，怎麼現在功勞全讓李欽瀚搶了去。」

陳辰毫不在意。「無妨，他願意出頭，且讓他出去。清館今日來了位樂娘，據說彈得一手好琵琶，走走，我們一道去聽曲！」

「哎？你啊，有七娘在，這麼明擺著的人，都不知道和王爺拉近拉近關係。」

「說那些做什麼？我這芝麻大小的官，高攀宣王做甚？聽曲聽曲！」同僚搖搖頭，兩人一道往清館而走。

殊不知，陳辰也在心裡暗暗搖頭。七娘本就不是公私不分的人，怎會幫他吹枕頭風？何況鴻臚寺的人為何要插手工部之事？七娘不為他說話還好，說了王爺萬一誤會他與七娘有點什麼見不得人的關係，他還要不要在工部待了？那才真是得罪了王爺。

若是以往王爺沒來工部時，他也不會考慮這般多，每天上好他的工就是了。奈何自從王爺來了之後，給的實在太多了，他可不想遭王爺厭棄。

如今戶部再也不會卡他們錢財了，諸多建築水利項目得以順利實施；項目完成得好，更是賞賜不斷。最重要的是，王爺還扛事又護短，甭管誰的錯，就是不能欺負他的人。

工部的人已經淪陷了，只要王爺一句話，恨不得為他搖旗吶喊。

以前不知道鴻臚寺的人為何百般不願王爺走，現在他們懂了，甚至還十分喜歡在鴻臚寺的人面前炫耀王爺是他們工部的。看著鴻臚寺的人羨慕的樣子，當天都能多吃一碗飯呢！

琵琶聲聲悅耳，婉轉哀揚，陳辰大方地給了賞銀，看得一旁的同僚羨慕不已。

陳辰閉著眸子，如癡如醉，手中酒杯來回晃動。

李欽瀚喜歡搶功績，就送他功績，可工部不是只會鑽營就能站穩腳跟的地方，沒點本事，爬得越高，只會摔得越慘。

搶他的功勞，也要看能不能拿得穩了。官場之中彎彎繞繞多了去，這位探花郎還嫩呢！

琵琶聲停，他飲盡杯中酒，鼓掌讚道：「好！」

同一時刻，證度寺內，李欽瀚抱著蘇清月，在她側臉上親了一口，而後從袖中掏出一疊圖紙，說道：「表妹，妳拿好。」

蘇清月懶洋洋地起身接過，也不看是什麼，尋來一匣子，將之放入其中。

他盯著匣子問：「我之前給妳的那些，妳都收好了吧？」

她居高臨下地瞥了他一眼，將重新上鎖的匣子砸進他懷中。「若是不放心我，表兄現在就拿走！」

「怎麼會不放心表妹呢？」李欽瀚將匣子撥弄掉，把人拉進懷中。

蘇清月揚著下巴躲過他的嘴，直接問道：「表兄之前不是說已經聯繫上我阿姊了？什麼時候才能將我接出寺廟？」

「快了，就快了，表妹妳再等等。」

她無聲嗤笑一下，推開他，合攏自己的衣領，淡淡地道：「那便等有什麼進展了，表兄再來尋我吧。」

李欽瀚一臉柔情地道：「好。表妹妳放心，我必救妳出苦海，而後八抬大轎迎娶妳。」

「嗯，那我等著表兄。」

將人哄出房門後，蘇清月冷笑一聲。近三年來被關押在寺廟中，與世隔絕，聽說他得了探花，費盡心思給他遞信，卻沒等來他時，她就看明白了。

後來再次聯繫上，也是想讓她幫他藏東西，什麼他根本沒收到傳信，不知道她還活著、他一直傷心欲絕，都是說辭！

聽聞他家中已經開始為他議親了，娶她？滑天下之大稽！

打開匣子，拿出裡面的圖紙。就算她再不懂，也知道上面畫的是弓弩圖形。燭火點亮，她將圖紙引燃一角，看它們在盆中化為灰燼，才尋出乾淨的白紙，疊好放進去。

陶梁長安城工部。

自陳辰踏入那一刻，就好似為平淡的工部潑上了富有生機的彩料。

「陳博士，早啊！」

陳辰從荷包裡掏出一塊桂花糖，邊塞嘴裡邊含糊道：「早……」

「陳博士，什麼時候也來我們水部瞧瞧？」

「去不得、去不得，你們水部楚博士怕是恨不得要將我趕走，我對水利方面可不如他。」

「陳博士，我可聽說了，李欽瀚那不要臉皮的搶你的功勞。你放心，我們都是站在你這邊的！」

陳辰拱手。「多謝多謝，都是同僚，什麼搶不搶的。」

「陳博士，你、你這身衣裳……」迎面而來的是陳辰正四品的老上司——工部侍郎，他一臉無奈地道：「陳博士，你就不能穿點稍微像我們工部官員的、顏色老成穩重的衣裳嗎？」又開始了老生常談，催他換衣之事。

陳辰低頭瞅瞅，他今日著松石綠色的漸變圓領袍，胸口兩袖均繡著雙鹿團花，鹿角與領口翻摺而下的橘紅裡色相同，行走時更為濃郁的橘色，又會不經意間在松石綠的遮擋下露出，色彩相撞，相當好看啊！「不懂欣賞。」

工部侍郎臉上的褶子都皺一起了，他確實不懂，隨即擺手。「罷了，你跟我來。」

進了屋，工部侍郎遞給他兩個夾著羊肉的胡餅，又為他煮茶，親自給他倒上，唉聲嘆氣地看著他狼吞虎嚥，實在是忍不住，問道：「就不能早起些，用個早膳？」

陳辰邊吃邊道：「起不來。」

「你但凡少喝點酒，少去那些清館之地都能起來了！知不知道，因為王爺來了，御史都盯著工部呢，小心讓人彈劾你！」看他一臉無所謂、油鹽不進的樣子，工部侍郎頭都痛了。「我馬上就要致仕了，三個部的郎中都盯著，你這整日一副不著調的樣子，我都沒法子舉薦你。」

「可別！」陳辰連忙喝茶嚥餅。「我沒興趣管四部。」

工部侍郎開始看他不順眼了，其他人都拚命想往上爬，就他不願意，不禁直接往他胸口上插刀。「尚書說想把他孫女介紹給你。」

「噗！」

看他找東西擦几案的模樣，工部侍郎舒坦了。「你也老大不小，三十的人了，至今未娶妻，也不知到底想找個什麼樣的？」

「自己多逍遙！」陳辰將几案收拾妥當後，拱手道：「侍郎行行好，快幫我推卻了！」

「我看你是想要氣死你父親！你當尚書為何有了這心思？還不是看你父親愁得頭髮白了一半！你說你父親那個老古板，怎麼會生出你這麼個兒子！」

陳辰吃下最後一口胡餅。「他哪是為了我愁，他那是身為禮部尚書，因為王爺大婚，整日抓他捋細節才白的頭。再說，他早就對我成不成婚一事不管了。」

工部侍郎再次嘆氣。「也罷，怪我多嘴。」瞧瞧這整日瀟灑的模樣，不知讓多少人羨慕。他用手點著他。「言歸正傳，別當我不知道，你是故意讓李欽瀚搶走功勞的，不然就憑他？我不管你們兩個怎麼鬥，工作上不能出紕漏。聖上有意建設西北，尚書已經將你的名字報上去了，趕緊給我處理好！」

陳辰為他倒水順氣，眉眼一動。「是。」

「你還是得提提氣勢，怎的都讓剛入職沒多久的人踩到頭上了？你是他李欽瀚的上司，還能讓他越過你去？使些手段懲治他都是污了你的手。」

陳辰一個從五品上的工部郎中，就是因為人太沒有架子，整日穿得花裡胡哨，臉又俊俏，根本瞧不出年已三十，看著就像沒脾氣、好欺負一樣，才讓李欽瀚搶了功勞。與鴻臚寺一起譯書，前九十九步都是陳辰費的神，最後一步卻讓李欽瀚拿走了。他但凡硬氣些，那李欽瀚敢伸手摘桃子？

「都知道我是故意的，侍郎氣什麼？注意身體，都六、七十歲的人了。」他保證道：「我一定盡快處理好。」

工部是一個技術性很強的部門，五年輪換，一般有些手藝的人，都是不會被吏部換走的，只有那些受蔭蔽又只會鑽營者，才會被工部主動送去吏部。

在這裡，手藝才是橫著走的資本。

而李欽瀚，一個只會做些詩詞的探花郎，拿一張嘴和他比嗎？

實話說，他有些看不上與鴻臚寺共同翻譯婆娑建築書籍的功勞，之所以主動提出要翻譯，完全是因為他要拓寬自己的建築知識。

但自己不要，和別人主動搶走之後再不要，那就是兩個概念了。

同一時間，李欽瀚準備去鴻臚寺，他似是不經意地問同僚。「陳博士怎麼又被侍郎叫去問話了？」

同僚一抬眼皮子，回道：「估計是催婚吧，侍郎一日不唸，我們都會覺得奇怪。」

「嗯，那麻煩等陳博士出來後，替我跟他告假，我要去鴻臚寺了。」說完，他一掀袍子出了門。

為工部翻譯書籍一事，鴻臚寺的人都不願意幹，便只有沈文戈扛起來了。見來的又是李欽瀚，她也沒說什麼，一副公事公辦的樣子。

因陳辰知識淵博，所以與他一道翻譯書籍時，都是她大概開個頭，他就能自動替換成建築詞彙，一起搭檔費不了她什麼神。甚至有的時候，他還會引經據典，隨手拿張紙為她講解一些建築巧思，因此與他共同翻譯，著實是一件讓人輕鬆愉悅的事情。

可對象換成李欽瀚的時候，沈文戈就知道有得磨了。

她已經下意識喝了無數次茶水，連茅房都去了三次，可今日的進展卻是連一頁樹葉都沒翻譯完。甚至有些詞彙她都清楚，但李欽瀚不懂，她也沒多嘴。

在鴻臚寺中沒有人敢欺負到她頭上，所以她也更能站在旁觀者的角度去看待官場，此時書籍即將翻譯完，卻突然換了人來，這不能不讓人深思。

她也不是個什麼大度的人，還能將功績送到李欽瀚手上，所以，他說什麼就是什麼，他說她便寫。

如此，最後一點尾巴很快就收完了。

第三十四章

李欽瀚覺得工部是王爺管的，沈文戈肯定不會在這事上出問題，就拿上翻譯好的書卷，越過陳辰和工部侍郎，直接交到了工部尚書的手上，當真是一點都沒藏著他想搶功勞的心。

工部尚書誇讚他年少有為，而後拿起最後一卷，看了片刻後，也不捲上，就那樣攤著，直接問：「此書，你可有交給陳博士和侍郎審閱？」

「尚未，想著先拿給尚書一觀。」

「嗯，去把他二人叫來。」

陳辰正帶著人商議著以西北地形應如何修建房屋，因此尚書一叫，眾人紛紛跟隨著去，烏泱泱的人頓時將尚書辦公的房屋擠得滿滿的。

尚書指指卷軸，示意工部侍郎翻翻看。「知道你們忙，但譯書一事是和鴻臚寺共同合作的事情，你們不上心，不是讓鴻臚寺看輕我們嗎？你們瞧瞧，明明前面譯得那樣好，這最後翻譯的是什麼？驢唇不對馬嘴！還有，日後若再有此種事情，不要讓他們直接向我稟告，你們是做什麼的？」

工部侍郎只瞄一眼，就發現裡面錯詞滿篇，看了一眼陳辰後，佯裝生氣地將卷軸扔在他懷中，罵道：「他翻譯完，你為何不核對校閱一下？你自己的人，還要讓我們幫你訓不成？」

陳辰壓根兒不想接李欽瀚的東西，意思意思地伸個手，就任由卷軸落地散開，被他的部下撿起。

凡是看了一眼卷尾內容的人，都在強自憋笑，這翻譯的都是什麼東西！

「噗哧！」不知道是誰沒忍住，笑了出來。

李欽瀚的面色已經變了，盯著那卷軸，似要將其盯出洞來。更讓他無地自容的是，無論是工部尚書還是工部侍郎，對他翻譯出錯一事都沒有直接訓他，他根本就不在兩人眼中，簡直羞憤難堪！

工部尚書擺手。「行了，要訓人回去訓！這最後一卷翻譯得太差，重新找鴻臚寺幫忙翻譯！」

「是。」

眾人魚貫而出，到了外面，控制不住的笑聲此起彼伏響起——

「哎喲，笑死我了！有人想攬功勞，可連最基本的建築詞彙都不懂，反而招了一身腥！」

「可能是眼皮子淺了，不知道我們陳博士在工部的地位。」

「嗯，有理！我們陳博士可是連尚書都要哄著幹活的人，這還是頭一次主動積極要譯書，結果……嘖嘖嘖！」

李欽瀚聽著他們的冷嘲熱諷，渾身如被一盆冷水澆下。平日裡「探花郎、瀚兄、瀚弟」地叫著，可這些話，從沒有人跟他說過！

陳辰今日穿了一大紅配藍底的窄袖圓袍，倒是應景了，真喜慶。

他示意部下將卷軸交給李欽瀚，說道：「既是你攬的活計，那你負責再跟鴻臚寺對接，重新翻譯，什麼時候翻譯好了，什麼時候回來上衙。」就是不知道鴻臚寺會不會幫忙了？重新翻譯，打的也是鴻臚寺的臉啊！屆時，他們就會想：你們工部什麼意思？幫你們忙，還嫌棄我們鴻臚寺翻譯得不好？那不要來啊！

尤其負責對接的人還是七娘，如今的宣王妃！

人家擺明了不給你臉，你上哪兒要臉去？況且對方態度明顯，她是執筆人，最清楚一套書的來龍去脈，但最後一卷，她卻一句都沒提點。可想而知，這不是好差事。

李欽瀚平復著自己的呼吸。「陳博士，我能力有限，這書之前就是陳博士負責的，不如——」他剩下的話，被陳辰打斷了。

陳辰命令道：「我讓你去。」穿著大紅藍袍的人越過李欽瀚走遠，這一刻的他不再是整日看著晃晃悠悠的陳博士，而是工部郎中。而這，是他給探花郎上的官場第一課。接下來，探花郎要做好準備，去上第二課才是！

工部共分四個大部，為工部、屯田、虞部、水部，凡涉及城池修浚、土木繕葺、工匠管理等，均為工部負責，即他這個工部郎中負責。

可除此之外，還有一個經常被人忽略，負責諸司公廨紙筆墨之事的部門，日常消耗、圖紙保存、向上匯報公文等，均出自他們之手。他們雖不負責具體的四部活計，可小到誰家和夫人吵架、升遷之事，大到四部工作進展、用銀消耗，全部瞭若指掌。

陳辰徑直去了那裡。

他一去，整個部門的人都抬起頭來，一個個喜笑顏開，一看就和他關係不錯。有的起身給他裝東西。「陳博士，你上次說的硬紙，我這次給你採買回來了。」一個道：「陳博士，你給我出的法子真好用，我家房頂不漏水了！」另一個屁顛顛地給倒了水。「來，坐下歇息。」然後悄悄說了一句。「王爺又給批了一筆公款，數額巨大。」

陳辰將杯子磕到几案上，示意他知曉了——回頭就哭窮，讓王爺再給點錢！

「咚！」是紙鎮狠狠落於几案上的聲音。

幾個人眼神交會，紛紛掃了一眼和去歲探花郎一起新進工部的同僚，毫不在意，甚至說話還提高了幾個聲調——

「陳博士，你要是想調閱圖紙，那需得要四部郎中與侍郎的共同會簽才成啊！」

「陳博士都是工部老人了，可千萬別為難我們是不是，我們可擔不起圖紙外洩的責任！」

「我們啊，可不像某些隨便的人，得按規矩辦事啊！」陳辰喝著水，聽著他們幾個人陰陽怪氣地將人說走了，不禁笑了出來。「你們啊！」

工部的圖紙統一交由他們掌管，想要看一眼，是需要層層審批的，可具體實施起來頗為麻煩，所以大部分情況下，各部都自己扣著圖紙不交，交也是等所有項目全部完成後才交，而整個工部的項目，一般三年起步，有的十年也不一定能完成。

所以說，這規矩就是個擺設。

大家都是官場人，圖紙拿來拿去是絕不會拿回家去的，也就任由這個舊疾持續下去了，沒有人想出頭整治。

這會兒突然出言說這事，是因為他們發現圖紙被人動過了，甚至還少了兩、三張，並未記錄在案。老人是絕不會動的，那就只有新進的人動了。

他們湊在一起商量，想著找平日裡關係不錯的陳辰出主意，於是便有了今日打草驚蛇、順便諷刺幾句的一幕。

陳辰問道：「可查清楚了？丟的是什麼圖紙？」

大家先是將門窗緊閉，而後才低聲道：「我們這幾日在下衙後，又折回來重新捋了記錄，逐張比對，陳博士，你可要幫幫我們啊！」

「到底是什麼少了？說說。」

「王爺新拿回來的絞車弩，以及作廢的弓弩，甚至還有水部的運河修建圖紙！零零散散，至少有近五套！」

陳辰訝異出聲。「是五套？不是五張？」

「是五套！」

他皺眉，看他們臉上表情依舊不對，便道：「繼續說。」

「我們對了一下近段日子有心人的試探，發現對方分別問了我們一個相同的問題——長安城的建築圖紙在何處？」

長安城的建築圖紙，自然在他這個工部郎中手中。如此恢弘的一座城池，他在進工部的時候就將其借閱出來看了，然後……嗯，就再也沒還回去過。咳，也算是錯有錯著了，不然就要一道丟了。又是武器圖紙，又是水利城池圖紙的，可不像是工部官員的辦事風格。

「行，這事我替你們遮掩，你們盡快暗地裡將各部手裡的圖紙收回來，重新記錄，而後我會向上稟報，說我要借閱圖紙，結果發現圖紙丟了的事。」

他們鬆了一口氣。「多謝陳博士，事後請陳博士喝酒啊！」

「嗯，走了。」

然而陳辰沒有想到，他剛將圖紙丟失的事情報給工部侍郎，就直接被帶到王爺面前了。

「喵嗚……喵喵喵……」雪團賴在王玄瑰懷中喵喵叫。

王玄瑰一手摸著牠的毛，一手搭在膝上，丹鳳眼睨去，陳辰低下頭。「跟本王說實話。」

陳辰道：「臣說的是實話。」

「這麼巧，陳博士，他們補的記錄，墨都是新的。」

「這……臣便不知情了。」

王玄瑰身子前傾，剛要說話，雪團從他身上跳下去，伸了個懶腰，然後踩著貓步蹭到了陳辰腳邊，睜著牠的翡翠綠眸。

「喵！」

「既然如此，本王也不欲追究他們。」王玄瑰先說了一句，而後語不驚人死不休地道：「你懷疑誰？李欽瀚？」

陳辰倒吸一口涼氣，他還沒來得及引出李欽瀚呢！他低頭看向雪團，完全不敢看王玄瑰此時的表情。

作為被沈文戈近段日子頻繁抱怨的對象，王玄瑰可是對李欽瀚這個名字熟得不能再熟了。他本就覺得李欽瀚與鎮遠侯從前的妻子蘇清月有染一事不對勁，蘇清月涉及蘇府、太子妃及鎮遠侯府，怎麼就那麼巧，偏是她呢？李欽瀚就不怕三者共同發難？

而後他就調查了一下這個李欽瀚，結果發現了一個他們隱藏多年、非常有意思的秘密——李欽瀚的親生母親，是燕息人。如今又恰逢工部丟失圖紙，他怎能不多想？

王玄瑰直接站起道：「抓人！」

李欽瀚是無論如何都沒料到，自己竟會敗露了，畢竟工部的圖紙亂七八糟地堆了一堆，誰會閒閒沒事去數一遍？然而這件事就是發生了，他還來不及收尾，就獲知為他取圖紙的人已經被王玄瑰抓進大牢！他當即便聯繫了尚在長安城的燕息細作，然後火急火燎地往證度寺趕，打算拿到放置在蘇清月那邊的圖紙後，就立即逃往燕息！

證度寺是一家專為女出家人開設的寺廟，來來往往的小娘子頗多，往常他來時，都是打著「蘇清月的兄長來看望她」的名義進去的，今日也不例外。

此時的蘇清月正在招待沈嶺遠。

小郎君如今已漸漸有了其父風采，他是來辭別的，身為鎮遠侯府世子，總不能一直養在溫柔鄉的家中，父親命他去軍中歷練，他同意了。

他伸手托杯，恭敬道：「母親，我不渴，我今日來尋母親，是有事與母親言。」

這次辭行，他來尋母親，父親也是默認的。不管他們二人鬧成什麼樣子，她終究是他的母親。只是他心中多少有心結，畢竟那件事，他是親身經歷者。

而對沈嶺遠這個孩子，蘇清月是虧欠的，所以現在也只能殷勤地為他倒水、推糕點。

在做下禍事之前，她從未考慮過嶺遠，至少從她的角度來看，為了一個不愛的郎君生兒育女，她是不願的，所以對嶺遠也沒有那種慈母心腸。雖也後悔過，但更多的是埋怨當時為何沒有人幫她？而如今，她滿腦子都是如何從這寺廟離開。

近三年來，嶺遠每年都會在她生辰時過來，也正是因為有他在，證度寺的尼姑們才不敢欺負她。今年不知為何，來得早些，但想出去的心占據了上風，她問道：「你父親可還好？」

沈嶺遠點頭。「父親一直在調理身體，如今人比之前康健多了。」

「那就好。」她眼眸微微亮起，說道：「嶺遠，母親知錯了，你可能在你父親面前為母親美言幾句？鎮遠侯府也不能沒有侯夫人不是？若沒有我操持，你的婚事又該怎麼辦？每每想到你孤身一人在侯府，母親就心如刀割啊！」

沈嶺遠不似父親眉眼多溫和，只有在上戰場時才會變得鋒銳，許是因年少就經歷了母親與外男有染，父親又「戰死」一事，他被迫成長，因此整個人有一種寶劍收斂不住的鋒芒之感。可如今這一身要割裂別人也刺傷自己的劍氣，在她一副為自己著想的模樣下，也漸漸軟化了下來。「母親，只怕是不能，兒即將前往西北了，不能在此時讓父親煩憂。大夫說了，父親需要靜養。」

不！軍中一別就是兩、三年起跳，那豈不是說，萬一她沒能成功離開寺廟，連為她撐腰的人都沒了？李欽瀚又靠不住，她真的不能再待在寺廟裡了！

蘇清月沒控制住自己，急切地伸手抓住他。「嶺遠！你就幫幫母親吧，母親真的知錯了，讓你父親原諒我吧？」

不是為了他的西北之行擔憂、怕他戰死沙場，而是……想讓他幫忙勸說父親嗎？沈嶺遠看著將自己抓疼的手，有一種本該如此、如此就對了的酸澀之感。

相較於祖母知道他要去西北後為他忙裡忙外，姑母、姑父更是送他一桿長槍，他便也認了，他的母親就是不愛他罷了。

他整個人頹靡下來，他今日到底是來這裡做什麼的呢？想見她擔憂自己嗎？算了吧！

沈嶺遠只覺得喝下去的水都是苦的，他坐不住了，遂道：「母親，時辰不早了，我該走——」

砰！房門被大力撞開，李欽瀚衝了進來。「表妹，快將我給妳的圖紙給我！」

這一聲「表妹」，在沈嶺遠腦中劈下一道驚雷，他猛地起身望去。雖不知和他母親有染的人是誰，但他知道，是與他母親頗親近的表兄！他不住地在驚慌的母親和愣怔的男子之間來回看著。好啊，口口聲聲說自己知錯了的母親、祈求父親原諒的母親，竟還和這個外男有染?!他頓時怒了，失望地看了一眼母親後，攥緊自己的拳頭，邁步就走。

蘇清月這時才反應過來，她撲過去抓住他。「嶺遠，你聽母親解釋！」

「有什麼好解釋的？」沈嶺遠甩開她的手。「別碰我，髒！」說完，他頭也不回地衝了出去。

「髒？」蘇清月看著自己的手，倏而回頭望去，厲聲喝道：「你來做甚？」

李欽瀚這時也反應過來了。「原是表妹妳的兒子啊！那沒關係，他還小，哄哄就好了。表妹，快將我給妳的圖紙交予我。」見她還瞪視著自己，他趕緊哄道：「表妹，我有十萬火急之事，妳速速將圖紙拿來，表兄給妳賠罪可好？今日過後，我就去尋蘇相提親，妳若嫁我，自不必再留在寺廟。」他太清楚蘇清月現在要的是什麼了，果然，見她轉身去尋匣子，他微微放下心來。

蘇清月手裡捧著匣子，摸到上面的小鎖，而後將其一股腦兒地塞進李欽瀚的懷中。「表兄，你可千萬別忘了娶我。」

「放心吧，表妹。」李欽瀚拿到東西，臉部換上放鬆之色。「我必不負妳。」

「希望表兄說到做到……」她突然望向外面，大聲問道：「什麼人？」房門被沈嶺遠推開後就大敞著，此時出現的幾位蒙面人，駭得她向後倒退了幾步，撞進李欽瀚懷中。

只聽那些人急切地道：「東西拿到了嗎？快走，宣王帶著金吾衛正在搜查呢！」

他們是和李欽瀚一夥的？蘇清月身子一僵，手臂已經被李欽瀚箝住了。

「表妹一道走吧，妳不是一直想離開寺廟嗎？」

「你?!」

蒙面人聞言，驚罵。「李欽瀚，帶著個尼姑做甚？別耽誤時間！」

「你不知，這位可是當朝太子妃的親妹妹、蘇相的好女兒、鎮遠侯的前任妻子！你說帶不帶上她？」

「那快走！」

蘇清月扭頭看他，若說以往只知他絕情，如今才汗毛直立，知他危險！

「走！」

李欽瀚大力推她，讓她即使在寺廟中也養尊處優的身體泛起悶疼。

此時，剛進長安城的一輛馬車中，梳著雙髻的婢女翻開車簾向外望去，即便繁華景色入眼，也擋不住她的憂心。「娘子，我們到長安城了。」

車內被稱作娘子的人抬眸，她姿色秀麗、細腰雪膚，此時兩道彎眉輕輕蹙在一起，惹人憐惜。只見她兩手放在胸前，嘴裡喃喃唸叨道：「佛祖保佑，本次大選，我一定要落選呀！」說完，她又道：「找個人問問，離這兒最近的寺廟是哪家呀？我要去拜拜。」

「這行得通嗎，娘子？臨時抱佛腳，神佛會聽妳的嗎？」

姜姝睜開眸子，美目一瞪，便叫小婢女的身子酥了一半，敗下陣來。「好好，我去問。」小婢女很快就回來了。「問到了，是證度寺。」

「好，那先去證度寺嘍！而後我們打探一下長安城裡所有的寺廟、道觀，這段日子，便全都拜一遍啦！」

佛道一起拜，可以嗎？

姜姝看小婢女滿臉都寫著這句話，渾身繃著的力氣瞬間散了，雙手托腮，撇著嘴道：「那怎麼辦喔？誰叫父親能力不行，堂堂一個江南黜陟使還能叫花鳥使拿捏了。」

「娘子！可不敢亂說花鳥使壞話。」小婢女急著去捂姜姝的嘴，而後同她一起幽幽嘆氣。「唉……」

花鳥使是散落在民間，專為皇家搜尋貌美女子的人，一旦被他們惦記上、登記在冊的人，是不許婚配的，只能等待選秀結束，落選後方才能回家重新婚配。

若是選上了，那就是飛上枝頭做鳳凰。

就連姜姝的父親江南黜陟使也沒法子替她擺平的原因就是，他都不知道是哪個花鳥使將女兒的名字報上去的！且他懷疑，江南一帶的花鳥使都報了女兒的名字！知道無法運作，他只得早早打發女兒去長安。

本次選秀，名義上是為聖上後宮充人，實則是為皇子們選側妃、為宗室們選正妻。他擔憂姜姝會被點為太子側妃，雖希望不大，但以防萬一，因此想著早點去長安，多多出席宴會，就算不能落選，要是能提前被某位侯爺、世子看上當正妻也不錯。

馬車晃晃悠悠，很快便到了證度寺，果然是離城門最近的寺廟。

姜姝下了馬車，頭上戴著冪籬，遮掩相貌，結果反倒在一眾或牽馬、或三五結伴的小娘子中，成了最特別的一個。

若有似無的目光落在身上，她早就習慣了，帶著小婢女一路往裡進，遇見佛像就進去拜一拜。「好啦，還有最後一個。」兩人進去，她跪在蒲團上閉上眼，真心祈禱本次選秀落選，而後便聽見此起彼伏的尖叫聲。

小婢女驚呼道：「這是怎麼啦？」

外面倉皇的小娘子們亂作一團，姜姝連身子都沒站起來，見勢不妙就立即拉著自己的婢女鑽進了佛臺下。

不光她們想到了此處，佛殿內的人見狀也紛紛跟著擠了進去，頓時將佛臺下擠得滿滿當當。

姜姝抓著小婢女的手，緊張得雙手都在抖，她悄悄掀開佛簾向外看，只瞧見一個十歲左右的孩童，正逆著人群往寺廟深處走去，邊走還邊同外面的小娘子、夫人們說著什麼，好像是在問對方，有沒有見過自己的家人。

家中本就有一個與其年紀相仿的弟弟，五歲時險些走丟，因此姜姝想也未想，提著裙襬就鑽了出去，小婢女在她身後追著。

姜姝一把拉住小孩子的手腕。「做甚去呀？這麼亂，小孩子不能亂跑的呀！可是尋不到你家人啦？」

沈嶺遠想要出招的手，被她這一句句關心的問詢給逼停了。

姜姝回頭，瞧見她剛才出來的那個佛殿讓人從裡面給關上了，頓時氣得跺了跺腳，又安慰說：「不怕的呀，阿姊幫你找人，你先跟阿姊躲起來。」

沈嶺遠聽明白了。「不是，妳……阿、阿姊誤會了。」

稍早在看破母親與外男還有關係時，他怒氣沖沖地走到了寺廟門口，結果聽到有夫人在談論，說今日街上多了許多金吾衛在搜查。

金吾衛出動，長安城的百姓們已習以為常，更遑論這次跟在王玄瑰身邊抓人的是左將軍，他手裡那兩個流星錘，就足以讓有意見的人也不敢說了，所以她們只著重說著不知誰又犯事，讓金吾衛都出動了。

沈嶺遠腳步一頓，想到李欽瀚那著急的神色，還有他嘴裡說的圖紙，覺得不對，便反身往裡進，果真看見寺廟裡突然冒出許多臉上蒙著面巾的人。

大家亂作一團，他這一路走過來，是在幫忙疏散人群。

姜姝遙遙看見前方出現了許多陌生人的背影，也顧不得聽他解釋，抓著他就往寺廟假山後面躲去。假山不高，三個人要齊齊蹲在地上方才可以。

沈嶺遠掙脫開她的手，說道：「阿姊真誤會了，我得出去幫忙。」

「小孩子逞啥能！」她壓低聲音，伸手指指外面的人。「都帶著刀的呀！」

沈嶺遠重新被她抓住，有一種「一百張嘴都說不明白」的感覺，只能道：「我母親還在裡面，我得過去。」

「啊？」姜姝蹙眉。「但你自己一個人能做啥？雙拳都難敵四手呢！這樣，我們出去找人，興許你母親躲好了。」

他悄悄探頭，便瞧見李欽瀚箝著蘇清月往寺廟後山而去。「不，我母親在他們手裡，放開我！」

要起身的動作被她牢牢按住衣襬止住了，趕在他生氣前，姜姝道：「都說了，小孩子不要湊熱鬧呀！」說完，她問他。「你可知長安城誰負責治安？要去找長安府尹嗎？」

沈嶺遠攥了半天拳頭，也知道自己出去無濟於事，強自冷靜下來才道：「找金吾衛。」

「好啦！知道啦！」姜姝將他整個人按住，然後在他頭上快速摸了一把。「小孩子不要操心那麼多的嘛！」

他被摸得一愣，而後見她不由分說拉過自己的婢女。

「妳在此照顧他，我去尋金吾衛。」

小婢女一把抱住她，動作之劇烈，將她頭上的冪籬直接打落在地。「不行，娘子！要去也帶上我一起去！」

「噓！有聲音。」沈嶺遠快速蹲下，示意兩人不要出聲。

一隊腰間佩刀、一身護衛打扮的人，擁著一輛馬車，正快速地向他們這裡奔來。

三人悄悄探頭，而後在她們兩人的驚愕注視下，沈嶺遠突地站起，猛地喊道：「父親！他們往後山去了，還挾持了我母親！」

馬車的車簾被掀開，本應沈穩儒雅的沈舒航，此時周身遍布寒霜。

那雙冷漠的眸子掃過姜姝，駭得她倏地蹲下，將自己藏在假山石後。

她和小婢女擠挨在一起，小婢女拽了拽她的衣袖，示意她看看管領頭之人喊父親的男孩，用眼神說道：強的呀，多管閒事了哎！

姜姝撇撇嘴。

沈舒航在看清自家兒子沒有貿然進山，反而在此躲藏，神色終於緩和了下來。嶺遠來證度寺一向不喜帶鎮遠侯府的護衛，但他放心不下蘇清月，擔憂兒子安全，又不願因此和嶺遠生出嫌隙，所以每每嶺遠來此，他都會帶人候在遠處，因而證度寺發生問題，他第一時間就派人去通知王玄瑰，自己則帶護衛進寺救人，幸而趕上了。

不過片刻的工夫，馬車停在假山前，沈舒航道：「上車。」

沈嶺遠往前走了一步，而後退回來，問向有一顆善心的兩人。「阿、阿姊，妳們跟上我吧？」也不知還會不會有人突然冒出來，她們兩個弱女子在這裡著實危險，不如和他們一起進山安全。尤其是，他雖小，但還是能分辨出美醜的，面前一直抓著他不放的阿姊，是個美人呢，待在這兒萬一碰見壞人，危矣。

猶豫片刻後，姜姝點點頭，跟著一起上了馬車。整間寺廟，能跑的人全跑了，不能跑的人也像她出來的那間佛殿一樣，從裡面被鎖上了，她們這個時候出寺廟，確實危險性太大。

在這種情況下，最明智的選擇就是跟上他們，反正她也不是孤身一人，還有婢女和小郎君呢！

一路往後山裡面跑的李欽瀚，因為拖著蘇清月，速度委實快不起來。

燕息細作們氣得罵了出來，而後道：「將圖紙給我們，我們帶出去。」

李欽瀚躲過他們要來搶的手，冷冷笑道：「圖紙是我拿到的，自然要我自己獻給三皇子，怎麼，還想搶我功勞不成？」

確實暗藏了這種心思的細作們罵道：「都什麼時候了，你還說這種話？你拖著個尼姑，太慢了，只怕跑不出長安城！」

「你也可以和我換身衣裳，替我拖慢金吾衛的步伐啊！你們的任務，就是將我連同圖紙護送至燕息！」

有人喝止道：「別吵了，趕緊走！」

聽到「燕息」兩個字，蘇清月頓時掙扎了起來。她身上被樹枝刮出了許多傷痕，一張嘴也被堵了個嚴實。

李欽瀚見狀，重重搧了她一個巴掌，迎著她不敢置信的目光說：「表妹，老實點！」

曾經歡好過的郎君，如今面目全非。她為了他，被墮胎、被休棄、被趕出家門，甚至連姓名都失去了，如今得到的卻只有挾持、毆打、算計！他就連讓她誤以為是他生性涼薄、自己遇人不淑的機會都不給她，他這是完完全全沒付出半點真心啊！

蘇清月心中的憤怒已經達到了最高點。

可她也只是一個弱女子，她能怎麼辦？這時，她聽見身旁之人罵道——

「有人在追我們！金吾衛怎麼可能搜查得那麼快？」

一個愣神，她腳下一絆，直直往地上摔去！

李欽瀚忍無可忍地將她抓了起來。「怎麼？沒長眼睛嗎？」

她被拖著，磕磕絆絆地往前走，在看見被她壓出痕跡的低矮灌木時，突地就想到剛剛成親時，沈舒航與她也有過一段琴瑟和鳴的日子。他那時與她講過，野外追人時，會利用樹枝、草葉倒伏的走向來指路，於是便每一步都重重地踩下去，能多掃點草就多掃點。

「侯爺，這裡有腳印，還有一些踩斷的枯枝。」

寺廟後山與其說是後山，不如說是山丘，上面樹木稀疏，又有尼姑們走出的路，馬車能直接駛入。

沈舒航看了護衛手裡捧著的斷枝，下令道：「追。」

姜姝和小婢女兩個人窩在馬車角落，妳握著我、我攥著妳。哎呀，是侯爺，大人物啊！

兩人時不時悄悄抬眼掃一下男人，再掃一下孩子，長安城的侯爺和世子，是不是也太年輕了些？哎呀，多事了、多事了，真多事了！看完的兩人趕緊低下頭。

剛才冪籬落地沾了泥土，不能戴了，所以姜姝上了馬車之後便渾身都有些不自在，總想將臉給藏起來。

因此，察覺到注視的沈舒航用餘光瞥向她們時，就只看見一對低著頭的主僕倆，便也沒再多加關注。

馬車劇烈顛簸，顛得人骨頭都要散架了，而後姜姝便聽外面的人喊道——

「侯爺，發現他們了，就在前面！」

沈嶺遠急切地喊道：「父親！」

「稍安勿躁。」沈舒航說著，直接打開車廂暗格，一柄戴著紅纓穗子的長槍，靜靜躺在其中，是王玄瑰與沈文戈送給沈嶺遠去西北的長槍。送時槍頭並未開刃，可此時槍頭鋒芒畢露，只看一眼，就似是能割裂人的眼珠，是沈舒航親自磨的刃。此時他道：「拿著去吧。」

他說得輕輕鬆鬆，好似在跟孩子說「你去吃飯吧」，而不是要孩子提槍去面對賊人！姜姝倏地睜圓了眸子，但當著人家父親的面，也不敢質疑什麼，就只能見孩子一把拿起比他還高的長槍，一躍地蹦下了馬車。

她瞧了瞧還穩穩端坐在原位的侯爺，擔憂之心占據上風，沒忍住，和小婢女兩個人蹭到他對面，然後掀開車窗上的簾子，往外看去。只見孩子已經加入了戰局，長槍鋒銳，勢不可擋，和護衛們配合之下竟也揮得虎虎生風。戰況激烈，兩人時不時發出一些低聲驚呼。

姜姝這時才意識到，剛才攔人的自己是多麼自不量力，十個她都打不過一個小孩子啊！就是感覺他有那麼一點點的沒經驗，有的時候長槍會扎不到人，結果露出自己的身體，險些被砍到。

就在他身邊護衛不能及時過去援助，眼見要受傷之際，「嗖」的一聲，那賊子喉間噴出鮮血，濺了沈嶺遠一身，而後倏地倒地氣絕。

這一切都發生得太快了，姜姝和小婢女一起愣愣回身，正巧瞧見侯爺寬袖之下、綁在手腕上的袖箭空了，此時他正慢條斯理地上箭。

「嗝！」姜姝兩隻手捂住嘴，眼裡盛滿了「我怎麼打嗝了」的驚恐，小婢女不住地為她拍著背，結果越驚慌，嗝聲越密集。

這一幕落在沈舒航眼中，卻是自己嚇到了人，還直接將人給嚇得打起了嗝。

一向被稱作儒將、此時也沒上馬殺敵，就只是放了個箭的沈舒航，此刻也赧然。他默默加快了上箭的速度，而後對上她那嗝得眼中都帶著淚光的眸子，頓了頓，說道：「還請兩位在馬車中稍作休息。」

姜姝也覺得此時嗝來嗝去的，實在太不雅觀，就默默轉過了身子，和小婢女一起憂傷地望著外面的樹。「嗝！」太丟人了！為什麼會在這個時候突然嗝起來？

轉過去的兩人，誰都沒有看見，沈舒航下了馬車後，坐上護衛從馬車壁上拿下的輪椅。此處地面上全是枯枝爛葉，縱使沈舒航現在可以走出幾步，但這種地面的難度太大，他索性放棄，依舊坐著輪椅。

她們只能透過小小的馬車窗口，瞧見被護衛推著走過去的侯爺。

嗯？侯爺不良於行？他竟是個瘸子！

然後兩人齊齊看見有人舉著砍刀劈下，他輕輕鬆鬆抽出護衛腰間配刀阻攔，另一隻手的袖箭順勢射出！這也行？長安果然能人輩出，恐怖如斯！

小婢女握住姜姝的手，瑟瑟發抖。「娘子，我們還是回家呀！」真的，長安太可怕了！

姜姝重重點頭。「嗝，回呀！」

李欽瀚撿起不知是哪個死去的燕息細作扔下的砍刀，置於蘇清月脖頸。「鎮遠侯，你看看我手裡的這是誰？讓他們都住手，不然我就砍斷她的脖子！」

脖頸處被砍刀傷到的地方，疼痛感直往腦仁裡鑽！李欽瀚沒有憐香惜玉，蘇清月與他歡好多年，他都沒有半點情誼！

沈舒航十分平靜地問：「你要什麼？」

只此一句，讓哭得滿臉淚水、慌成篩子的蘇清月，一顆心陡然落了地。這種安穩感，讓她悔不當初。

李欽瀚更加用力地挾制蘇清月，步步後退，喊道：「馬給我，你們退出去！不然我弄死她！」

蘇清月哀戚地看著沈舒航。

沈舒航下令道：「把馬卸下來給他們。」而後他側頭對站在自己身後的兒子說：「去幫她們一下。」說著自然地伸出了手，接過沈嶺遠手中的長槍。

馬車上的姜姝與小婢女見狀，俐落地下車。

其實自有護衛來卸車，根本不用沈嶺遠幫忙。

見孩子神情低落，姜姝寬慰道：「沒事的呀，你父親都來了，肯定能救出你母親的！」

「嗯。」

兩人說話間，已經有護衛將馬趕去了李欽瀚手邊。

李欽瀚看了一眼旁邊的蒙面細作，沒將僅剩的七、八人放在眼裡，打算自己先挾持蘇清月跑掉再說，便道：「你們助我逃出去，不然誰都得交代在這裡！」

幾個燕息細作互相看了看，若非這次李欽瀚說有極其重要的東西要交給三皇子，他們絕不會暴露自己。如今被鎮遠侯包圍，大勢已去，也只能護著李欽瀚逃走，便道：「你若出去了，可莫要忘記我們。」

「自然。」說完，李欽瀚盯著馬匹，喝道：「讓你們的人往後退！」

「退。」沈舒航嘴上下著命令，可另一隻空閒的手卻做了幾個動作。

在送馬的護衛向後退到第五步時，李欽瀚才翻身上馬，手中砍刀不鬆，依舊牢牢地抵在蘇清月脖頸，對他們十分警戒。

其餘細作欲要從他手中接走蘇清月，重新控制起來時，沈舒航手中長槍突地脫手而出！

李欽瀚眸子睜大，下意識偏身躲避，那桿長槍氣勢洶洶地貫到後面樹上，然而它只是個幌子，一點寒光從沈舒航的寬袖射出，直直插入李欽瀚握住砍刀的手！

「啊啊啊！」手背被刺穿，李欽瀚疼得忍不住大叫起來。

砍刀落地，蘇清月重獲自由，也就這一瞬，所有護衛已經齊齊衝了上去，救人的、圍堵的、將李欽瀚拉下馬的。

李欽瀚不過一介書生，哪裡是鎮遠侯府護衛的對手？

二十名從刀山血海中闖出來的護衛，不用再顧忌蘇清月的安全，動作極快，且呈包圍之勢，片刻後就將人全部制住了。

沈舒航道：「卸了他們的下巴，別讓他們自盡。」

蘇清月被人保護著，摘下塞口的汗巾，跌跌撞撞地跑到沈舒航身邊，腿沒有任何力氣地軟了下去。

這一切快得簡直讓人反應不過來，姜姝只見著刀光閃爍、幾聲慘叫，然後對方就落敗了？哇，好厲害喔！她高興地對孩子道：「你母親救出來了呀，你快去看看！」

沈嶺遠看著那趴在父親膝頭哭泣的女人，微微側了頭，眸子微紅，裡面有水光打轉，但身體並沒有動。

小婢女拽了下姜姝的袖子，示意她別說話，感覺有點兒不太對勁啊！

姜姝也察覺到了，這侯爺和世子怎麼對剛救出來的女人視若無睹？

蘇清月這回是真心哭的，生死一瞬間，胸腔裡滿滿都是悔意，她哭道：「夫君，多謝、多謝夫君將我救出來……」

她碰觸到自己的那一刻，沈舒航眉心緊皺，招手讓護衛將她拉開。

「不！」她死死抱住沈舒航的腿。「夫君，我知錯了，真的知錯了！你原諒我吧，我們回到過去好不好？」

「妳這是做甚？先起來包紮傷口。」

聽到沈舒航還關心自己，蘇清月的淚水流得越發洶湧。她為何……她怎會被李欽瀚那個披著人皮的玩意兒哄騙至此？「夫君，我真的知錯了，真的知錯了！讓我回去吧？日後我會待在家中相夫教子——」

沈舒航打斷她的話。「蘇清月，我沒怪過妳。」在她亮起的眸子中，他繼續道：「那事發生前，也確實怪我對妳愛護不夠，扔妳一人留在長安，不能時刻陪伴妳，一走便是兩、三年，將家中所有重擔託付給妳，讓妳獨守空閨。因是出在我身上，所以我從沒怨過妳。」是以，也從不阻攔沈嶺遠過來看望母親。

「夫君！」蘇清月聽他這樣說，更是悔恨了。「不，夫君，都是我的錯！那我們回到以前好不好？」

看著她期待的眸子，沈舒航沈默了。

而在後面聽著蘇清月訴衷腸的李欽瀚，即使疼得滿頭大汗，也不忘嗤笑冷哼兩聲，說道：「侯爺，你這位夫人，在床笫之間可是十分放浪形骸啊！」

是啊，還有李欽瀚呢，他怎麼會挾持蘇清月跑到這裡呢？顯然她與他就沒斷過，這便顯得她的悔話不那麼真誠了。

蘇清月急道：「不不！夫君，我真的與他斷了，只是想利用他逃出寺廟而已！夫君，求你，我們回到過去吧，將這些事情都忘了好不好？」

沈舒航只是再次揮手，讓護衛將蘇清月拉開，而後慢條斯理地整理被她弄亂的衣襬。

「蘇清月，我們之間已經結束了，便忘了這些吧。」說完，他吩咐護衛們為蘇清月包紮，又讓他們將那些細作捆綁起來。「將人看好，回頭給長樂送去。」

見他如此冷漠，完全不似以前對自己百依百順的樣子，蘇清月的眸子都充起血來，而後她突然注意到，自己兒子身邊的小娘子。那是一個比自己還要年輕貌美的小娘子，芙蓉如面柳如眉、身姿婀娜、膚若凝脂，眼一勾一眨就能酥到人心裡去。她穿著自己現在再也穿不了的鵝黃色襦裙，猶如含苞待放的花朵，亭亭玉立。

姜姝和小婢女本看得津津有味，時不時還互相握一下手。

哎呀，侯夫人紅杏出牆了！造成這場騷亂的人竟然就是她的姘頭！那這算不算侯爺直接撞破通姦現場，憤而出手？這是她們可以現場圍觀的事情嗎？她們要不要避一避？隨即兩人吃吃一笑，避什麼避？這麼多人在呢，接著看呀！

然後，姜姝突然就發現侯夫人將目光仇視地盯在了她身上，她摸了摸臉，哎呀，看得太起勁，忘記自己沒戴冪籬了。和小婢女幽怨地對視一眼，完了，接下來肯定就是侯夫人指著她，聲嘶力竭地怨她搶走了夫君。

「你有新歡了是不是？就是她嗎？她是什麼出身？比得上我嗎？」蘇清月邊哭邊吼。

姜姝撇撇嘴，果然是這樣。然後就是她夫君滿頭大汗的解釋，一個喊「你就是、你就是」，一個說「我沒有、我沒有」，合著只有她姜姝裡外不是人？天知道，她只是無辜路過而已啊！長得好看又不是她的錯，控制不了自家夫君眼睛黏在她身上，跟她又有什麼關係？

姜姝輕輕嘆口氣，等待著接下來的一幕。

然而，沈舒航只是倏地沈下臉，說道：「蘇清月，妳逾越了。」

蘇清月看他維護，更是氣得要喪失理智了。「我、我逾越？我問問都不行？」

他冷冷道：「與妳何干？」

四個字，彷彿擊中了蘇清月的四肢，將她定在原地。是啊，跟她有什麼關係？她都被休了，甚至在蘇家都沒有她的名字了！

見蘇清月還想再說什麼，沈嶺遠受不住了，上前擋在兩個阿姊前面。他還沒有漂亮阿姊高，才剛剛到她下巴呢，卻堅定地道：「母親慎言。寺廟發生騷亂，這兩位阿姊救了我。」而後他又補了一句，算是替他父親解釋。「今日剛相識。」

對啊，他們互相都沒有通報姓名呢！姜姝輕輕眨了一下眼，長長的睫毛彷彿帶起一股柔和的風，吹得她整個人都舒坦下來了。說什麼救呀的，分明是她們自己多事了。

沈舒航看向她，點頭道：「抱歉。」

姜姝搖了兩下頭，唔，被維護了，讓她有一點點開心呢！

這一齣鬧劇，草草收場。

被摁在地上的李欽瀚親眼見證這一幕，腦子急轉，縱然依舊痛得面色慘白，可整個人卻放鬆了下來，有恃無恐地道：「鎮遠侯，你打傷當朝官員，便等著被彈劾吧！你應該不想被人知道，自己的夫人和我有染吧？放了我，我就大人大量不計較你打傷我這件事，不然……

我讓你身敗名裂！」

沈舒航推著輪椅走到他身邊，向下俯視。「喔？」

李欽瀚在賭，賭沈舒航根本不知道圖紙的事情。「不過是捉個姦，鎮遠侯也鬧出來太大動靜了。」說完，視線越過他，強撐著看向蘇清月，語帶威脅道：「妳說是不是啊，表妹？」

蘇清月身子一抖，想起剛剛他挾持自己時的凶狠，有些後怕地摸了摸脖頸，就見他碰了碰懷中裝圖紙的匣子，她頓時皺眉噤聲。

「趕緊放了我們！」李欽瀚直勾勾地盯視著沈舒航，只要糊弄住他，在金吾衛趕來前跑走，他們還有機會。

沈舒航只給了他一個帶著蔑視、懷疑及無語的眼神，而後喚沈嶺遠過來，囑咐道：「你帶兩位小娘子先出去，負責將她們安頓好，為父要在此等你姑父過來。」

「是，父親！」

沈嶺遠最後看了一眼蘇清月後，扭過頭，走到兩人面前。「阿姊，我帶妳們離開這兒，之後會有金吾衛過來接手。」

姜姝看小孩子一副要哭不哭的表情，當即也顧不得看熱鬧了。「好的呀！」她與小婢女一步三回頭地向後看，心裡像是有隻小貓在撓，她太好奇後續了，侯爺到底會不會原諒他的夫人？

馬車被重新套上，三人坐上，往寺外而去，迎面感到大地震動，身穿明光甲的金吾衛們騎馬奔來了！

沈嶺遠掀開車簾，喊道：「姑父！人在後山，已經被我父親捉住了！」

王玄瑰一馬當先，手中鐵鞭森然，一雙戾眸掃過嶺遠，點了點頭，帶著人進了後山。

姜姝跟著向外看去，小孩子之前說金吾衛會接手，他父親要等姑父，所以他姑父應也是個金吾衛吧？目光所及，穿著明光甲又跑在前面的，只有一個雙手拿流星錘的人。嗯……好生魁梧，看來這是一家子武將啊！

等被孩子問到居住的地方，姜姝正要客氣地回絕他的執意相送時，突然想到，今兒寺廟之事鬧得這般大，她還正好經歷了一番，那在皇家看來，她是失了名聲啊！

她趕緊雙手合十，閉上眼睛拜拜。這個證度寺有點靈啊，名聲有損的她，勢必會落選！

然而她不知道，金吾衛進了證度寺後，就將其整個封鎖住了，且沈舒航還特意叮囑了，萬不能洩露兩個小娘子的信息，帶給她們不必要的麻煩……

第三十五章

「幾年沒扒過皮了，手有點生。」

帶著血的彎鉤被王玄瑰隨手扔到地上，甩出道道血痕，立即有人上前擦拭乾淨。可反覆被血浸濕的地面，上面的褐色血漬已經刷不起來了。

蔡奴捧著一盆溫水讓王玄瑰洗手，修長乾淨的手泡在溫水中，不見一點血。

剛剛扒完人皮，沒染上半點鮮血，卻拿溫水仔細洗手，這一幕看在李欽瀚等人眼中是何等的恐怖，他們的頭皮都要炸了！

單獨關在一旁的蘇清月更是在王玄瑰剛動手時，就嚇得昏厥了。

王玄瑰擦著手，嫌棄地看了一眼地上沒有力氣、只能哼叫的肉球。「讓他閉嘴。」

在牢中眾人驚懼的目光下，蔡奴面不改色地用汗巾將肉球的嘴堵上了，並招呼人將之抬走，帶下去上藥。「阿郎，好了。」

「嗯。」王玄瑰這時才坐在椅子上，看著他們道：「他很有骨氣，拒不開口，你們呢？誰先來跟本王說說，你們拿工部的圖紙做什麼？」

被嚇破膽的燕息細作，顫巍巍地開口。「我、我們什麼都不知道……」看到王玄瑰眉毛挑了起來，他飛速道：「真的，真的什麼都不知道！就知道李欽瀚說有重要的東西要護送到燕息，讓我們幫忙！」

其餘人也飛快附和道：「對對，我們不知道，都是李欽瀚讓做的！」

李欽瀚恨恨地瞪視他們，就見王玄瑰將目光落在了他身上，他一口氣沒憋上來，咳了一聲，而後才道：「我、我也不甚清楚。」

王玄瑰嘴角翹起，低聲笑了起來。「本王不耐煩聽你們互相推諉，通敵叛國，抄家滅族的大罪，你們想好了，要不要為自己的親人爭一個安穩？」

除去李欽瀚，所有人皆面露痛苦之色，爭先恐後地說著，但說來說去，他們都不知道圖紙有什麼作用。

王玄瑰揮手，蔡奴便讓人將那些人全都帶走，關進了另外的房間，分開審問，看這些年都給燕息傳遞過什麼情報。

此時，這裡的牢房只剩捂著手的李欽瀚，和單間裡倒在地上已經清醒但裝昏迷的蘇清月。

「說說吧，本王耐心有限。」

李欽瀚不自覺地舔舔乾裂的嘴唇，下意識避過王玄瑰的眸子，說道：「是……是蘇相吩咐我這樣做的！王爺您也看到了，這些圖紙都是我從蘇清月手裡拿的！她臨時變卦，不給我裝圖紙匣子的鑰匙，非讓我救她出寺廟，我一時情急，便只好帶著她與大家強闖出寺廟了，都是他們父女兩個逼迫我的！」

倒在地上的蘇清月氣得猛地坐了起來，雙眼都要噴火了，怒道：「你胡說！」

李欽瀚適時露出苦澀的笑容。「王爺，您瞧見了，他們父女兩個，一個控制我在官場上的一言一行，一個私底下遏制我的生活，我都是被逼的。這一切都是蘇相的陰謀，他、他才是燕息埋伏在陶梁深處的人！」

「不是這樣的，王爺！」蘇清月飛快搖著頭，縱使還害怕王玄瑰，她也盡力去解釋。「這事跟我父親沒有關係！我與李欽瀚的關係，王爺也知道，那些圖紙，是他故意放在我那裡的！」然後她站起身，望著王玄瑰身旁的匣子，突然慶幸起自己沒真的聽李欽瀚的話。她抹著眼淚道：「王爺，您將匣子劈開就知道我所言句句屬實，我、我防了他一手，那些圖紙，我一張沒留，全燒了！我縱使被情愛迷了眼，卻也知圖紙干係重大，所以……」她看向李欽瀚，說道：「就算他真的將圖紙帶出去也沒事，因為放到匣子裡的，都被我換成了白紙！」

李欽瀚聞言，眸子逐漸睜大。

蔡奴已經將匣子打開，將裡面的紙悉數拿了出來，張張展開，白紙、白紙，還是白紙！

王玄瑰看著乾乾淨淨的白紙，笑了。

目眥欲裂的李欽瀚瘋了似的衝到蘇清月那兒，隔著柵欄間隙伸手欲搆她。「賤人！」

蘇清月看著以前真心愛過的男人，此時面目全非，大喊著痛罵她，不禁撇過頭去。她曾是蘇府高高在上的嫡女，是鎮遠侯府的世子夫人，何曾想到，竟會被他害得淪落到此地步，進了大牢。幾滴淚落下，這一刻，她為自己感到不值！

可她還是被人惦記著的，她的兒子雖沒明說，但擔憂的眸子望來，王玄瑰作為姑父，便給她安排了最舒適的牢房單間，裡面還有乾淨的被褥和清水、吃食；而她的父親蘇相，也已在工部等候王玄瑰多時。

是她自己不珍惜從前輕易到手的一切。

「王爺。」蘇相見王玄瑰出來，趕緊站起拱手。他半邊頭髮已經花白，自西北墨城一戰後，他替太子鏟除異己事發，聖上就不信任他了。

雖然他上書請辭，但聖上意思意思允了，半年後便又讓他回來了。

如今剛剛重新出現在聖上眼中，便又聽聞次女捲入通敵叛國一案，既怕聖上一個生氣，她的性命就交代了，又怕此事牽連自身，當即便趕了過來。

他不敢用職權相壓，所以話語間非常客氣。「王爺娶了七娘，也算和我有點姻親關係，我便厚著老臉詢問王爺一句，小女可有性命之危？」

堂堂蘇相，為了女兒小心謹慎、伏低做小，倒也顯得有點可憐。

但王玄瑰完全不吃老狐狸這套，都是一榮俱榮，一損俱損的，問蘇清月也就是在問蘇相自己，所以他直接拒絕回答這個問題，反而問道：「蘇相可知李欽瀚為何會仇視你？」

蘇相第一個反應便是李欽瀚與蘇清月事情敗露後，他派人搜府招惹的，而後感覺王玄瑰說的仇視應是指生死之仇。若有生死在其中……他沈思片刻後說道：「具體的我也不甚清楚，但他親母在他六歲時病故了，而後其父新娶了夫人……」

牢房中，蘇清月也問了李欽瀚相同的問題。

他如喪家之犬一樣躺在地上，仰頭望著牢房的房頂。「我母親是燕息人，但她其實為了我，早已不打算回去了。可我父親當時考中了科舉，怕我母親的身分審查過不去，便將我母親毒害了，對外則說是妻子病故。而後，他娶了妳姨母，藉著妳父親的勢，可真的是扶搖直上九萬里啊，哈哈……」

蘇清月不明所以。「那也是你父親的錯，與我們何干？你還故意招惹我？這麼多年來，你都是騙我的？」

李欽瀚倏地扭頭，仇視地看著她。「你們都不是好東西！他為了權勢毒殺我母親，又為了攀附妳父親而娶了妳姨母。妳與妳姨母很像，妳知道嗎？哈哈，妳放心，一個都跑不了！那老傢伙現在卒中呢，沒有我給他續命照顧，他很快就會氣絕而亡的……」

被仇恨沖昏了頭腦的人，面目可憎。蘇清月呆愣愣地望著腳下的地面，她甚至沒有勇氣往牢房外瞥一眼濺上血漬的牆面。

悔意漸漸爬上她的五臟六腑，她想起剛嫁給沈舒航時，眾人都羨慕她嫁了個知冷知熱的好人，府上人口又簡單，還得婆母器重。而後，她怎麼就開始對沈舒航不滿了？

是因為沈舒航去了西北，她一個人無聊，意外碰見了李欽瀚，他小心呵護，逐漸頂替了沈舒航的位置，又常在她耳邊說些「妳夫君怎會沒有陪在妳身邊」、「怎麼可以讓妳自己一個人處理這種事」之類的話，於是她就動搖了。

她將自己蜷縮成一團，想起沈舒航如今對她的冷淡，兒子看她的失望目光，簡直悔得要喘不過氣。若是能再給她一次機會，她一定會好好來過的……

送走蘇相後，王玄瑰將今日審問出的結果交給聖上，嚴詞拒絕與聖上共泡湯泉的要求，急著回府見沈文戈。

一路趕回王府，白銅馬車停在府門口，王玄瑰極有先見之明的沒有下車，而是問了等在門口的安沛兒。「夫人呢？」

安沛兒笑著上了馬車。

這下不用她回答，王玄瑰也知道沈文戈在何處了。「走，去鎮遠侯府。」

不管怎麼說，蘇清月是沈嶺遠的母親，沈文戈自然是要回府一看的。

他陪同沈文戈在鎮遠侯府用了晚膳，鎮遠侯府上下所有人，沒有一個人問他有關蘇清月的事情，他們將分寸拿捏得非常好。所以這一頓晚膳，讓他吃得十分舒心。

自成婚後，兩人時不時會來鎮遠侯府用膳，府上人多也熱鬧，王玄瑰半點都沒有自家夫人喜歡回娘家的不快，相反地，他內心裡是十分歡喜的。

因為她的家人，現在也是他的家人了。

「不想走了，」沈文戈摟著王玄瑰的胳膊，將整個人靠了上去。「吃得有些撐。」

他低頭親了親她的髮。「那我抱妳回去？」

沈文戈搖搖頭，眼裡露出兩分興致。「不如我們從院牆翻過去吧！」成婚後，兩人還一直沒有翻過院牆呢！說翻就翻，她讓人搭上梯子，帶著他坐上了牆頭。

宣王府那面的梯子還沒有搭，蔡奴和安沛兒帶著人繞回了府，只將梯子擺在牆頭，就都退了下去。

看著宣王府空盪盪的地面，沈文戈一時還有些恍惚，回憶起兩人之前隔牆相望，牆頭相會的那些日子，總覺得就像手中抓不住的沙子，流逝得太快了。

她道：「這個時候，就差雪團了。」當初要不是牠跑到宣王府的樹上，被他撿個正著，兩人……不對，他們的相遇，源自於她救了他，他報恩啊！真是的，同他在一起的每一天，她都不記得自己有救過人這件事，他給她的太多了。

「喵嗚……」雪團邁著輕盈的步子跳上了牆頭。

很難想像牠現在圓滾滾的一隻，是怎麼讓人覺得牠動作敏捷的。

「真是說誰誰來。」沈文戈抓住了王玄瑰的袖子，生怕雪團一個跳躍，把她砸下牆去。

雪團喜歡往王玄瑰身上蹦，然後誤傷她的事已經發生過很多次了。為了矯正王玄瑰睡覺不老實這個問題，兩人睡了一個月的窄床，睡出了他喜歡抱著她睡的習慣，而雪團瞄不準王玄瑰，有時就會砸在她身上，都是王玄瑰給慣出的毛病。

可今日的雪團卻沒蹦，蹭到沈文戈身邊，「喵喵喵」地叫著，她便將牠抱了起來。

自從牠體重與日俱增後，她就極少抱牠，真是太沈了，抱不動。

雪團乖乖被她抱在懷裡，也是稀奇，往常牠慣愛找王玄瑰，今日卻是賴上她了。

沈文戈摸著毛，時不時滑過牠又大了點的肚子，說道：「牠最近又胖了，你是不是偷偷餵牠吃的了？」

王玄瑰心虛，所以俯下身親她，雪團習慣地窩在她懷中，探著貓頭，時不時嗅聞一下兩人。

唇齒相依，溫度升高，他攬著她的腰，雪團就用爪子撥弄，他伸手指點開貓頭，手指陷入光滑柔軟的毛裡，就順便蹭了蹭。

「喵嗚！」

雪團在她懷中踩著，她微微側頭，自顧自說：「怎麼有一股血腥味呢？」

今日剛從大牢出來的王玄瑰動作當即一頓，臉色難看地問：「妳聞到了？」

沈文戈算算日子。「嗯。」

匆匆結束這個吻，兩人順著梯子回到王府，王玄瑰一頭扎進湯池，沈文戈則迅速回房換衣，果然癸水來了。

她嘆了口氣，怎麼又來癸水了？而後發現王玄瑰還沒歸，派人去尋。

安沛兒回來道：「娘子，阿郎說今日要宿在書房。」

書房？沈文戈想到新婚時的荒唐，臉上一熱，徑直回了床榻。她是絕對、絕對，不會再陪他睡書房的！

因著沈文戈能嗅到血腥味兒，所以這幾日需要出入大牢審問的王玄瑰，都不敢同她親近。每日陰惻惻的一張臉，不需要上什麼刑，就能將人嚇得祖宗十八代都給說出來，因此審訊進度一騎絕塵。

然而回到府上，第一件事就是去泡湯池，澡豆、香薰、花瓣，各種能去味道的東西輪番用。饒是如此，晚間也不敢與她同睡，用了晚膳後，就藉口自己有事要忙，去了書房，孤伶伶的自己一個人睡，看著燭火出神，心想著，以後這種審訊的活兒都少來找他，是大理寺不能審案了，還是刑部沒人了！

他這般詭異，沈文戈自然是察覺到了，她費勁抱起賴在自己身邊的雪團，問倍檸。「王爺還在書房睡？」

倍檸點頭。「嬤嬤剛過來傳的話。」

奇了怪了，他這是怎麼了？莫非故意想誘她過去？她才不上當呢！「那就不管他了，鋪床吧！」

「喵嗚……」雪團焦躁地在她懷中翻了個身。

她低頭瞧牠。「這是怎麼了？吃多了撐著了嗎？給你揉揉。」可她手剛放在牠肚子上，就被牠撓了一爪子，這一下頗狠，將她手背上撓出一條紅痕來，這是從來沒有過的情況。

「喵！」撓完人，雪團跳了下去，也不回自己的窩，找了個房間角落，將自己團了起來。

沈文戈都被牠撓愣了。

倍檸驚呼一聲，過來瞧她，好在只是紅了，沒有破皮。

這一個、兩個的都太反常了！沈文戈抽回自己的手，看了看，說道：「我沒事，妳快去將王爺找來，雪團不太對勁。還有，音曉呢？叫她過來，我問問情況。」

「是，娘子。」倍檸匆匆出去尋人。

沈文戈放輕步子悄悄接近雪團，雪團抬起頭，見是她又重新團了回去，喉間發出小呼嚕聲，一副很難受的模樣，看著可憐極了。

音曉本就在外屋收拾，第一個趕了過來。「娘子，我正想問娘子，娘子可是給雪團餵東西了？牠這兩日吃的東西都不多。」

「我沒餵啊！」沈文戈也開始急了，雪團又不會說話，問什麼都問不出來。「王爺呢？」她提著裙襬往外走，險些和進來的王玄瑰撞上。

他伸手攬她。「慢著些。」又瞧見她手背上的紅痕，頓時皺了眉。「雪團撓的？」

雪團平日裡跟他們打鬧都很有分寸的，不會伸爪子出來，今日若不是牠爪子剛被剪，只怕要撓出血來。

她擔憂地拉他走到房間最裡面的角落，怕驚著雪團，低聲道：「你看。」

雪團此時坐了起來，正不住地舔著自己的下腹，整隻貓都有些焦躁。

她說道：「你最近可有單獨餵牠？音曉說牠不愛吃飯。」

王玄瑰喉間發緊，瞧著雪團的模樣，就好似又瞧見了小橘貓慘死的一幕，他倒退一步，因著還有沈文戈在，強自鎮定道：「妳上次跟我說牠又胖了，我就沒再餵過。」他也是怕牠太胖了，對身體不好，所以一直在克制自己。攬過沈文戈，他道：「別怕，我們不懂，找個懂的人來。」說完，他叫來蔡奴，將自己的牌子扔給他。「去豹館，叫個養貓最好的人來。」

等人的工夫，沈文戈已經讓音曉將牠平日不怎麼趴的窩墊拽了過來，可音曉一過去，雪團喉嚨就發出威脅的聲音。

「好了，音曉，我來。」沈文戈蹲下身，拎著軟墊走過去，雪團見她便又「喵喵」叫起來，叫得她的心都揪在一起了。伸手試探地將軟墊推過去，牠果真邁了上去，又將自己團住，尾巴焦躁地砰砰打著。

這時安沛兒也過來了，她端著廚房為雪團煮的奶白魚湯。

沈文戈趕緊接過，湊到牠嘴邊，看著牠舔了幾口，就不再吃了，她擔心地回頭望向王玄瑰。

王玄瑰向她伸出手，安慰她也是安慰自己地道：「沒事的。」

安沛兒擔憂地看了一眼阿郎，重重嘆了口氣，說道：「都散開，別圍在這兒，讓雪團害怕。」

嬤嬤說的是，現在雪團除了沈文戈，別人都不讓碰，於是大家悉數散開，終於等來了蔡奴帶著豹館的宦官過來。

宦官要給王玄瑰與沈文戈見禮，王玄瑰直接免了。「先去看貓。」

那宦官過去，雪團有些牴觸。

王玄瑰走上前，雪團對著他軟軟地「喵」了一聲，他伸手連貓帶墊子一起抱了起來。感受到他的氣息，雪團才安靜了下來。

宦官淨了手，仔細檢查雪團，而後才道：「王爺、王妃不用心急，這隻貓是要生小貓了，所以難免焦躁。」

好在王玄瑰此時已經將雪團給放下了，不然他非得手一抖，將牠摔下去！

沈文戈已經睜大了眸子。「什麼？牠要生小貓崽了？」她倏地看了過去，目光定在雪團身上，滿臉的不可置信。不是啊，她家剛長大的小貓，平日都看得好好的，什麼時候讓其他貓給欺負了?!而後她灼熱的目光險些將王玄瑰盯出個洞來！往常都是他帶著雪團上衙的，因為他帶出的這種風氣，不少官員也都愛帶著貓上衙，肯定是那些貓！

王玄瑰愕然地對上沈文戈的目光，趕緊辯白。「我一向將牠抱著，從不鬆手讓牠離開視線的！」

她恨聲道：「等牠生了就知道是誰欺負牠了！」

蔡奴在一旁咳嗽兩聲。

安沛兒便趕緊道：「阿郎、娘子，先聽聽看如何給雪團生產，至於追究另外一隻貓的事，等雪團生產後再說可好？」

「對！」王玄瑰接話，問豹館的官宦。「我們應做什麼準備？」

豹館宦官道：「得先給貓兒一個適宜生產的房間，牠生產時，人最好不要跟著，除非牠難產。」

一聽雪團還可能會難產，沈文戈當即就開始窒息起來了。

大家跟著豹館宦官動了起來，宣王府別的不多，就屋子多，趕緊用炭盆烤了間溫暖的屋子，將雪團放了進去。

可雪團和別的貓兒不一樣，打小養起來的感情，一眼瞧不見沈文戈，牠就「喵喵」叫了起來。

沈文戈趕忙進屋，其他人都在外面，她蹲在雪團身邊。「在這兒呢，不怕不怕啊！」

自己養大的貓要生產了，一時間她是五味雜陳。那時候被王玄瑰捧著還給她的時候，還不到巴掌大呢，現在牠都要有小貓崽了。

這一守就是半夜，雪團要生了，牠銜著沈文戈喵喵叫著，像是在趕她走。

沈文戈一步三回頭，出來的時候眼眶都紅了，王玄瑰將人抱進懷中。

最後兩人一塊兒被安沛兒趕回房，不讓他們在這裡看著。

一個自己都還沒生產過，萬一見了雪團的生產過程，生出陰影怎麼辦？

一個幼時橘貓慘死對他影響太大，怕見了血再次嚇著。

所以，都給她回屋裡歇息去！

等待的過程最是熬人，沈文戈氣道：「別讓我抓到那隻貓！」

王玄瑰也深呼吸一口氣。「明日我上衙後，讓他們將自家的貓悉數帶過來，逐個查看！」

兩人咬牙切齒，仔細回想，雪團平日裡真的不往外面跑，也從沒跑丟過，到底是什麼時候懷上小貓的？

「阿郎、娘子，生了！四隻！」一向穩重的安沛兒幾乎是小跑著過來報信。「放心吧，有豹館的宦官在，我們已經給雪團換了一個乾淨的窩了，也餵牠喝水、喝魚湯了，此時牠正餵奶呢！」

兩人雙雙放下心來，而後沈文戈問道：「什麼顏色的？」

「一隻黑貓、一隻白貓，剩下兩隻黑白花的。」

沈文戈站起身，看著王玄瑰道：「給我把那隻白貓找出來！」

王玄瑰冷笑一聲。「一定揪出來！」

兩人親自去看了雪團，見牠已經睡下了，四隻還沒有睜眼的小貓崽在牠肚子附近吸著奶，這才放下心來。

只睡了不到兩個時辰的兩人就要上衙去，可兩人精神抖擻，半點不見睏頓。

牢裡審訊之事，王玄瑰直接交給了蔡奴，反正該問的都問完了，等蔡奴匯總，他再一上報就完事了，所以他今日直接去了工部。

這段日子工部可謂風聲鶴唳，總覺得王爺一經過就是一股血腥氣，駭得人不敢接近。

就連蘇相都在王爺這兒討不了好，聽聞蘇相求了幾日，王爺才准他那個親戚家的堂娘子歸家，所以他們還是躲著點吧！

可今日王爺這個目光，是不是太瘆人了些？總看著他們做什麼？

王玄瑰手指扣在几案上，所有人立刻一個激靈。

「通知下去，家中有貓的，今日過來尋本王。挨個兒，過來。」

大家你看看我、我看看你，家中有貓的嚇得兩股顫顫，走了過去。

工部尚書一出門，就見王爺的辦公房門口排起了長隊，挺好奇的，就也跟著排了過去。

「什麼顏色的貓？」

「黃、黃……」

「黑……」

「都下去吧。」王玄瑰扶額，他真是被氣狠了，為什麼不讓有白貓的過來尋他就好？沒人敢讓工部尚書排自己後面，所以尚書一進屋，就聽見王玄瑰趕他——

「散了散了，都散了，讓家中有白貓的——」

工部尚書遲疑地出聲道：「貓？」

王玄瑰一哽。「……沒事。」

莫名其妙的工部尚書去了四部巡視，然後聽見大家在交頭接耳，還以為他們在商討工部要重新修繕房屋放置圖紙，派專人負責一事，結果聽見他們說的全是王爺為什麼在尋貓？

另一邊的沈文戈，也惦記著家中的五隻貓。

沒了李欽瀚，她重新開始和陳辰共同譯書，最後一卷僅剩最後一頁就能譯完，她心裡惦記著貓，想著他也是工部的人，便問：「陳博士，我記得你之前說過，家中有一隻貓來著？」

陳辰平日裡不愛養貓，可他母親喜歡，所以他從豹館給買了一隻波斯貓回家，知道沈文戈也是愛貓之人，並沒多想，直接就道：「是啊，可黏人了。」

「什麼顏色、品種的啊？」

「是一隻白色波斯貓，兩隻眼睛一黃一藍。不過毛掉得也多，每到夏天，都恨不得繞過牠走。」

白色……沈文戈握緊手中毛筆，幽幽地看向陳辰。

經常混跡在清館等地聽曲的陳辰，敏銳地察覺出異樣，謹慎地問道：「怎麼了七娘？」

她重重地吐出一口濁氣。「白貓啊……我家貓兒生了小貓崽，也有一隻白色的呢！」

陳辰道：「妳家貓也生了？我家也是呢！愁得我，妳說送人吧，捨不得，養著吧，又太多了，哪能看得過來？」

「啊？」

「怎麼了？」

「你家是母貓啊？」

「對啊！」

沈文戈搖搖頭，覺得自己魔障了。

得知兩人氣勢洶洶在找犯事貓，鬧得陸慕凝都不敢去看雪團了。可不能讓他們知道，她曾抱著雪團去過衛國公府，衛國公府裡有一隻非常漂亮的白色波斯公貓……

「喵……」

「喵、喵……」

沈文戈開門時小心翼翼，仔細觀察門檻後沒有小貓，方才踩了下去。已經張開兩隻眼睛的小貓崽學會亂跑，稍不注意就會踩到牠們。

她先去看了看一雙眼睛全盯在貓崽身上的雪團，雪團「喵嗚」一聲回覆她。

雪團是一個盡職盡責的貓母親，許是第一次生產，無比緊張四隻小貓崽，剛開始甚至不許牠們離開墊子，也不睡覺，就一直看著牠們。

後來王玄瑰最先受不了，將牠們一家搬了回來，在熟悉的地方，雪團終於能放心休息了。

可屋子太大，就怕牠們藏到床底、櫃底出不來，所以王玄瑰和她商量，要打造一個能攔住小貓，但困不住雪團的小柵欄。

他親自畫圖後，拿去找工部的人，柵欄上還要求他們圍上皮子。

工部一片人簡直要被酸死，當真是人比不得貓，不過他們也終於知道王爺為何在找白貓了。

有人打趣陳辰。「陳博士，聽聞你家是隻白貓啊？」

「就是可惜是隻小母貓，不然還可以同王爺攀攀親家呢！」

幫著工匠上皮子的陳辰，一副「求你們快別再說了」的表情，惹得眾人哈哈大笑起來。

而後有人打探地問：「陳博士，你們部的李欽瀚真把圖紙偷出去了？」

雖說他們是工匠，但李欽瀚的事情鬧得太大，他們也有所耳聞。

陳辰含糊其辭地道：「他是偷了，但沒成功。」工部丟了圖紙，面上無光，就不宣揚了。好在圖紙沒有被送到燕息，但被一把火燒了，他們還要補齊。他就是懶得補圖紙，才會過來找工匠，動動手。

正過來看工匠進度的王玄瑰，一眼就瞧見混在工匠堆中的陳辰，無他，他今日穿了身天水碧的圓領長袍，在一眾麻衣裡，顯得鶴立雞群。

有人發現了王玄瑰，趕忙起身。「王爺！」

「嗯，做得如何？」王玄瑰親自拿起包好的一根木頭詢問道。

工匠回覆道：「今日下衙前，就能給王爺做好。」

王玄瑰點頭，又對陳辰道：「陳博士，借一步說話。」

兩人繞過正在修繕負責囤放圖紙的房間，回到王玄瑰在工部的辦公屋子內，他手裡的皮鞭敲著几案。

在他對面的陳辰雖坐著，但思緒已經不知道飄到何處去了，瞧著有幾分漫不經心。

王玄瑰先開了口。「陳博士，你想要什麼獎勵？你上報圖紙丟失有功，讓本王得以將李欽瀚抓了個正著，又為本王撕開一條可以整頓工部腐朽沈痾制度的機會。雖在外看來，是工部內部出了問題，但你功不可沒，本王賞罰分明，該賞你的，絕不會少你。」

陳辰聞言，當即坐直了，他連跟王玄瑰客套一二都沒有，直接就說：「回王爺的話，我想去西北。」

今年陶梁朝會上討論得最激烈的一件事，就是建設西北，將陶梁與燕息交匯的西北打造起來。聖上將派六部的人共同前往，工部因李欽瀚一事，拖延至今，還沒定下要去的人。

王玄瑰道：「可。」而後他丹鳳眼瞇起，任誰想得到，抓出燕息埋藏在長安的細作，打斷他們傳遞圖紙源頭的關鍵，竟只是因為眼前這位陳博士要給李欽瀚一個教訓。官場這課，想必李欽瀚深有體會了。通敵叛國洗無可洗，唯有死路一條。然而這位陳博士，如今則揮揮衣袖要去西北，躲開即將發生動盪的工部，是個聰明人啊！「工部尚書跟本王舉薦過你，你本就在名單上，這不算獎勵，你可另外提些要求。」

陳辰都沒想到還有這種好事，也不扭捏，當即又道：「我在工部有自己用慣的人，希望王爺能給我些名額，帶上他們。」

「可。」

「多謝王爺！」

宣王既然如此大方，他也不是個小氣的人，當即便道：「王爺，聽聞你家貓兒生貓崽了，我家貓也剛生產完，我給王爺說些平日養護要注意的事項吧？」

本打算將人趕出去的王玄瑰，頓時收起了皮鞭。「你說。」

兩人交談許久，久到工匠都將王爺要的柵欄給做好了。

柵欄高至小腿，下面一條底欄，縫隙極小，還包著兔皮，怕的就是貓崽擠出去。在屋中一擺，沈文戈覺得至少占了屋裡一半。

她寬袖在腿上一擺，將四隻貓崽放了上去，看牠們在自己身上爬來爬去，又去看王玄瑰懷中的雪團，牠正翻著肚皮，讓他給牠擦肚子，熱騰騰的汗巾敷在肚子上，可將牠美壞了。

伸手撓著雪團的下巴，沈文戈有些心疼。「雪團好像瘦了。」

可不是？自從開始餵小貓崽們，牠就以極快的速度消瘦了下去，而且毛色也不亮了，之前蓬鬆的黑毛，現在瞧著灰塌塌的。

王玄瑰道：「今日問過陳博士了，他說好好餵養，完全可以再養回來。」

「那就好。」沈文戈任一隻要從她腿上掉到被褥上的貓崽爬下，接著道：「太子妃給我們下了花箋，邀請我們去賞菊。」

「嗯。」他應了一聲。「太子有個別院，裡面確實菊花繁多，可以去賞一賞。」而後他自然而然就說：「不想去？不想去就不去，太子妃又如何？她也得管我喚一聲皇叔。」

沈文戈瞧著他，湊上去在他臉頰上親了一下，又在他眼下小痣上親了一下，眼裡波光流轉。

他有些意動，可雪團拿爪子扒拉了他一下，讓他繼續揉，沈文戈腿上的貓崽也在喵喵叫，他便只能嘆口氣，任勞任怨地為雪團揉起來。

她在他身邊吃吃笑，說道：「可太子妃不光邀請了我們，還請了母親、大兄，甚至還有嶺遠，我總覺得有些不太對勁。」

王玄瑰也是眉頭一緊，想到嶺遠，說道：「蘇清月被蘇相以旁支家的娘子身分帶了回去，想必是因為她與李欽瀚一事，所以才特意下帖子來賠罪。」

說起蘇清月，沈文戈臉一沈，攔著險些要掉下去的貓崽，冷聲道：「我沒同你說，蘇清月打著嶺遠要去西北的名義，往侯府上送了許多東西，大兄和母親不能攔著一個母親關心孩子，只能收下，結果裡面有許多都是給大兄的貼身衣物，都叫大兄燒了。」她喉嚨發緊，哼道：「現在後悔了？知道李欽瀚是細作，所以又翻過頭來找大兄？她當大兄是什麼？當我們是什麼？她忘了她挑唆幾個嫂嫂和離的事了？」蘇清月忘了，可她沈文戈前後兩輩子都記得清清楚楚，絕不會再讓其踏進府中一步的！

他傾身在她額上印下一吻。「不生氣，不喜她，直接推了便是。」

沈文戈摸著懷中的貓崽，眸裡下起漫天雪花。「不，當然要去，我得將我大兄看好了！」

許久未見她冷凝著一張臉了，這樣的她，實在叫人想打破冰面，讓它裂出縫隙，只賞給自己一個人看。王玄瑰拍拍懷裡的雪團。

雪團「喵嗚」一聲，翡翠綠瞳似是還在疑惑，他怎麼又停了？

王玄瑰索性將雪團抱起，放回自己的貓墊上，又折回去，一隻隻將沈文戈身上的貓崽捉住，放進柵欄中。

還差一隻。

沈文戈看著他忙忙碌碌地在床榻上四處找，都習慣了。每天晚上睡前必會發生的事情，就是在床榻上找到四隻小貓還給雪團。

等他將最後一隻小白貓撈起來放好後，一回身，就見她彎著腰整理著床榻上的被褥，將細軟的貓毛一根根摘下。

從他這個角度看去，她身姿曼妙，纖腰不堪一握，側臉還帶著些許剛剛提起蘇清月的不悅冷淡。他喉結滾動，已經許久沒同她親密了。

沈文戈聽見他的腳步聲，剛回頭，便被奪去了雙唇，按在柔軟的被褥中親吻。

被翻紅浪，些許破碎的聲音從裡傳出，偶有白皙如柔荑的手探出，又被他捉了回去。

雪團站在貓墊上，一雙翡翠綠瞳注視著兩人放下的床帳，蠢蠢欲動想跳上床榻，可注意到自家貓崽在柵欄上攀爬，還是邁著貓步，將其叼了回來。

無貓打擾，這一夜，兩人叫了三回水。

同一時間，借宿在父親好友家的姜姝也收到了太子妃的請柬花箋，她和小婢女撐著臉，瞅著那張花箋，齊齊嘆了口氣。「唉……」

她們在長安不認識什麼人，所以也沒個人可以商量太子妃這個請柬的意義，但為何要請她呢？姜姝撇嘴，她是真的不想當太子側妃的，給她下花箋，倒像是要提前看看她是個什麼人一般。

「按理不應當呀，證度寺發生那麼大的事情，怎麼就沒有後續了呢？」她還想著，自己名聲受損，定不會被看中的，可哪知，她被父親特意囑託的友人夫人，帶著出入了好些宴會，都沒聽到證度寺的半點風聲。此計不通呀！

小婢女憂愁地問：「那娘子，去不去呀？不如我們再將寺廟、道觀拜一遍？」

姜姝雙手撐臉。「再拜一遍也沒用呀，而且太子妃宴請，妳敢不去的呀？」

兩人再次齊齊嘆了聲。「唉……」

賞花宴如期舉行。

太子妃要給鎮遠侯府做臉，自然是親自出門迎接他們，看得一眾人羨慕不已。

進了園子，任眾人自由閒逛，郎君們便和夫人、娘子們分開而行。

一群女眷歡聲笑語不停，最引人注目的無非是二嫁之身、成了王妃的沈文戈，和憑藉云云眾人讚的美貌入了大家眼的姜姝。

姜姝微低著頭，隨在最後，跟著大家緩緩前行，發現若有似無的目光在她身上轉來轉去，她的頭便更低了。

她不敢多言，自然沒有瞧見太子妃拉著一身清貴氣的小娘子介紹起來。

「此乃我堂妹，大家喚她五娘便好。」

蘇清月向大家福身，動作標準，誠意滿滿。

可陸慕凝和沈文戈卻側過身子沒接受。

其他見過蘇清月的人家也只敢陪著笑，並未多言。

太子妃瞧見這一幕，拍了拍蘇清月的胳膊以作安撫，而後將她面前的眾人逐個介紹了一遍。

在介紹到姜姝時，蘇清月的面色微微一變。這張好看的臉蛋，可不就是證度寺的那個小娘子？她倏地緊張起來，證度寺那天，此女聽了多少？會不會說出去？

「五娘？清月！」太子妃蹙著眉喚她，眾人已經散去園中各處，如今這裡只有她們姊妹兩人，太子妃叮囑道：「萬不可操之過急，知道嗎？」

蘇清月「嗯」了一聲，又問：「阿姊，妳之前說，聖上有意將那個姜姝指給太子是不是？」

任誰府上即將多出一個側妃，當家夫人都會不高興的，可太子妃不能表現出來，所以就微微點了頭。

「我知道了，阿姊。」蘇清月最後又看了一眼姜姝，方才藉口自己要去茅房離開了。路上，她截住一位要為眾人上茶的婢女，在無人可見的地方，她倒掉茶壺裡的大部分茶水，而後加入了一半只有下三濫的平康裡才會用的媚藥。

賞花宴上定是少不了花，不光有菊花，還有絢爛的牡丹、蘭花，太子便是捧著一盆自己心愛的帝王妃出現在眾人視線中的。

既是太子妃有心宴請賠罪，原本不會出席這種場合的太子也特意前來。西北墨城一事，終是因他而起，正好可以趁此機會同鎮遠侯道歉，順便拉近些關係。

沈舒航被沈嶺遠推著，看著他那一雙廢腿，太子羞愧不已，便關懷備至，從平日飲食，說到醫者診案，一時將眾人的視線全拉了過去。

王玄瑰無聊而坐，一雙眸子牢牢注視著在園子裡的沈文戈，隨她走動而動。

便有那根本不想攀附太子之人注意到了，許是今日的王玄瑰身上並無往日戾氣，成婚後，脾氣也溫和了不少，遂打趣道：「王爺與王妃還真是恩愛。」

任誰能想到，宣王也有娶妻的一天，娶的還是個和離後的二嫁女。

初時長安城聽聞兩人訂婚，可有不少人說三道四，有說沈文戈不守婦道，甘願勾引王玄瑰也要當王妃的；也有羨慕她和離二嫁還能高嫁的；更有人同情沈文戈，再嫁竟然嫁給王玄瑰。

有人好奇，給沈文戈遞帖子，結果悉數被王玄瑰攔了下來，想窺探一二都看不見人影。倒是沒想到，會在太子妃的賞花宴上瞧見兩人。

僅觀宣王這雙快要黏在王妃身上的眸子，就知夫妻兩人關係和睦。

王玄瑰眼尾一挑，明顯被這句話取悅到了，還賞臉給了說話之人一個眼神，很矜持地揚了揚下巴。「自然。」

見兩人聊上了，且宣王並未生氣，也有人跟著感慨道：「王爺還真是寵愛王妃。」婚前不僅讓她自由出入鴻臚寺，婚後還每日都陪她回娘家用晚膳，這種舉措，放在他們身上都是不敢想像的。

王玄瑰唇角翹起，毫不避諱地說：「本王樂意寵她。」

萬沒想到他能說出此種肉麻的話，來參加宴席的各大臣不禁起了一身雞皮疙瘩。說那話之人更是連連打嘴。「讓你多嘴！」

眾人哈哈大笑，共同舉杯暢飲。

另一邊，沈舒航終於敷衍過太子，便有宦官在他耳邊耳語了幾句，他看了眼太子，得到他點頭的動作，遂讓沈嶺遠推著他去了石亭。

石亭偏僻，三面環水，只一面沿路種植了許多花卉，蘇清月正等在亭中。見到父子兩人，她趕忙站了起來，沒有以往那股清高冷傲的勁兒了，反而整張臉都寫滿了踟躕，一副想接近又不敢接近的樣子。

沈舒航讓沈嶺遠先過去，她便拉著沈嶺遠，問他西北之行準備得如何了？

本打算要孤身去西北的沈嶺遠，因李欽瀚與蘇清月的事情給耽擱了，於是他姑父王玄瑰作主，讓他與工部的官員同行，也能互相照料一二。人多大家自然都是願意的，還能再多留沈嶺遠一些時日。

沈嶺遠還沒忘記撞破蘇清月與李欽瀚的事情，但他又忍不住想親近母親，所以只能板著臉，客客氣氣地同她說了許多。

蘇清月初時還在認真聽著，而後就頻頻看向沈舒航。

沈舒航不願兒子難做，便讓他推自己過去，可石亭上有臺階，沈舒航的輪椅根本沒有辦法上去。

家中要是有這種臺階，都是要早早鋪上木板的。沈嶺遠看了眼蘇清月，有些失望。

蘇清月也注意到了，趕緊端起石桌上的兩個酒杯下來，懊惱道：「怪我沒提前想到！」

「無妨，這裡畢竟是太子別院。」

聽到沈舒航這樣說，她便更後悔之前自己的所作所為。先將自己手裡酒杯的酒飲盡，而後道：「之前種種都是我的錯，還請夫……還請鎮遠侯賞臉喝下這杯酒。」

沈舒航嘆息一聲，接過酒杯。

蘇清月緊緊盯著那杯子，緊張的模樣像極了怕沈舒航不原諒自己。

本已跟她說清楚了，從沒怨過她，何必如此？酒杯沾唇，即將飲下時，只聽一聲喊叫傳來——

「大兄、五娘！」沈文戈提著裙襬匆匆趕來。

蘇清月只能眼睜睜看著沈舒航拿開了那杯酒，眸中隱匿著一絲憤恨。「是七娘啊，有什麼事嗎？」

「五娘，太子妃尋妳呢！妳剛剛在花園那兒弄髒了姜娘子的裙襬，太子妃瞧著有些不高興。」

蘇清月一聽此話，下意識掃了眼沈舒航，擔憂他將這話聽進耳中，語氣便有些不善地回問。「是嗎？那怎麼太子妃不自己遣奴婢過來？」

幾句話的工夫，沈文戈已經走到了沈舒航身邊。「可能是五娘妳所在的位置太難找了，還是快去吧，省得太子妃著急了。」

沈舒航也跟著道：「若是有事，便先去吧。」

蘇清月最後看了眼酒杯，擔心太子妃真的尋她，只得離去。

待人走後，沈文戈冷著一張臉，伸手奪過沈舒航手中酒杯。「我就知道她沒安好心！正是你腿傷恢復的關鍵時候，不能喝酒她不知道嗎？」說著便要將酒倒了。

沈舒航道：「上好的阿婆清，妳莫要浪費了。」

沈文戈低頭看了一眼酒杯，索性喝掉，消一消她今天被蘇清月搞起的火氣。喝完後眉頭一皺，這酒火辣辣的，直竄進胃裡。她吸著氣，將酒杯放回石桌上，完全不理解他們為什麼愛喝這種酒？

沈舒航笑著遞給她汗巾。「花園發生何事了？」

沈文戈用汗巾壓著唇角，嗅上自剛才起就有些沈默的嶺遠，推著沈舒航往外走。「蘇清月莫名其妙端了一壺花茶，給那姜娘子倒了一杯，也不知是不是故意的，人家剛喝完，她就將整壺茶倒人家身上了！那姜娘子身邊也沒個婢女能帶進來，我見她沒有衣裳可換，叫倍檸回馬車去拿一身我的衣裳給她，轉頭見蘇清月不在，便過來尋了。」

將沈舒航父子兩人送了回來，王玄瑰便不讓沈文戈走了，她也不耐煩應付那些女眷，索性任她們去說吧，自己待在了他身邊。

這邊已經玩起了投壺，王玄瑰環著她，手把手帶著她擲。

沈舒航抬手摸了摸嶺遠的頭。「過去跟你姑父、姑母玩，父親這邊不用你操心。」嶺遠到底還有些少年心性在，很快就甩開了「母親其實並不在意父親」的低落心情，與大家一同玩樂起來。

看他們玩得開心，沈舒航執起一杯菊花茶飲了起來，並沒有任何黯然神傷的神色，可突然間，他的輪椅被一個毛手毛腳的小宦官撞了一下，縱使杯子拿得再穩，手中的花茶依舊灑在了衣裳上，且因為他是坐著的，所以茶漬的位置極其尷尬難看。

本就要哭的小宦官，這回是真的嚇得哭出來了，顫著聲音，哆哆嗦嗦地道：「奴、奴不是有意的！奴帶侯爺去換身衣裳？」

沈舒航捻菊花的手一頓，想起剛剛沈文戈說將自己的衣裳勻給了姜娘子的事情。想來這個平常不來的別院，根本就沒有備衣裳，不然不會還讓沈文戈出面解圍。

他輕輕抬眼掃了眼場間正在歡鬧的眾人，這才頷首道：「無妨，麻煩了。」

「奴、奴來推侯爺。」小宦官站在沈舒航身後，滿臉都是因恐懼而流出的汗水。

喧鬧聲漸漸遠去，兩人穿過了繁盛的花園，越走越偏。

沈舒航摸著手腕上的袖箭，似不經意地問道：「公公這是要推我去哪裡？」

小宦官眨掉眼上的汗水，緊張地回道：「去、去別院客房。」

「喔？是嗎？」突地，沈舒航猛然向後仰去，輪椅直接將小宦官撞倒在地，而後他迅速掉轉方向，彎腰箝住小宦官。「說！是誰讓你引我來的？」袖箭一觸即發！

小宦官望著他手腕上的寒芒，嚇得直接失了禁，尿騷味湧出，哭得鼻涕一把、淚一把的。「侯爺饒命、侯爺饒命！是五娘子逼奴的！」

蘇清月？「她讓你做什麼？」

小宦官不住地磕著頭。「就讓奴將侯爺推到客房去。」

迫使他張開嘴，沈舒航仔細檢查一番，沒有藏著毒藥，不是燕息細作。

「嗝！」

緊接著，是石子被踩的聲音傳出。

沈舒航當即打昏小宦官，伸直手臂指向假山。「誰？出來！」

第三十六章

假山後先是冒出十個扒在山體上的指尖，而後一個臉上緋紅、眼中含淚的小娘子出現在沈舒航面前。

姜姝眨巴著眼睛，又「嗝」了一聲，她想緊緊捂住自己的嘴，又因手上髒，只得先在裙襬上蹭幾下，聲音又悶又急地說：「嗝！我啥都沒看見呀！」

沈舒航的目光在她髒污的裙襬上看了一眼，意識到這就是沈文戈說的姜娘子，也是那天勇敢相救嶺遠的人。「姜娘子？妳怎麼在這兒？」

隨著他這一句問詢，噼哩啪啦地，姜姝眼中掉起滾燙的淚珠來，她一邊捂嘴、一邊打嗝哭泣的樣子，看起來實在太過可憐了。

沈舒航瞥了地上的小宦官一眼，解釋道：「他沒死，只是被我打暈了。」然後他收回了手臂，袖箭不再出現在姜姝眼中。

「嗝！」她鬆了一口氣，實在有些支撐不住，腿軟地艱難後退，整個人火燒火燎地靠在了假山上支撐身體，無助地望著他。

他語氣溫和地問：「發生何事了？姜娘子可還記得我？那日多謝妳救了小兒。」

姜姝自然是記得他的，坐輪椅的侯爺，侯夫人紅杏出牆了，她可記得牢牢的。但許是因為他是個郎君，即使是熟人、瘸子，她的警戒心也一點不少。

她喝了那個五娘給的茶後，就覺得味道有些怪，並沒有菊花茶的清甜，反而苦澀沾舌。當時就覺得奇怪，不清楚一個堂堂侯夫人怎麼就變成了太子妃的堂妹，還要她們稱呼五娘？但她也沒想多嘴，然後，她就被潑了一身茶水。她很感謝那個說要給她衣裳換的夫人，但她還沒等來衣裳，身體就越發熱了起來，她察覺自己著道了。

趁著腿還沒徹底軟下去，她躲著人跑了，但是太子別院太大了，她也不知道自己跑到哪裡來了，然後身上越來越熱，眼前都要出現重影了。

心裡快要哭出一條河了，她一直唸叨著，自己也沒想當太子側妃，何至於對她如此呀！

沈舒航見她怕得更加厲害，渾身都發起抖來，用手背蹭著自己的衣領，像是難受極了，但又因良好的教養，做不出其他更加逾越的舉動。

他眉頭皺緊，推著輪椅靠近，在離她一步遠的地方停下。「姜娘子，妳這是？」

她終於支撐不住自己，雙膝一軟，跪了下來，手臂環胸，做出一個保護自己的姿態。「別……別過來呀！」終於不打嗝了，只是現在的狀態也好不到哪裡去，陌生環境、身體異樣、一個侯爺，她哭得更加凶狠了，一時間，滿腦子都是自己完了！

沈舒航四下看了一番，這裡除了被他打昏的小宦官，再無任何太子別院的人，可見人都早早被調離了，所以他現在也找不到婢女可以幫助眼前眼睛哭得都紅了的姜娘子。

再看一眼，他眉皺得更緊了。周圍除了原本要領他過去的客房，別無他處，她如今這般難受，只能去那兒歇息了。

然而，她現在連脖頸都變成粉紅色了，還十分牴觸他，他只能將聲音放得更緩。「姜娘子，妳可還能走動？這附近有客房，我帶妳過去，然後找醫者過來，可好？」

她腦子裡像是灌入了大量的黏膩米湯，想起些什麼又斷了，就顫著音問：「你和你夫人不是……一夥兒的嗎？我就是喝了她的茶，才……才難受的。」

沈舒航臉色一沈，不是被她懷疑的不快，而是因為這事是蘇清月引起的。如此，便更不能放任她獨自留在這裡了。

「自然不是。」他沒說，連他都是被引來的話，只是伸手，在姜姝受到驚嚇的目光中，將人抱了起來。「得罪了。」

很難想像一個瘸子還有那麼大的力氣抱人，她坐在他的輪椅上掙扎，淚珠不斷掉著，悲從中來。

客房就在眼前，一連五間，第一間有明顯被人進出過的痕跡，所以他徑直去了中間那間，將人放了下來，門離她僅咫尺之遙。「姜娘子，妳且先進去休息，我去尋人過來。」

姜姝趴在門上，用顫巍巍的腿撐著，這回是真愣了。「呀？」他不進來？

眼見著他就要推著輪椅走了，她突然心慌了起來，萬一他走了之後，這裡再來人怎麼辦？暈暈的大腦讓她無法多想，伸手拽住了他的輪椅，哭著道：「能不能……先將我送進去呀？幫我把門鎖上，我沒有力氣啦……」

沈舒航也不知該不該說這個姜娘子的防備心太低了，他只是表現出自己要走的樣子，她便信任有加、讓他進屋？這萬一是個壞人怎麼辦？只能無奈地道：「如此，豈不是將妳我二人關在一起了？」

「呀？」她眨著無辜的、帶著淚水的眸子看他。

「所以不成。姜娘子自己進屋，撥一下門栓，不費什麼力氣的，我在這裡等娘子將門鎖好了再離去。」

話音剛落，兩人就聽見有腳步聲響起，亂糟糟的，似是有人急切而來。

姜姝頓時就緊張了起來，怕是有人要對她使壞。「好像有人，怎麼辦呀？」

看她撐著身子推了幾下門都沒能打開，沈舒航只能伸手幫她把門推開，見她進屋就摔了下去，腳步聲又越來越近，也只能跟著進去了，想著等等可以從窗戶走。

嘈雜聲越發亂，他在門口聽見有人大力推開了第一間房門，不知為何又迅速退了出來，而後像是往他們這裡而來。

門驟然被推動，姜姝嚇得將自己縮成一團，死死捂住唇。

好在對方只是推了一下，見推不動，就放棄了，直接進了第五間屋子。

被王玄瑰抱進房間的沈文戈，見他要將自己放在床榻上，連忙拒絕。「別，也不知被什麼人睡過。」她整個人像是從水裡撈起來般，身上滿是細密的汗珠。

無處可待，只能將她放在几案上。王玄瑰眸中一片陰沈，急得聲音都啞了。「怎麼樣？還很難受嗎？」

沈文戈晃了晃頭，懷疑自己是酒勁上頭，便扣著他的手腕安撫道：「可能是我飲酒的問題，別擔心。」

剛剛大家還在一起投壺、射箭，玩得很愉快，她突然間從小腹升起一股灼熱，人頓時就覺得不舒服起來。

王玄瑰一直在她身邊，立刻發現她的不妥，同太子打聲招呼後，就帶著她來別院客房歇息，走到半路，見她腿軟得都沒力氣了，只能將她抱起。

第一間客房，裡頭雖無人，但滿滿的都是熏香味，直衝鼻子，他冷不防猛吸了一口，抬手捂住她的口鼻就帶著她退了出來；而後直向中間的客房而去，但裡面上了鎖，應是有人休息，便只能挑最後一間了。

他捧著她的臉，眼睜睜地瞧著緋紅攀爬而上。「妳平日裡酒量尚可，怎麼一杯就醉了？可是染了風寒發熱了？」

「沒……」她指尖搭在他的腕間。「沒，只是有些燥得慌。」說完，她無意識地在他手腕處的軟皮上摩擦。

互相熟悉對方身體的兩個人，頓時就是一顫。

她睫羽輕眨，不敢相信自己做了什麼。

他也是喉結滾動，被她碰過的地方一片酥麻，直癢到心裡。

王玄瑰抵著她的額頭，呼出的氣逐漸變得熱了起來，閉上眼睛難耐地忍受著，身子逐漸被勾起灼熱，這不正常……頓時就反應過來，第一間客房有問題，那香怕是催情香！而後他猛地睜眼，撈過她鬢角都濕了的臉蛋，在她眸子上親吻，果不其然，只是單純的碰觸，她就敏感地瑟縮了一下，然後仰頭在他耳邊發出一聲媚音。

四肢都軟得不像她自己的了，一股接著一股的熱浪席捲她的身體，她艱難地問道：「怎麼回事？」

自以為正常的聲音，聽在他耳中已變了個調。

他伸手扣在几案邊上，手上青筋浮現，強自忍耐，啞著嗓子說：「剛剛第一間客房裡有催情香，我吸了一口。妳那酒裡想必也放了些不該放的東西。」他手指輕輕在她臉頰處掃過，將一縷頭髮別至她耳後。

只是如此，就讓她的身子顫得更加明顯。「長樂……我……」

放的是什麼，兩人現下的狀態已完全可以說明了。沈文戈又羞又臊，還生氣。「蘇、蘇清月給我大兄的那杯酒裡下了藥，估計也是催情的！你之前說客房，我想起了，我大兄剛剛不在……」

「沒事，我剛才看了，第一間客房裡沒有妳大兄，而且蘇清月在太子妃那兒。」他將她的臉扣在自己胸膛，不行，現在還不行，他需要囑咐蔡奴一二。「嫋嫋，妳在這裡歇會兒，我去去就回。」

她拉住他的衣袖。「你去哪兒啊？我、我想要你……」

「乖，我一會兒就回來。」

許是那杯酒讓藥效揮發得更快的緣故，她倒在几案上，心裡像是有螞蟻在啃噬，太癢了。眼前朦朧起來，她難耐地蜷起身子，滿腦子除了王玄瑰，什麼都想不了了。

王玄瑰一出門，見蔡奴就在一旁候著。

一瞧他眼尾都紅了，蔡奴急忙問道：「阿郎，娘子怎麼樣？」

對蔡奴他沒什麼可隱瞞的，便道：「她誤喝了下給大兄的媚藥，要是太子與太子妃派人來尋，你只需要說她醉酒。有什麼事，等她好了，我再找他們算帳。」又囑咐道：「不要讓任何人接近這裡，尤其是蘇清月。第一間客房給我封了。尋著倍檸之後，讓她再多拿一身衣裳過來。」

蔡奴了然道：「奴一會兒離得遠遠的。」

「咳，那我先、先回了。」剛走出兩步，他強自鎮定地又折了回來。「還有我的衣裳，再給拿一身。」

「知道了，阿郎。」

「嗯。」王玄瑰拍了拍衣襟，大步流星地返身開了門。

要不是蔡奴眼尖地發現阿郎剛開門就晃了一下，還真以為他臉皮厚如城牆。

門被合上的同時，王玄瑰就被撲上來的沈文戈給按在了門上，她整個人如同水裡撈出來的一樣，香汗淋漓地扯著他的衣襟。

「嫚嫚？」

沈文戈幾近喪失神智，縱使腿軟，但因著急切地想要擁有他，所以不知從哪裡又生出了力氣，做出將他按在門上的事。反正她知道這是她夫君，有他在，什麼事他都會處理好的，所以絲毫沒有顧忌地咬上了他的喉結。

啪！是她拽掉了他腰帶的聲音。

這如何能忍？他在她耳邊故意道：「輕些，我們可沒有多餘能換的衣裳。妳聽，外面來人了，所以別出聲。」

「唔……」她被他尋到唇，便用兩臂攬住他的脖頸，將他拉向自己，恨不得和他黏在一起。

門外，是急匆匆趕來的蘇清月，被得了王玄瑰吩咐的蔡奴攔下了。

「五娘子，我家王妃身體不適，王爺正在照料她，這裡閒人免進。」

蘇清月看著大門敞開的第一間客房，咬了下唇，而後道：「我要去客房取些東西，望公公准許。」

蔡奴上前一步，擋在她面前。「怕是不行。王爺有令，讓我守在這裡，一隻蒼蠅都不許飛進去。」

蘇清月幾乎要慌死了，若是以往她還是鎮遠侯府世子夫人時，還能拿身分壓一壓宣王身邊的公公，可現在的她什麼都不是！那間客房裡，還有她放的熏香沒有收拾呢！

沈舒航是跑到哪裡去了？明明她去石亭時，發現酒杯已空了，按理說這個時候都應該發作了才對啊！那個宦官！她猜想，是那宦官領錯了路！早知如此，她就應該自己去領沈舒航的，若是今日能同他再次歡好，以他的純良秉性，定會對她負責，重新以太子妃堂妹的身分娶她回府！

正當她要去尋那宦官之時，太子妃派人來尋她了。

「五娘子，太子妃正找您呢！來參加宴會的姜娘子不見了！」

蘇清月沒法子，只得再次回頭看了眼客房。如今看來，只能等沈文戈身體好轉，王玄瑰帶她走了，自己才能再過來處理東西了。

跟著婢女離去，蘇清月語氣不善地問：「什麼情況？姜娘子為何會不見？」

婢女如實回答。「宣王妃身邊的婢女取了衣裳回來，卻發現姜娘子不見了蹤跡，我們已經在別院裡找尋了許久，都不知她去了哪兒。」

蘇清月冷笑。果然是不知廉恥的賤蹄子，肯定是藥效上來，不知上哪兒摸郎君去了！原本只打算讓她出個當眾脫衣裳的醜，名聲沒了後灰溜溜地滾回江南去，別在阿姊面前礙眼，如今歪打正著，她只能嫁給哪個野男人了！

「好了，外面沒聲音了。姜娘子，妳在此處等待片刻，我出去為妳尋醫者。」

沈舒航推著輪椅轉過來，就見姜姝像個可憐兮兮的小獸一般將自己團成球，蹲在地上。紅得要滴血的臉，就像是原本不該沾染塵土的仙女，下凡碰觸了塵緣。她無疑是美的，此時沒有攻擊性，萬分惹人憐愛，所以他避開了眼，尋到窗戶想從這裡出去。

姜姝已經被折磨得僅餘一絲理智，她口中呼出的氣都帶著熱浪，抬起頭使勁眨了眨，才看清他的動作。他已經開了窗，看樣子是想從窗戶爬出去？可他是個瘸子欸！

他不喜歡她嗎？為什麼要走？她現在一點反抗的力氣都沒有，只要他想，就能為所欲為，可是他沒有。

她搖搖晃晃地站了起來，吃力地朝他走過去，腳軟得彷彿踩在木棉上。

在江南，她見了太多打著喜愛她的名義，想和她親近的郎君，其實都是偽君子，就是想占她便宜。無論是口頭上的，還是行動上的。

自她長得越發貌美之後，她父親就不許她單獨出門了，生怕她被人唐突了。這還是第一次，她的美貌失效了，這個侯爺，他要走欸！

想一想，快想一想，第一次見面時，他有沒有目光貪戀？好像是沒有的，他甚至是目不斜視！

在她即將要摔倒時，已經聽見她走過來的沈舒航嘆息一聲，轉身拉住了她的手，沒能阻止她摔倒，卻緩和了一二。

她半坐在地上，望著僅僅碰了她一下就收回的手，歪歪腦袋。被他碰觸到的地方，像是著了火，點燃了她渾身的血液。

「姜娘子？妳可還能堅持？」他目光有些許躲閃，她歪頭的樣子有點像小狗……咳，他伸手抵住唇，嘴角卻翹了起來。

隱隱約約聽見他這樣問，她在心中算了算，她現在出門的風險，和體內不斷灼燒的熱浪她能不能抵抗？他要是走了，自己一個人在這個陌生的房間裡，萬一叫人從窗戶爬了進來，叫天天不應、叫地地不靈的，那好像還不如委身於他？至少他還算個君子，長得也還不錯。

她身子往前，抱住了他的腿，將下巴放在他的膝蓋上，呼出的熱氣將他的衣服都吹皺了。

沈舒航駭得雙手緊緊握著輪椅的把手，渾身緊繃。「姜娘子？」

姜姝額頭、鼻尖都滲出了汗珠，藥效上來，碰觸到比她要硬的身體，難耐地蹭了一下，而後眯起眸子，喉嚨裡發出愉悅的聲音。

那美得像畫裡走出的人兒，此時趴在他的膝蓋上，長又直的睫毛垂落，小巧又秀氣的鼻子在他觸手可及的地方，於是他鬆開握住把手的手……將她推開了！

她被推開了?! 姜姝跌坐在地上時還不敢置信，睜圓了眸子，而後眸中迅速集滿了水珠，滾滾而下。「嗚……你怎麼這樣啦！」

沈舒航偏過頭，不去看她滾落的淚水，頭痛得很。「姜娘子，妳冷靜些。」

「嗚嗚……我沒法子冷靜呀！」她委委屈屈的。「我難受死啦！都怪你夫人、都怪那個五娘，她肯定給我下藥啦！那你讓我怎麼辦嘛？」

她抽抽噎噎的，話說得有些含糊，說得快了，沈舒航都聽不懂，只能集中注意認真去聽。

「嗚嗚……去請醫者，大家就知道啦，我名聲都沒有了啦……你還嫌棄我？」她倏地抬頭，許是他剛才推她的舉動太過出乎意料，讓她精神為之一振，氣道：「我還沒有嫌棄你呢！」她伸手指著他的腿。「你都瘸了，我沒嫌棄你是瘸子，而且都不知道今日過後你會不會娶我？我就是嫁你也只能當妾，我連太子側妃都不想當，結果卻要給你當妾，我都要冤死了，你還嫌棄我？」

說來說去，繞不開他推她這件事。

她雙手抹著淚，自顧自地道：「早知道就稱病不來了，欺負人嘛！嗚嗚……」然後她喘著氣，憤而撐著他的腿站起來。「我難道長得不好看嗎？」

沈舒航只能仰頭瞧她，淚珠在她下巴尖上聚著，因他坐著，她顯得居高臨下地望著他。美人垂淚，怎麼不美？

「姜娘子，妳冷靜些，妳這般激動，只會讓藥效發揮得更快。」而後他視線落在她裙襬上的茶漬，邊緣處有透明的晶體浮現，心下了然，是媚藥，不然她不會如此。

就在想的這一剎那，姜姝跨了上來。

她抓著他的衣襟，將手順著縫隙伸了進去，自是什麼都沒摸到，裡面是裡衣。

他呼吸頓時一停，便要去抓她的手。

她理智的那根弦已經徹底繃掉了，見脫不下他的衣裳，索性脫起自己的來。

香肩半露，晃得他眼暈，他閉眸伸手向上去拽她的衣裳，她躲他，只聽「嘶啦」一聲，手臂僵住。

她嘟囔一句。「衣裳壞了……」而後貼了上去。

當柔軟碰到他的那一刻，他覺得渾身血液彷彿都在逆流，萬馬奔騰不可休。

最要命的是，她還在他脖頸處蹭了蹭，比他還高的溫度從她的臉頰處傳來，她瞇著眼，又不知在說什麼，手指靈活地解開他的圓領衣襟，灼熱的手掌貼在他的肌膚上，他聽見她滿足的喟嘆聲。這一刻，他只覺得比在燕淳亦手中被用刑還要折磨人。

他深深呼吸了幾口氣，在她的手還在亂動的時候，攬著她站了起來，然後將她先放在了地上，視線在屋裡搜尋著能用的東西。

姜姝再次坐回冰涼的地板上，腦子暈暈的，還不忘生氣。「我還難受呢，你怎麼這樣？你是不是個郎君啊？你……」然後她聲音一噎，愕然看著她需要將脖子後仰到極限才能看到臉的人，再看看他的腿，驚道：「呀！你不是瘸子呀？」而後就見他當著她的面走了出去！

真不是瘸子呀？

他尋到了床帳，然後「嘶啦」一聲扯下。

她下意識看了看自己被扯壞的衣裳，見他回來，還想伸手搆他，他卻用床帳將她整個人包了起來！

「別亂動。」

「做什麼呀？」手已經被一起包起來了，她用頭拱他，然後整個人騰空而起，被他放在了床榻之上，難耐地弓著身子。「我難受呀……」

沈舒航坐在床榻邊，防止她滾下去，問道：「姜娘子可知我喚什麼？」

「呀？侯爺……什麼侯呢？」

他將她推了進去。「妳連我是誰都不知道，竟敢……」一偏頭，話說不下去了。

姜姝髮髻已亂，黑髮垂落，黏在滿是淚水的臉蛋上，肩膀處的衣裳被撕裂了一道口子，顯得她乖巧又飽受了一番蹂躪。她在床榻上拱來拱去，神志不清，只一個勁兒地往他身邊湊。

他只能用手扶著額，嘆氣道：「妳放心，我會負責。家中無夫人，妳不必做妾。我腿傷已快好，也不是瘸子。唉……」竟是在回答她之前說的那些話。

別院驚鵲，天幕低垂。

賞花宴已散，受邀者人人攜帶花枝而走，無人知曉姜姝失蹤，沈舒航也不見蹤影。倒是有零星幾人知道宣王妃身體不適，宣王正陪在她身邊照顧。

密不透風的別院客房內，沈文戈背對王玄瑰撐在柱子上，掌心的汗不斷湧出，讓她頻頻打滑。

藥效開始漸漸退去，身體卻依舊沒有恢復正常，他隨意撩撥都能讓她迷亂，敏感到不可思議。但思緒可以重新運轉了，她能清晰地感知到，裙襬全部堆積在腰間，褶皺成一團，濕黏黏的，有些難受。

她還記得被媚藥支配的自己，是多麼急切地想要擁有他、碰觸他。她將他壓在門上，肆意索取，他攬著她任她為所欲為，但卻在身上被她扒得僅剩裡衣之時，惡劣地騙她說沒有衣裳換，讓她忍耐一二，就是不准她相碰。隔著衣裳耳鬢廝磨，磨得她險些哭出來。

而後他慢條斯理地將衣裳褪下，肌膚得以相貼，她的滾熱和他的微涼交融在一起。几案移位，發出沈重的嘎吱聲，她俯視著他，似高高在上的女王俯瞰她的臣民，准許他親吻自己的裙襬。

他甘之如飴，慢慢引導她，不讓她被自己的急切傷到了。

藥效一波接一波，後來的她只記得，自己一次又一次地在他微微拉開些距離時，重新貼了上去，他只能無奈地撫著她的背，讓她慢著些。

她一句話都說不出來，又貪戀他的唇舌，所以讓他也跟著說不出來。

神志不清時，她還記得自己不要去床榻上，嘴裡哼哼唧唧著「髒」，他只能寵溺地擁著她。

現在，此時此刻，他們身在太子別院，在太子妃的賞花宴上，結果竟做出這種事！羞恥席捲，讓她瑟縮。終於與她體溫相同的人，結實的手臂攬住她，不讓她亂動。待情緒平緩後，他方才撈起渾身軟綿綿，只剩最後一絲力氣強撐著的她，啞聲問：「好了嗎？」

沈文戈偏頭，將臉埋進他的胸膛，不可避免地與他細膩的肌膚相貼，鼻尖蹭過，一點點動作都很致命地讓兩人倒吸一口涼氣。

他伸出手，掐住她的臉頰，整個人也如同從水裡出來般，渾身散發著熱氣，眼下的小痣明晃晃地嘲笑她的不自量力。「怎麼？還來？妳還有力氣？」

「我……」她確實沒力氣了，所以不敢反駁，乖乖巧巧地被他抱起。環顧一圈，竟找不到一個可以放下她的落腳之地，她腳趾縮起，頓時羞得不敢看。

他往几案走去，她只瞟了一眼就頭皮發麻，趕忙道：「還、還是床榻吧，挨著邊坐。」聽到他笑了一聲，卻沒讓她碰到床榻，他先坐了上去，而後攬著她，讓她在他懷中。他的體貼，總能讓她心動不已。

然而現下，她渾身痠軟到連指尖都不願抬起，只能收起自己混亂的心思，靜靜靠著他。

兩人饜足地相依在一起，他將下巴放在她散亂的髮髻上，共同看著通過窗櫺射入地面的光線緩慢移動。

知道她羞，他道：「我先收拾一番？」

客房弄得這般狼藉，總不能留下讓太子別院的人處理，讓倍檸和蔡奴上手，那更不好意思了。

沈文戈就側著頭，悶悶地「嗯」了一聲。

他抱著她，先尋了水盆沾濕汗巾，而後為她擦拭，她瑟縮，身體又浮現出粉色。「我自己來。」

地點不對、時辰不妥，他縱使想逗弄她，現下也不合時宜，便一把扯下床帳，將几案擦拭乾淨，將她放上，自己把衣裳穿好。

沈文戈艱難地將自己整理乾淨時，他已經動作俐落地將一應擺設歸回原位，還用床帳當抹布全部清潔乾淨。

若不是髮絲還亂著，她只怕要氣，怎麼就自己痠軟，他卻像個無事人一般？

他將窗子敞開，花香爭先恐後湧入，驅散了原本的味道，一回身，就見她目光鋥亮地注視著自己。走上前去彎腰在她唇上印下一吻，笑道：「妳可莫要再招我。」而後從她手中順走了汗巾。

她驚呼了一聲，連耳垂都紅得要滴血了。也不知道為什麼，明明這裡沒有第三個人，她還是壓低聲音道：「你拿著做甚？快給我。」

他便又在她唇瓣上落下一吻。再親密的事情都做過了，不過是拿條汗巾，反應這麼大？怪引人垂涎的。

沈文戈只要抬頭就能看見銅盆中他的十指正揉搓著汗巾，一想到自己剛剛還用這條汗巾打理過自己，她就止不住地羞惱。

他邊洗邊道：「我清洗一下再給妳擦一遍，這裡不太方便，回府了再抱妳去湯泉，好好洗洗。」

將臉埋進手中，她低嚷道：「知道了，你快別說了！」

他笑了一聲。

她用手捂住耳朵，氣惱地瞪他。

待將盆裡的水揚到窗外後，她伸手奪過汗巾。「我自己擦就可以，你快出去讓倍檸把我的衣裳拿來。」

幸好倍檸被安沛兒教導過，每每有這種場合都多給他們備出兩身衣裳來，不然要是開口管太子妃要衣裳，那她真是沒臉見人了！

濕掉的汗巾和弄髒的衣裙一起脫下，被紅著臉的倍檸小心疊起裝在包袱裡，力求不讓人瞧見一點邊邊角角。

她給自家一樣連脖頸都紅著的娘子重新梳頭挽髮，然後觀察了一番屋內擺設，這才退了出去。

有沈文戈在，蔡奴一般不會進來為王玄瑰更衣。他便當著她的面，褪下舊衣，換上新衣，過程中不可避免地讓她瞧見了，他後背上自己指甲留下的紅痕。

她舉起汗巾掩嘴，一雙眼睛都不知道放哪兒好，隨即瞧見手裡拿的是汗巾，雖不是同一條，還是讓她整個人都冒著熱氣。

他睨她，見她左顧右盼的模樣，也沒挑破，自己重新將髮冠梳好，來到她面前蹲下。

「腿可還痠？我抱妳出去？」

沈文戈立即搖頭，她還是要面子的。

「那好，我們再緩緩。」

他伸手執起她一條腿為她輕揉起來，緩解痠痛，偶爾碰觸到穴位，便引得她驚呼。

「你輕點，疼啊……」

站在屋外的蔡奴和倍檸，默默又走遠了些。

這一走，就路過了最中間的客房，聽見裡面傳出幾不可聞的嗚嗚咽咽聲音，倍檸嚇得抱緊了懷中衣裳。

姜姝將自己團在床榻最裡側，身上的床帳已經被他給解了去，她抱著自己的膝蓋，一低頭就能看見肩膀上被撕碎的衣裳。

「嗝！嗚……」大顆大顆的淚珠從她眼眶中湧出，她姜姝這輩子沒做過這麼丟人的事情！她在一個郎君面前主動脫衣裳，還被人嫌棄了，被嫌棄之後她還百折不撓地往人家身上貼去！「嗝！」打的嗝都帶著氣，她眼眶紅紅的，時不時就看一眼他，然後癟癟嘴，再看一眼，再癟癟嘴。清醒過來後，也不知自己是該慶幸面前之人是位君子，還是傷心於自己不光衣裳壞了，還和他共處一室。

最、最、最讓她恨不得挖個洞把自己埋起來的是，她咬著他推她的手指，然後徜徉在溪流中，現在裙子裡濕涼濕涼的！完了，她要給他做妾了，回不去家了呀！

也不知道他怎麼看自己，肯定覺得自己是個浪蕩的小娘子吧？她頓時悲從中來，彷彿已經看到了在他後院裡，被他厭棄、被侯夫人欺負的場景，那還不如當太子側妃呢！細碎的嗚咽聲再次響起。

沈舒航拿出汗巾遞給她，食指上的牙印血紅血紅的，見她邊掉著淚珠子，邊注意那傷口，他索性傾身湊近了些。

她抱歉地說：「小心傷口呀，對不起，我不是故意的……」

他用汗巾輕柔地捲起她臉上的淚漬，她也沒躲，都這樣了，躲什麼呀？還不如現在和他搞好關係，以後日子也能好過些。

沈舒航又嘆了口氣。「別哭了，這點小傷不用在意。」

看他蜷起手指，她小臉都皺在一起了，似是在為他疼，他有些好笑，不過好在人不再打嗝了，就是這淚珠子還是不斷。實在是拿她沒辦法，只能不停地給她拭淚。

她看著他，突然自我介紹道：「我父親是江南黜陟使，我姓姜，單名一個姝字，家中還有一個幼弟，與你兒子差不多大。」一忽閃的睫毛蹭住他手中的汗巾，她雙手抓住裙襬，緊張地問：「你、你娶我嗎？」說著，一大顆淚珠委屈地再次滾落，透過汗巾落在他的手指上。

他手指微蜷，定定地看了她半晌。「娶。」

她心下一鬆，又一顆淚珠滾落。「好呀，嗚……但、但我被花鳥使看中了，本是要參加選秀的……」

「無妨，」沈舒航看著她哭得通紅的眸子道：「聖上不會介意這點小事。妳剛才神志不清，那我重新再說一遍。我姓沈，名舒航，乃鎮遠侯，膝下有一子嶺遠，已立為世子，身邊並無侯夫人，休她三年有餘。我會明媒正娶妳，嫁過來後，妳便是鎮遠侯府的侯夫人。侯府人口簡單，我的兄弟姊妹大部分都不在府中，我母親為人和善，他們都會喜歡妳的，放心。」

姜姝愣愣地看著他，不用做妾了呀？

「所以，姜娘子，我可以娶妳嗎？」

她通紅著小臉，胡亂點著頭。

沈舒航的聲音溫和有力。「不哭了好不好？我帶妳出去。」

姜姝低下頭，手指將裙襬擰成了花。「那、那我衣裳怎麼辦？」這副樣子出去，肯定會被人說閒話的。

他沈默半晌後，突然想起什麼。「我記得娉娉說，她讓婢女給妳送衣了，妳既沒收到，她那裡便還有多餘的，我讓她給妳勻一身。」看她滿眼茫然，他解釋道：「娉娉是我親妹妹，排行第七，大家慣愛稱呼她為七娘，不過妳的話，叫她宣王妃，妳可能會更識得一些。」

「宣王妃？」姜姝的眸子在沈舒航的注視下緩緩睜圓了，上下皆被淚水沾濕的濃密睫毛掛在眼上，異常可愛。

他笑了一下，將汗巾放在她身前，隨即穩健地下了床榻，將衣裳整理好，下去開門找人。

她瑟縮了下，愣愣地看著那條汗巾出神，半晌才伸出蔥蔥玉指，將其勾了過來，嘟著嘴在自己臉上亂擦，邊擦還邊胡亂想著，他妹妹是個王妃啊？他自己還是個侯爺……嘶，他們家權勢好大啊！就是可惜了，宣王妃人美心善，但宣王爺長得有點醜。她還記得那日在證度寺裡穿著一身明光甲、手拿流星錘的魁梧大漢，忍不住打了個顫。

這一對比，還是侯爺儒雅俊俏些。

「吱呀」一聲，門開了，橘紅的暖光爭先恐後地湧入屋中，沈舒航迎著燈籠光，微微瞇眼，隨即和門外四人對上了視線——

被攬著腰支撐身體的沈文戈、一雙丹鳳眼若有所思既看他又看向屋中的王玄瑰、清了清喉嚨的蔡奴，以及他正打算去找的倍檸。

四人整整齊齊出現在他面前，而後他的目光落在換了一身衣裳的沈文戈和王玄瑰身上，也慢慢皺起了眉。光天化日、太子別院，他們兩個人齊齊換了衣裳，成何體統？

氣氛陡然僵持，幾目相對，卻沒人先開口說話。

就在這時，屋中突然傳出了一個嬌滴滴的小娘子聲音——

「侯、侯爺，怎、怎麼了嘛？」

音調還發著抖，真是叫人光聽聲就能想像出她的柔弱。

「嘖！」敢出聲的自然是王玄瑰，他側了側身子，將沈文戈攬得更緊了，似笑非笑地看著終於被他抓住小辮子的沈舒航。「鎮遠侯……」腰間倏然被沈文戈的手肘撞了一下，他趕緊改口。「大兄，你這是？屋中還有人？」

沈舒航沒理他，先轉頭安撫了一下姜妹，而後才皺眉問：「你們這是？」

沈文戈看看他沒坐輪椅的腿，又向屋中探了探，隨後才開口道：「蘇清月給大兄的酒杯裡下了藥。屋裡那位，不會是姜娘子吧？」她喝的是蘇清月倒的酒，中了招，而屋中耳熟的聲音，倒像是喝了蘇清月給泡的菊花茶，又被蘇清月弄髒了衣裙的姜娘子。蘇清月給大兄下藥，她還能理解，給姜娘子下藥又是為何？

沈舒航點頭，也簡單地解釋了一二。「我被一名宦官帶路至此不遠處，半路撞上神志不清的姜娘子，只好先將她帶來此處歇息。」

大家都是聰明人，三言兩語就能拼湊出真相，合著這第一間客房，是蘇清月留給沈舒航的。

沈舒航側頭向身後看去，然後問向沈文戈。「妳可有帶多餘的衣裙？」

沈文戈挑起一側眉梢，定定地看了沈舒航半晌，方才說：「自然帶了。倍檸！」

倍檸被這場面唬得一愣一愣的，聽她叫自己，趕緊應聲。「我這就回馬車去取！」人急匆匆走了。

蔡奴也笑著說他去通知太子與太子妃，王玄瑰不出來，他們二人至今還留在別院等著。

沈舒航已經折回房，安撫了姜姝，告訴她，一會兒有倍檸來給她換衣裙，自己則重新坐上了輪椅。「倒是讓你們受我連累了。」

「大兄這話說差了，蘇清月做的禍事，與你何干？」沈文戈看他沒提出換衣裳，憋了半晌，終還是問道：「大兄，你和姜娘子……」

被小妹這樣問及私密的事，沈舒航不禁揉揉眉心。「沒。」

王玄瑰又「嘖嘖」兩聲，被沈文戈瞪了，兩人正打眉眼官司，就聽沈舒航又道——

「但終究與其孤男寡女共處一室，壞了姜娘子名聲，我將向她提親。」

沈文戈險些被自己的口水嗆到。「什、什麼?!」

恍恍惚惚等回倍檸換了衣裳，待房門重新開啟，剛踏出一隻腳的姜姝發現多雙眼睛齊齊注視著自己，嚇得差點又將腳給縮回去。

沈舒航聽見她要出來，就已經過去了，出言道：「無妨，妳莫怕，這裡沒有外人，這是嫂嫂與她的夫君。」

姜姝抬眼先是給沈文戈福了福身，然後又看向王玄瑰，心裡「哎呀」一聲，原來她認錯人了，王爺生得很俊美的呀！

沈文戈就見姜姝默默走到沈舒航的輪椅旁邊，像一隻無害的狗兒，悄悄打量著她與王玄瑰，又看大兄一副相護的樣子，哎呀，牙酸！

沈文戈臉上浮起笑，剛想和她未來大嫂說會兒話，就見太子與太子妃攜手前來，後面還跟著蘇清月。

蘇清月迫不及待想讓他們離開，有些話太子妃不方便說，自然只能她代勞，所以互相見過之後，她矛頭只能射向這裡最無權勢的姜姝。「姜娘子，妳跑哪裡去了？知不知道太子妃找妳多久？我們都擔心死了！」

姜姝小臉一白，喏喏的剛要開口解釋，沈文戈卻截了她的話頭。

「五娘，妳這是以什麼身分訓斥人呢？不知道的，還以為妳是姜娘子的主子呢！」她極少用宣王妃的身分壓人，但姜姝既然已經與大兄共處過一室，又經她大兄之口，是板上釘釘的未來大嫂，那就容不得別人欺負。更何況，這人還是蘇清月呢！她這話一出，那就是十分不給太子妃面子了，她也不想給了，好好的一場宴席，這都叫什麼事！

果然，太子妃面上掛不住，低聲訓斥了蘇清月，又向沈文戈道歉。「是她不會說話，皇嬸莫怪。」

「呵，怎麼？本王的王妃還怪不得你們了？」王玄瑰狹長的丹鳳眼瞇起，直看得太子妃啞聲。

本是默不作聲站在一旁的太子，見狀趕忙出言。「皇叔說的哪裡話，倒是不知皇嬸休息好了嗎？身子可好些了？」他與太子妃皆感到疑惑，明明剛才還好好的兩個人，怎麼現在態度跟變了個人一般？

王玄瑰冷聲道：「要是沒有你們府上的五娘，本王的王妃能更好些。」

蘇清月當即就懵了，連忙看向太子妃，一副自己很無辜的模樣。

可王玄瑰半點都不給她裝模作樣的機會。「你們說巧不巧，本王的王妃喝了一杯五娘備下的酒，姜娘子喝了五娘端來的茶，結果兩人雙雙難受。也就是本王的王妃沒出什麼差錯，不然……」他眸子直勾勾地盯著蘇清月，笑出聲。「本王非要讓她也嚐嚐這箇中滋味。」

蘇清月拚命搖頭，手心裡都是汗。「宣王，您這話說的，我——」

「閉嘴！」太子妃呵斥，然後重新端起自己的太子妃架子。「皇叔，這其中可能有些許誤會。」

王玄瑰可不慣著她，攬著沈文戈的腰就往前走。「是不是誤會，你們查查不就知道了？那第一間客房，可要好好檢查一番，特意給你們留著了。」

「皇叔……」

前進的腳步再次被太子妃堵住，王玄瑰幽幽地看著她。「本王最近是不是脾氣太好了，讓你們覺得自己都可以攔本王的路了？」

太子趕緊拉開她。「皇叔，請！」

姜姝在後面，一雙眼睛都看不夠了，跟著他們走出去的時候還在想，天啊，他們竟然把太子和太子妃訓斥了呀！

「姜娘子？姜娘子？」

「啊？」姜姝被沈文戈叫得回神。「怎麼啦？」

沈文戈被這一聲「啦」叫得骨頭都快軟了，她再次審視了一下這位姜娘子，膚若凝脂、眉眼清澈，確實不像會故意耍手段賴上她大兄的人。關鍵是，姜娘子說話太可愛了，無端讓人生出保護慾來。

「姜娘子住在何處？我大兄的馬車剛才送嶺遠回府了，姜娘子隨我與王爺一道兒吧？我們送妳歸家。」然後她暗自提醒了對方一句，也是想要試探一二。「嶺遠便是我大兄的長子。」

姜姝的小臉上立即浮起笑容。「嶺遠他也來了呀？我都沒看見他呢！他不是要去西北，還沒走呀？」

「嗯？」這回輪到沈文戈愣了。「姜娘子，妳與嶺遠認識？」

好像說錯話了，證度寺的事情能不能說呀？姜姝將求救的視線瞥到沈舒航那邊去了。

沈舒航讓大家上馬車，瞪了沈文戈一眼，示意她消停些，才說道：「證度寺那日，姜娘子替我護住了嶺遠，所以兩人熟識。」

姜姝一邊暗暗打量馬車，一邊點頭。

沈文戈這回眸子裡升起幾分興味來了，喲，原來還有前緣呢！

與此同時，將第一間客房搜了個乾淨，搜出催情香的太子妃，直接給了蘇清月一個巴掌。

「我有沒有跟妳說過，讓妳不要操之過急？妳多大的膽子，給姜姝下藥就算了，妳還敢給鎮遠侯下藥？妳知不知道，殿下今日就是要給鎮遠侯賠罪的！」

「那我還能怎麼辦？舒航他不原諒我啊！」

「那妳就能給他下藥嗎？妳讓我怎麼保妳！」

蘇清月捂著臉，只知道哭。

第三十七章

沈舒航回到鎮遠侯府時，正巧宵禁起，他沒有任何遲疑地就去了陸慕凝的院子，請她次日一早就去提親。

陸慕凝訝異萬分。「你要娶妻？」

「是，兒要娶妻。」他隨即將賞花宴上所發生的一切和盤托出。

陸慕凝聽得連連蹙眉。她其實本就有意為他重新擇一門婚事，但他執意不肯，她想起蘇清月險些害侯府支離破碎，索性便不再管了。如今他終於提了，卻又和蘇清月脫不開干係。但兒子都是當父親的人了，陸慕凝縱使心中對姜姝還有遲疑，也當即應承了下來，確實沒有壞了人家小娘子名聲後卻不承擔之理。她只是憂心地道：「你可與嶺遠商議過了？」長孫即將啟程前往西北，這個節骨眼上，自己的父親卻要娶新婦，可別讓孩子想歪了。

沈舒航沈默，半晌後嘆了口氣。「兒子會將前因後果都與嶺遠說明白的。」

確如陸慕凝所想，沈嶺遠初聽聞父親要娶新婦了，雖理智上知道這是父親應該做的，可情感上卻接受不了。雖知母親犯下大錯，父親不原諒她是對的，但這不代表他能心平氣和地接受父親娶新婦，所以他只能沈默應下，在父親同他說起自己要娶誰時，他猛地站起，匆匆撂下一句「父親娶誰，誰就是嶺遠的母親」後便走了，打算日後和那位新婦井水不犯河水。

午夜夢迴時，他也會擔心，父親日後會不會有了新婦，就忘了還有他這個兒子？

他在家中孤零零地看著祖母去提親，一顆心七上八下，無人可以訴說，憋得眼睛都紅了。

借宿在父親好友家的姜姝，沒想到鎮遠侯府這麼快就來提親了，她幾乎是一臉懵地被通知鎮遠侯要求娶她，然後父親的好友二話不說就替父親同意了。

是姜父拜託的，若是對方人品過得去，就直接答應下來。甚至為了躲過選秀，還主動提及讓婚事快些進行。

陸慕凝自然應承了下來，她也有心讓長孫在去西北前，同新母親相處一些時日。

如此，婚事以極快的速度定在了月末，竟是連一個月的工夫都沒有。

姜姝甚至剛說到「嫁妝」，父親的好友便立刻拿出了父親為她準備的嫁衣，可見是多麼盼著她能嫁出去，不去當太子側妃。

恍恍惚惚回到房間，如今要開始備嫁的姜姝雙手托腮。「我要嫁人了呀……」

她的小婢女一樣感覺如踩雲端，暈乎乎的。「娘子，我們回不去家了呀！」

兩人互相對視，均看見了對方眼中的淚花。

姜姝嘟嘴道：「是呀，回不去了，婚事好急，家中人都不能參加。」

「哎，可是娘子，妳要當侯夫人了啊！」小婢女再次加重了語氣。「侯夫人欸！」

姜姝臉上也笑出朵花來，瞇起眼睛道：「是呀，侯夫人聽起來可比太子側妃好多了呀！」

小婢女跟著道：「就是可惜，侯爺的年紀比娘子大了點。」

腦子裡浮現出沈舒航儒雅俊秀的身影，姜姝可疑地頓了頓，說：「侯爺也還好啦。」

「娘子，妳竟然不排斥欸！唔唔……」

是姜姝紅著小臉捂住了小婢女的嘴，她氣鼓鼓地道：「不許亂說話啦！」

婚期一定，時間就像天空上飄來飄去的雲彩，不知飄到了何處。

被大家一同保護的姜姝，根本不知道自從傳出沈舒航要娶妻的消息後，蘇清月有多麼的氣急敗壞！她可謂是搬起石頭砸自己的腳，陰差陽錯地成全了姜姝。因此她挑唆嶺遠，想讓嶺遠壞了這樁婚事。

好在嶺遠心正，不僅拒絕了，還將此事告知了父親。

賞花宴的事情都還沒來得及追究，鎮遠侯府上下全忙著婚事，沈舒航聽聞此事，第一個反應竟然是去找沈文戈。潛移默化間，在他心中，幼妹也是可以處理此事的人了。

他本是要尋王玄瑰的，轉念一想，兩人一體，告訴誰都是一樣的。對上太子和太子妃，還是王玄瑰的皇叔身分好用些。

於是，大朝會上，王玄瑰自然就拿太子開刀了。

太子愣然地聽著王玄瑰跟御史學的，列出一到五條，將他批得體無完膚。

等他私下去找皇叔道歉時，才知道又是太子妃的妹妹惹出的事端。

這回，就算他為太子妃求情，他身邊支持他的臣子們也誓不罷休了。

而自詡為他著想，甚至做下墨城錯事的蘇相，在聖上召見後，無可奈何地提出自己要養老歸鄉。

聖上按照流程，不能直接同意，推託了兩次，在第三次的時候，終於同意蘇相歸鄉。

歸鄉之時，蘇相還帶上了蘇清月，允諾不會再讓她出現在長安。

而太子經此一事也是元氣大傷，夫妻二人因蘇清月險些離心，好在最後關頭太子終究念及舊情保住了太子妃，可失去的卻是蘇相這左膀右臂，太子妃在長安也再無有力的娘家幫襯。

失去了性子軟的姜姝，太子側妃的人選便換成了朝中另一位官員的嫡女，由此頂替失去的蘇相助力，而此女竟是連太子妃都要避其鋒芒的人。說不後悔是假的，當初就不該心軟，放任蘇清月造次！

但他們後悔也沒用，事已經成定局，鎮遠侯府可是歡歡喜喜地迎娶姜姝進門。

長安城中都在談論，說鎮遠侯對新娶的小娘子頗為看重，迎親當日都是自己親自牽馬而走的，這新婦也是個有福的，一進門，鎮遠侯的腿就好了。

「母親喝茶。」

姜姝先是看了身旁的沈舒航一眼，才接過沈嶺遠手中的茶，像模像樣地喝了，說道：「起吧。」然後她示意自己的小婢女給嶺遠荷包。

嶺遠雙手接過，手指被壓得一沈，險些沒有拿住。他抬頭看去，就見姜姝一副笑咪咪的樣子。

「我也不知你平日都喜愛什麼，又聽你父親說你要去西北了，大家早都將東西給你準備好了，想來想去，我只能給你錢啦！」

沈嶺遠的嘴角抽了一下。得知父親要娶的是姜娘子時，他也不知為何，竟鬆了口氣，沒以往那般牴觸了。興許跟她救過自己有關吧，總覺得她性子好，要不是他母親犯下錯事，她也不至於要嫁給父親。

在姜姝期待他打開看看喜不喜歡的目光下，他打開了荷包，從裡面倒出了三塊金磚。

「這……父親？」

饒是沈舒航也沒想到姜姝嘴裡的小錢竟會是金子，他側頭說道：「是否多了些？」

「哪裡多呀？」姜姝不明所以，催著沈嶺遠將金子收好了，一本正經地說：「像他這般大的孩子，交朋友正是要花錢的時候呢！我家中阿弟每次出去呼朋喚友都是換著請客，可不好吃白食的。」

沈舒航擺手，示意沈嶺遠先將錢收起，然後看著他的小夫人說道：「我不是這個意思，錢自是要給的，但也不能一次給這般多。」

姜姝噘嘴，一副「我不想聽你說話」的樣子，逕自同嶺遠道：「你別理你父親，他年紀大了，都不知道我們現下時興什麼、怎麼交友。你聽我的，到了西北呀，要先和同軍的將士搞好關係的呀！」

嶺遠強自憋笑，悄悄抬眼看了一眼嘆口氣的父親，實在沒忍住，假意咳嗽幾聲，用袖子擋臉，笑得眼睛都要找不見了。任誰在外面提起鎮遠侯，不是「儒將」的稱讚？這還是第一次，有人說他父親年紀大、老了。

沈舒航無奈道：「好了，用膳吧。用過膳後，嶺遠，你帶著你母親在家中逛逛。」

姜姝認為這是沈舒航對她剛剛說的話不滿，才打發嶺遠幹這活兒，遂小聲嘟囔道：「我哪裡說得不對？明明就比我們大很多嘛！」

她自認為聲音很小，可家中兩個武將，聽得那是一個比一個準。

嶺遠趕緊道：「母親，妳嚐嚐這個玉露，十分鮮美！」

「是嗎？」她趕緊挾了一個，興沖沖地吃起來。

沈舒航隔空拿筷子點點嶺遠，示意他趕緊吃，嶺遠一副求饒的樣子，也低下頭吃起來，還時不時向姜姝推薦府中好吃的菜品，瞧著倒是比以往多了絲少年心氣。這是嶺遠單獨面對他時，不會表現出的一面。有的時候嶺遠太穩重懂事，懂事得讓人心疼。他本應該是同父母撒嬌的年紀，而不是在他面前故作老成。

正想著，碟子裡被姜姝挾了一筷子魚肉。「唔，夫君你嚐嚐，嶺遠說的這個魚，真的好好吃欸！」

沈舒航笑著應了，看他們兩人相處的好，他也就放心了。嶺遠即將啟程去往西北，便在他走之前，讓兩人再互相熟識些吧，不然理應他這個做夫君的帶著姜姝滿院子走走的。

吃飽飯就有些犯睏，本想回去睡個午覺的姜姝，被嶺遠拉著往外走，她身邊的小婢女都快貼上她後背了。

嶺遠稍稍回頭，見二人瑟縮成一團，不禁疑惑，這兩個人膽子一個比一個小，是怎麼平安來到長安的？不過膽子這麼小，當初在證度寺卻還拉住了他，一副非要保護他的姿態，他心裡的牴觸便更少了。嘴上問著，他腳下步子慢了下來，有意等著兩人。

姜姝打了個哈欠，為他解惑。「我父親花錢僱人護送我來的呀！」

怪不得，她也會往他手裡塞錢。有時也覺得她們兩個人挺可憐的，在這深宅大院中，除了彼此，誰也不熟悉。

他腦子裡想了挺多，實則是姜姝和小婢女中午吃撐了，在家中她就習慣午睡，今日沒得睡，著實沒精神，所以走得慢了些，反叫他誤會了。

「前面的院子是二姑的。」

「這個我知道，西北大將軍！」

「嗯，母親聰慧。」

姜姝眨眨眼，和小婢女說起悄悄話。「我覺得他在嘲諷我欸！」

小婢女道：「夫人，去掉『覺得』，世子他就是。」

沈嶺遠聽見她在後面好大聲地說著「哎呀，我不跟小孩子一般見識啦」，臉上不禁揚起一個好大的笑，轉過身說：「前邊的院子是三叔、三嬸的，母親已經見過他們兩位了，平日裡可以找三嬸說說話。」

「知道啦，我們回吧？」姜姝走得腳累，不想再逛了。

這才剛出來走啊，沈嶺遠對他這位母親有了個新認知。突見一隻黑色大貓，他眼睛一亮，招手喚道：「雪團，這裡！」

雪團瞥了他一眼，還是朝他這裡走來了，喉嚨裡低嗚嗚的，走近才發現，牠嘴裡還叼著一隻貓崽。

「呀！」姜姝初時被雪團嚇了一跳，隨即奇道：「這隻貓哪裡來的？哎，牠、牠把貓崽扔下啦！」

可不是，見到熟人了，雪團將嘴裡的幼貓扔在嶺遠的鞋面上，頭一扭，轉身就走了，就好像後面有誰要追牠似的。

剛斷奶的小白貓奶聲地叫著。「喵、喵！」

嶺遠撈起白色貓崽，笑著說：「這是姑母和姑父養的貓。母親可要抱抱？」

姜姝眼睛一亮。「我、我可以嗎？」然後她主動伸出兩隻手，等著嶺遠將小白貓遞到她手上。毛茸茸一顆貓團子在她手心上嗅著，「喵喵喵」地叫，把她的心都給叫化了。

有了貓，嶺遠就見縫插針地跟她說了沈文戈的事，兩人又研究了一番小奶貓可以吃什麼東西，等了半天都沒等來雪團，她只好捧著小白貓回了房。

沈舒航鍛鍊一番回來後，就見他的小夫人和她的婢女圍著床榻在逗弄著什麼，語氣裡是止不住的興奮，便問道：「怎麼了？」

姜姝倏地轉身，將床榻上的白貓抱起，眼睛晶亮亮地看著他。「夫君，這隻小白貓，牠的貓母親好像不要牠了，我們養牠好不好？嗯？好不好？」

府上養貓的只有沈文戈，她家雪團還下了四隻幼貓，沈舒航自是知道的，聞言便道：「怕是不行，這是娉娉的貓。而且長樂愛貓，十分偏寵雪團。」

一聽不行，姜姝整個人都洩氣了，她撇著嘴，也不敢和宣王搶貓，吶吶地道：「那好吧……」低頭用指腹揉了揉小白貓的額頭，小白貓伸著軟乎乎的小爪子勾她的手指，她低落地道：「小可愛，一會兒阿姊就要把你送回去了。」

阿姊？這麼會兒工夫，對這白貓都自稱阿姊了？沈舒航等小婢女識趣地躲出去後，方才坐到床榻上。「這麼喜歡？」

「喜歡。」她想了半晌，抱著小白貓蹭到沈舒航身邊，將自己窩進他懷中。「可喜歡啦！」

「喵！」小白貓和她一起睜著霧濛濛的眸子瞧他。

他被磨得沒脾氣，低頭在她鼻尖上捏了一下。

她腳趾蜷縮，臉上倏地爆紅，但鍥而不捨地望著他，期期艾艾道：「夫君，真的可喜歡啦！」

「嗯？可喜歡誰？」他俯身，小白貓許是被他嚇到，「喵」了一聲，他便伸手將貓撈了過去，在牠掙扎時，手一摸，小白貓就化成了一張貓餅，他道了句。「小沒良心的。」

被他若有所指，姜姝環上他的脖頸撒嬌。「夫君。」

沈舒航一手擁著她，一手抱著小白貓，無奈地道：「好了，莫鬧了，晚膳的時候，我幫妳問問。」

姜姝眼睛一亮，捧著沈舒航的臉，左面親了一口，右面也親了一口，聲音軟乎乎地道：「夫君，我就知道你最好啦！」

「好了好了，」他拍著她的背。「這回開心了？」

「嗯！」

另一邊的宣王府，沈文戈問著正扒拉自己裙襬的雪團。「你的孩子們呢？不要了？」

「喵嗚！」雪團在地毯上翻了個身，露出牠軟乎乎的肚皮。

一旁的安沛兒捧著一隻同雪團一般黑漆漆的小貓崽，說道：「一隻在奴這兒。」

蔡奴抱著另一隻黑白花的小貓崽。「一隻被雪團送給奴了。」

沈文戈扶了扶額，伸出手指戳牠。「另外兩隻呢？知道你要給牠們斷奶了，但你也不能全不要了吧？」

雪團只會「喵嗚」地叫著，瞧見王玄瑰進來了，牠倏地翻身，以最快的速度衝了過去，被他抱在懷中，然後「喵嗚、喵嗚」個不停。

他揉著牠的腦袋，說道：「被訓了？」

「喵嗚！」

「你就寵牠吧！」沈文戈起身。「一會兒去問問，是不是被牠叼到侯府去了？」

王玄瑰抱著雪團掂量著。「瘦了不少，那幾隻貓崽也確實太鬧騰了些。」

自從雪團要斷奶之後，牠們幾隻小的就纏雪團纏得厲害，估計也是動物天性，被雪團一隻隻叼著送人了，想讓牠們盡快獨立。

沈文戈瞪了他一眼。「你又捨得了？」這會兒不是晚上睡前都要摸一遍貓的人了？

王玄瑰揉著雪團的耳朵，對他而言，雪團自是不同的，要不是雪團，他恐怕都不能和沈文戈說上話，因此便道：「晚膳的時候，問問侯府有沒有人想養的？」

五隻貓一起養確實太折磨人了，若是府上人喜歡，貓反正也沒去到外人手裡，想看的時候還能看看，他們也解脫了，兩全其美。

一方想養，一方想送。四隻貓崽，分了一隻白色的給姜姝，一隻黑白花的被陸慕凝抱走了，另一隻黑白花的給了三兄及三嫂。只剩最後一隻同雪團長得頗為相似的小貓，沈文戈捨不得，沒讓送人，和雪團一起養在兩人手裡。

奈何，隨著小貓一天天長大，雪團容不下牠了，三天兩頭欺負人家一頓，房間裡到處都是兩隻貓打架掉的毛，也不知是該生氣還是心疼。

等沈嶺遠都動身去了西北，兩隻貓還是時不時你一爪子、我一爪子，讓沈文戈深深後悔，當初就應該送出去一隻！

最終讓兩人下定決心將小黑貓送走的契機，是兩隻貓在鎮遠侯府打架，捲入了無辜的白貓，三隻貓混戰，嚇到了姜姝，險些讓姜姝摔倒，這回可是容不下牠們兩隻一起了！

沈文戈還得替牠們賠禮道歉，她這個大嫂，本身膽子就不大，好不容易敢在侯府中溜達，卻生生被這兩隻貓給嚇著了。

王玄瑰親自去請來醫者，她則帶著長安城賣得最好的吃食去賠罪。

沈舒航一張臉黑沈黑沈的。

姜姝拽拽他的衣袖。「夫君，我沒事。」

「沒事能被嚇到險些摔倒？」說完姜姝，他又將視線看向沈文戈和王玄瑰，訓斥道：

「愛貓也要有個限度，你們兩個多大的人了？」

「咳咳！」姜姝用力咳嗽想轉換氣氛。

沈文戈無地自容，趕緊道：「大嫂，妳輕點咳。」

「我真沒事呀！」

姜姝剛說完話，為她看診的醫者就露出不贊同的表情。「夫人有了身孕自當留心才是，好在這次只是受驚。我開副安胎藥，喝上一副就好。」

幾人齊聲驚呼。「懷孕?!」

醫者一邊開藥，一邊道：「兩個月了，月分確實有些淺，所以夫人要多加注意。」

姜姝捂住肚子，呆愣愣的。「啊？喔喔，好的呀！」

看沈舒航握著姜姝的手，沈文戈亦是一陣後怕，這幸虧沒出什麼事情，當即又是連連道歉。

「行了，都回吧。」沈舒航趕人了。「你們大嫂要歇息了。」等大家都撤出去後，他目光溫柔繾綣地注視著床榻上的姜姝，體貼地為她將髮絲別到耳後，小聲在她耳畔道：「我們要有孩子了。」

姜姝乖巧地點頭。「嗯，那我們要寫信告訴嶺遠的呀！」

「我去寫，妳休息。」

「嗯，你要好好寫，別讓嶺遠生氣。」

俯身在姜姝額上印下一吻，沈舒航道：「他不會的，他會是一個好兄長，妳不要亂想，我寫完拿給妳看。」

「好呀！」

沈文戈被王玄瑰帶著回府的時候，還有些恍惚，他們兩個人成親剛三月有餘吧？大嫂這就懷孕了？鎮遠侯府要添丁，自是件大喜事，她懷中抱著小黑貓，在牠爪子上打了一下。「不老實，非要和雪團打架，險些傷到人知不知道？」

小黑貓「喵嗚」一聲，另一邊在王玄瑰懷中的雪團緊跟著也「喵嗚」一聲，跟比賽似的，此起彼伏。

安沛兒將小黑貓接了過去，寬慰道：「好了娘子，知娘子捨不得，這貓就讓奴養著吧。沒牠在雪團跟前晃悠，雪團不會和牠打架的。」

沈文戈費勁地扯出一個笑容，看著王玄瑰抱著雪團走在前面的背影，納悶地喃喃自語道：「我與王爺也成婚滿久的了，怎麼就懷不上呢？」

王玄瑰翻過身，將在床榻上翻來覆去的人攬在懷中，抵著沈文戈的脖頸問道：「怎麼了？睡不著？」他的聲音中還帶著睏倦。「妳大嫂那裡，我又去問醫者了，胎兒月分淺，所以受驚之後需要保胎，沒有什麼大問題。妳若還是不放心，明日我陪妳再去看望一下。」

沈文戈捏著他的指骨把玩，隨即長嘆一聲。擔憂大嫂是真，但心急他二人沒有孩子也是真。按理他們兩個人整日膩乎在一起，不應該成婚後這麼久都懷不上啊！

她前世是有懷過孩子的，這說明她的身體沒有問題。那麼遲遲懷不上孩子，該不會是他的身體出了點小狀況吧？想想也不是不可能，他幼時成長環境不好，陸國太妃又經常打罵他，興許是那個時候落下了病根呢？

想著，她在他懷中轉了個身。「王爺，我身體也有些許不適，明日叫醫者來給我看看吧？但我有點害怕，你陪我好不好？」

王玄瑰聞言，兩條眉毛都快皺在一起了，他抬起頭，語氣裡帶著緊張。「妳身子不適？怎麼不與我說？我明日在家陪妳，莫怕。」

「嗯！」

沈文戈感受著他安撫似地拍自己的背，不消片刻便沈沈睡去，自然不知道王玄瑰聽說她身子難受後，守了她一整夜。

次日醫者一來，號脈之後當即就診斷出她有腿寒之疾，又說她保養得好，不必再多喝湯藥，照此下去養腿便好。

王玄瑰緊張地問道：「她說自己身體不舒服，可還有什麼問題？」

醫者便道：「許是夫人癸水要來了，身體受到了影響。」

聞此，王玄瑰方才放下心，還又問了些女子來癸水的吃食問題。

沈文戈看著在一旁聽得十分認真的王玄瑰，對欲要收拾東西的醫者道：「不如也給王爺診斷一下吧？反正來都來了。」

王玄瑰自無不可，當下解開護腕，讓醫者號脈，沈文戈就緊緊盯著。

醫者診完後說道：「王爺身體康健。」

康健？當真一點問題都沒有？想著自己再暗中問問，她便提出親自送醫者出府，又指使王玄瑰去湯池給她放藥材，她一會兒要去泡。

路上，她便問了出來。「若是我與王爺身體都康健，那我為何遲遲懷不上孕？」

跟在她身後，被宮規束縛，一向沈穩的安沛兒，險些來個平地摔倒，她強自克制自己不要流露出震驚之色，將滑落的披帛重新拾起覆上，就聽見前面的醫者已經說到，恐還是時機未到，不可強求，沈文戈繼續問是否需要吃些補藥？安沛兒默默拿出汗巾擦了擦額上的汗。

送走醫者，沈文戈便悄悄囑咐安沛兒。「嬤嬤，不如妳給王爺燉些補品？」

安沛兒有些不敢與沈文戈對視。「娘子，奴看不用吧？娘子與阿郎都還年輕，不急於一時。」

再年輕也敵不過年輕的大嫂剛嫁入府中不到三個月就懷有身孕了啊！再說，她也很想要個孩子，便道：「那嬤嬤妳做些藥膳吧，我也跟著吃一吃。」

見實在拗不過沈文戈，安沛兒只能應了。

既然要吃補品，那自然不能再回鎮遠侯府一起用膳了，沈文戈親自回去同陸慕凝說了聲，最近不去府上吃飯，便一心一意等著安沛兒給燉的藥膳。

廚房裡，安沛兒不知嘆了第幾口氣。

王玄瑰剛踏進來，就聽她嘆了一口氣，不禁問道：「嬤嬤這是怎麼了？醫者來不是都說了我們身子無大礙。」他熟門熟路地找到藥罐，待蔡奴為他倒上一碗，一飲而盡後，方才接過蔡奴給他潤喉的蜂蜜水。

安沛兒看他將藥碗扔了，同他身後的蔡奴對視一眼後，勸道：「阿郎若是嫌苦，又何必喝這避子湯？」

王玄瑰丹鳳眼瞇成一條縫，「嘖」了一聲道：「嬤嬤且熬著便是。」

這兩個人，阿郎一心喝避子湯避孕，娘子一心喝補品懷孕。安沛兒端起待會兒要給兩人喝的藥膳，沒好氣地道：「也不必熬了，反正娘子要來癸水了！」

王玄瑰也不知自己是哪裡惹著安沛兒了，聞言道：「這不是還沒來嗎？沒來之前，該熬還是要熬的。」

安沛兒看看手裡的藥膳，再看看一副依舊每天都要喝避子湯的阿郎，笑著點頭道：「好啊！」到時候，且看誰補過頭上火吧！

令安沛兒沒想到的是，率先補過頭的是沈文戈。

一碗藥膳而已，第二天的都還沒喝到，沈文戈就鼻血肆流了。

王玄瑰下地隨手撿起衣裳穿上，然後一手扶著她的頭讓她微仰，一手去尋汗巾為她擦臉上的血，急道：「怎麼了這是？妳等著，我去喚蔡奴給妳叫醫者過來！」

沈文戈趕緊抓住他的手。「別、別去，沒什麼大事，就是上火了。」一說話，嘴裡就一股血腥味。

「好端端的怎麼會上火？我看還是今日請的醫者醫術不高，我再換一位！」王玄瑰說著，手一撕，將汗巾撕成條，給沈文戈塞鼻子裡，又急忙從櫃子裡尋出乾淨衣裳，打算讓她換上，好一會兒見人。

沈文戈身上穿得清涼，本來藥膳喝完後，兩人興致都挺高的，誰承想，她突然就流鼻血了，連雪團都給驚到了，在地上「喵嗚、喵嗚」地叫著。

她手往外推卻著。「不用穿衣，也不用叫醫者。三更半夜的，外面都宵禁了，你出去叫人，還連累人家醫者，算了。」

王玄瑰冷哼一聲。「誰敢攔本王？」

沈文戈被鼻血嗆到，咳了兩聲。

他當即伏身去看。「怎麼樣了？」

「別、別去！」

「行了，妳快別說話了。」他下地尋了塊乾淨的汗巾投水，而後走了兩步突然覺得不對，低頭看了看本應疲軟的東西，此時竟還支稜著，丹鳳眼不禁瞇了瞇。在她額頭敷上汗巾後，他牽起她的手問：「娉娉，妳跟我說實話，妳餵我喝的那碗湯，是不是有什麼問題？」

突然被叫，沈文戈身子一個激靈，本想裝傻充愣，但看他一副「她要是不說實話，就要帶著她的手，繼續剛才沒完成的事情」的表情，她哪裡還敢隱瞞？「就是，讓嬤嬤給我們熬的藥膳而已……」支支吾吾地將實情說了。

怪道他今日燥得不行。王玄瑰繼續追問道：「熬藥膳做甚？嗯？」

沈文戈被他盯著問，一時不好意思起來。「就是想著你我二人成婚這麼久了，我也沒有懷上，所以讓嬤嬤熬點補藥，想盡快懷上而已。」

聽到她想要孩子，他喉結滾了滾，是一種有些愧對她的隱晦表情，手也不自覺鬆了。「要孩子做什麼啊？」然後他想到什麼，表情陰冷了下來。「是不是有人在妳耳邊說些什麼了？」

沈文戈疑惑地看著他。「沒人在我耳邊說三道四，我只是想要個你和我之間的孩子而已。」

「沒有最好！」王玄瑰咬著後牙，他不止一次聽見大家操心他與沈文戈下一代的事情了，有些話進他耳可以，進沈文戈的耳逼她就不行！他捧著沈文戈的臉，用鼻尖親昵地點點她。「我們不急著要孩子，若是有人膽敢在妳耳邊說些有的沒的，儘管告訴我。」

沈文戈其實知道大家背後是怎麼議論自己的，無非是說她是隻不會下蛋的母雞之類的，她並沒放在心上，她只是真的想要一個屬於彼此的孩子而已。

「也不知道為什麼，我總是懷不上。」她眼睫垂下，語氣好不可憐。

王玄瑰在她眼皮上親吻。「那便不懷，妳我二人不好嗎？妳想，妳要是懷孕了，就要在家安胎，等鴻臚寺進了新人後，哪裡還有妳的立足之地？」

沈文戈神情低落，鼻血再次流出。「你一點都不急？」

「不急，我有妳就夠了。」

她仰頭看他，燭光下，他的臉或明或暗，本是一句寬慰之語，不知為何卻讓她眸中漸漸升起懷疑。

紙鳶飛天、香車寶馬、往來人群，花香襲人鋪滿街，長安城一如既往的熱鬧，城裡城外踏青人絡繹不絕。

大大小小的湯池房，氤氳霧氣幾乎要凝結成水，可沒有到休沐日的官員們，卻還是要兢兢業業地上衙，享受不了這般盛景下的歡樂。

白銅馬車停在鴻臚寺門口，沈文戈下了車。她今日著了身藍粉相間的襦裙，內搭一件粉色窄袖上襦，藍色披帛饒臂，已不是剛到鴻臚寺時日日都要穿官袍的小娘子了。

相熟的官員拱手喚她。「七娘今日怎的來了？不是身體不適，請了幾天病假嗎？」

沈文戈還禮，自顧自地往裡走，餘光卻注意著白銅馬車，瞧它往回駛，要去工部送王玄瑰，方才回神道：「我有些東西落了，拿了便走。」
到自己的座位上後，她找尋片刻，找了本閒暇時打發時間看的波斯詩歌集，便一路同人道別，出了鴻臚寺。
手裡掂量著書，她招手叫了輛牛車。「去崇仁坊宣王府。」
「哎！」
牛車走得極穩，卻也甚慢，絕對不會和白銅馬車相遇。
等她回到了宣王府，一路被叫著「王妃」往裡走。
得了信的安沛兒，帶著倍檸趕忙出來接她。
倍檸一瞧沈文戈那模樣，便默默站在她身邊，將那本詩集接了過去。
沈文戈吩咐道：「給我放在書房就好。」
「是，娘子。」
倍檸走了，就剩安沛兒了。她還穩得住，上前問道：「娘子今日不是去鴻臚寺了，怎麼又回來了？」
沈文戈看著故作鎮定的安沛兒，似笑非笑地道：「突然又不想去了，十分想念嬤嬤做的酥山。嬤嬤，給我做一份吧？」
安沛兒當即應了下來。「娘子想吃，嬤嬤給娘子做。但不能貪涼，只可吃一份。」
「好啊！」看安沛兒已經轉身往廚房去了，沈文戈當下也跟了上去。

跟沈文戈相處的時日久了，安沛兒不會看不出來沈文戈是個責任心強的人，怎會平白無故去了鴻臚寺卻不上衙又回來了？定是出了事。可如今娘子亦步亦趨地跟著她，她有心想讓人去喚阿郎回來也無力啊，只好和沈文戈說說笑笑地往廚房而去。

兩人停在王府的小廚房門口，這個廚房幾乎就安沛兒一人在使用，專門用來給王玄瑰與沈文戈開小灶，還有照顧兩隻貓兒的，一般人都是不給進的。

此時安沛兒攔在門口。「廚房之地，娘子別進了，省得熏著娘子。」

沈文戈笑了，如清風拂面，卻吹得安沛兒心裡陡然一涼。

「都怪平時被嬤嬤照顧得太好了，嬤嬤都不知道我也有一手好廚藝吧？今日，我也給嬤嬤露一手！」

安沛兒阻攔不及，讓沈文戈提著裙襬進去了。「哎，娘子？」

不顧安沛兒在身後想阻攔，沈文戈故作疑惑地道：「嬤嬤怎麼了？我想吃荔枝酥山。」

「好，嬤嬤給娘子做，正巧今日聖上給送了一籃子荔枝來。」

沈文戈轉過身，臉上的笑容倏而隱沒了去。她掃了一眼小廚房，四處瞧了瞧，瓜果蔬菜、米麵糧油，應有盡有。她走到放置瓶瓶罐罐的地方，伸手隨意拿下來一個，打開瓶塞看了看，又放了回去，而後突然回身，只見到安沛兒正在舀牛乳。

注視著安沛兒彷彿被風吹動的披帛，沈文戈微微挑了挑眉，然後踱步到她身邊。「嬤嬤，再多做一份酥山吧？」

安沛兒嗔了她一眼。「娘子可是忘了小日子何時來？最多一碗，不然來癸水肚子該疼了。」

沈文戈一副被訓了的悻悻模樣，嘴上道：「那行吧。」轉身離去了。但凡她彎腰摸一摸，都要用餘光盯著安沛兒，直到她走到一個熬藥的藥罐前，將那藥罐拿了起來。「這怎麼還有個藥罐？是誰病了？」

安沛兒心裡一緊，手上做酥山的動作卻沒停，低著頭，語氣鎮定地道：「娘子也知道，阿郎總是有失眠的癥狀，這是以往給他熬藥用的。不過阿郎娶了娘子後，奴已經許久沒用了。」

「是嗎？」沈文戈背對著安沛兒，嘴角已經耷拉了下去。這藥罐雖已被清理乾淨，可藥味極衝，就彷彿昨日還拿它熬藥了一般。將藥罐放了下去，她眼尖地發現一旁的櫃子上竟然上著鎖，便蹲下身撥弄了一番小鎖頭，問道：「這裡怎麼還有一把鎖？」不等安沛兒回答，她又自顧自地道：「嬤嬤好似忘了，前幾日還讓嬤嬤給我們兩個燉藥膳了，那些藥不用藥罐熬嗎？」

在安沛兒倏而變了臉色，思考著自己話裡是否有漏洞的時候，沈文戈站了起來，半個身子都在陰影中。

「嬤嬤，別騙我，這種話也要想嗎？藥膳藥膳，自然和熬藥不一樣，不一定會用到藥罐啊！」小鎖頭在空中晃了晃，撞擊在櫃門上發出「咚咚」的聲音。「這櫃子裡到底有什麼？」

安沛兒喉頭一緊，放下了自己正在攪牛乳的手。「娘子……」

沈文戈不退讓，甚至還讓出了些許地方。「打開，讓我看看。」

沒法子，安沛兒嘆了口氣，拿出鑰匙打開櫃門，將裡面的東西一包包地拿了出來。

黃紙包裹的藥材暴露在陽光下，其上好似有無數翻滾的塵埃，亦如現在沈文戈在油鍋裡反覆被烹的心。她微微揚了揚下巴，啞著嗓子問：「這是什麼藥？」

安沛兒撥弄了下披帛。「娘子……」

「說實話！」

在看見沈文戈那雙隱隱帶著水光的眸子後，安沛兒側過頭，又嘆了口氣，這才說道：「是避子藥。」

沈文戈發出一聲嗤笑，抓起一包藥材，狠狠扔了回去！果然，她就知道！就說她和王玄瑰怎麼會遲遲懷不上，原來他一直背著她喝避子湯呢！不想要孩子直說便是，騙她做甚？還喝避子湯！她被氣笑了，掂量起一份藥材，問道：「怎麼熬？熬多少時間？」

安沛兒上前安撫。「娘子，妳莫要生氣。」

沈文戈避開她伸過來的手，俐落地將藥材全部倒進藥罐中。「我不氣，我有什麼好氣的？嬤嬤過來教我怎麼熬。對了，可以加一些蜂蜜吧？就算是避子湯，也應該是苦的，可不能讓他喝那麼苦的湯藥啊，真是難為他了。」

「娘子……」安沛兒一時也不知該說什麼才好，只能乾巴巴地說：「娘子，妳沒事吧？」

「我好得很啊！」沈文戈看著安沛兒，催促她趕緊教。然後她面不改色地生火、熬藥、加蜂蜜，又十分平靜地同安沛兒道：「今日午膳我來做，讓嬤嬤也嚐嚐我的手藝。」說著，她竟真的去做飯了。安沛兒擦了擦額頭上並不存在的汗，只覺大事不妙。

沈文戈穿梭在灶臺間，自己一個人悶不作聲地做著飯，餘光察覺安沛兒要出廚房，她手中捏麵團的動作不停，嘴上卻道：「嬤嬤，我的酥山做好了嗎？」

安沛兒快要邁出門的腳只好收了回來。

「多用些荔枝，我想吃。」

「好，娘子。」

沈文戈忙個不停，時不時還要去看一眼藥罐，攪拌一下，做完午膳後，她長舒一口氣，也不顧寒涼，直接托住了冰涼的琉璃盞，將一口荔枝酥山咬進嘴中，好似在咬王玄瑰洩憤滅火。

一切都好像是暴風雨前的寧靜，直到王玄瑰回了府。

王玄瑰匆匆回房，尋到歪在美人榻上，正一口一口吃著酥山的沈文戈。「今日下衙去接妳，鴻臚寺的人說妳先回了府，可是身體又不適了？」

沈文戈嘴裡叨著小勺子，安沛兒就在她身後站著，一步也不許離開去給王玄瑰通風報信。她拿出勺子，特意掐著嗓子，溫溫柔柔地道：「沒有啊，我特意早些回府，有個驚喜給你。」

聽她說身體無礙，王玄瑰這才放下擔憂。「喔？是什麼？」而後他坐在她身邊，就著她的手，用勺子舀了一勺酥山吃進嘴中。「荔枝味的？」

「嗯，好吃嗎？」沈文戈眼也不眨地盯著他。

他低頭，用額頭頂著她的。「好吃。那妳給我準備什麼驚喜了？」

沈文戈將琉璃盞放在美人榻上，伸出手臂環著他。「我啊，親手給你做了一頓午膳，你看看都喜歡吃嗎？」

「午膳？妳做的？」王玄瑰眸中驚訝一分不少，成婚後，她還從未踏入過廚房，他捨不得，因而對這頓午膳也是異常期待。「只要是妳做的，我都喜歡。」

沈文戈站起身，同安沛兒道：「嬤嬤，將午膳端進來吧，我和王爺在屋裡用膳。」

安沛兒看了眼王玄瑰，但他滿眼都是沈文戈，沒發現她遞給他的眼神，只好無奈地出去，叫人給房中端午膳。

一道道沈文戈親手做的菜被端了上來，王玄瑰吃得歡快。

沈文戈卻如同嚼蠟，撐著下巴看他用膳，眸光幽幽。

一頓飯，將王玄瑰吃得撐了，沈文戈方才起身。「還有最後一道，王爺且等我一下，我去端過來。」

出門時，安沛兒擔憂地道：「娘子？」

沈文戈豎起食指放在唇前。「嬤嬤，慎言。」說完，她徑直去往小廚房，將熬好的避子湯倒入碗中，一路端回房，又對著在門口著急不已的安沛兒與蔡奴道：「嬤嬤和公公都下去歇著吧。」

剛從安沛兒那兒聽說沈文戈發現了避子藥的蔡奴不敢搭話，只能眼睜睜看著她進了門。兩人對視一眼。阿郎，自求多福吧！

屋裡，王玄瑰抱著雪團舉高高，一人一貓玩得不亦樂乎，聽見動靜，他問道：「回來了？我都吃撐了，不過若是妳熬煮的湯，我一定喝。」

沈文戈掀開托盤上的蓋子，將那碗避子湯端了出來。「喝吧。」

熟悉的褐色湯汁在王玄瑰眼前晃蕩，他手一鬆，雪團「喵嗚」一聲，在半空中轉了身體，輕巧落地。

「我怕你覺得苦，在裡面加了蜂蜜呢！」

王玄瑰目光死死地定在避子湯上，喉頭滾動。

「怎麼，這個避子湯不合你胃口嗎？你是不是覺得想要孩子的我很可笑？」

「避子湯」三個字宛若一道驚雷劈下，劈得王玄瑰裡外皆焦，再看沈文戈宛若啼血般的眸子，他更是一句話都說不出來。

藥汁散發著難聞的苦味，沈文戈將藥碗再次推到他面前，喝道：「喝呀！」

他張張嘴，任腳下雪團蹭他也不給予回應，只苦澀地望著她。

她蔥白玉指捻著湯碗，又往前抵了抵，裡面的藥汁晃蕩而出，侵染了她的手指，她渾然不覺，眼中漸漸浮上水漬。「王玄瑰，說話！別弄得好像我無理取鬧一樣！」

「娉娉，我……」

「你什麼？」沈文戈步步緊逼。「我為了懷上孩子，什麼法子都想試一試，結果你在背後喝避子湯？」

王玄瑰伸出舌尖掃了下唇，一時不知自己該如何解釋，慌亂是他現下唯一的感覺。「不是這樣的……」

「那是哪樣的？」

她飽含著失望的目光掃來，讓他從頭到腳都是冰涼的，一顆心彷彿都不會跳了。他接過她手中的藥碗，默默看著她，因恐懼，連指尖都變白了，好似不會過血了。

沈文戈看著他掏出汗巾，為自己的手指擦拭藥汁，偏過頭去，幾滴碩大的淚滴滑落，聲音中帶著一絲哭腔。「為什麼喝避子湯？你不想要一個屬於我們的孩子？」

為她擦拭的手指頓住，他難耐地將手指插進她的指縫，死死和她纏在一起，怕她跑了一般。然後深呼吸幾次，在她的注視下，還是沒能說出那對他而言自卑到骨子裡的原因，只能用越發紅著的眼尾死死盯著她，艱難地道：「就只有我們兩個人不好嗎？」

沈文戈細眉蹙起。「那你看著我為了要孩子，做出的吃補藥這些亂七八糟的事情，覺不覺得我像個傻子？」她聲音揚起。「你不想要孩子，不如實跟我說，還偏要騙我！」

「我沒有。」王玄瑰攥著她的指骨都是白的。「都是我的錯，我不是故意不跟妳商量的，我不知該如何開口。」

啪！沈文戈甩下他的手。

被她打掉手的時候，王玄瑰臉都白了一瞬。「是我的錯，都是我的錯！」

她喝道：「本來就是你的錯！」說完，她氣到轉身就走。

王玄瑰瞳孔驟然緊縮，那種可能要失去她的恐懼瞬間襲上他的心頭，他猛地攥住沈文戈的手腕，問道：「妳要去哪兒？」然後想起聽到過同僚曾說自家夫人回了娘家的事，他便覺得她也是。「妳要回侯府？妳不要我了？」

沈文戈被他拽著沒法子動彈，聽聞他的話更是生氣了，聲音又往上升了兩個調。「我回什麼侯府啊回侯府？就一牆之隔，走幾步的事，我回什麼？」可不是，她的閨房就在宣王府湯池房旁邊，她回了府，等著他翻牆過來尋她嗎？她不夠累的。「鬆手！」她一副惡狠狠的模樣說道。「我現在暫時不想看見你，你都不同我說實話，還不讓我在府裡溜達溜達了！還不要你了？你當你是酥山不成，勾著我喜歡吃？」

聽聞她不是氣到要回府，王玄瑰心下頓時一鬆，而後見她氣得雙頰粉嫩，頭髮都有些亂了，愧疚感油然而生。又怕她不理他，依舊緊緊箍著她。

她氣著，還在掙扎。

他則慢慢沈默了下來。已經收穫了大家庭的溫馨快樂，身邊有她相伴，他不能承受兩人之間有了裂縫。那會讓他覺得，有寒風從縫隙中吹出，會將兩人吹得越來越遠的……不可以！

他幾番張唇，終還是將自己不願要孩子的原因說了出來。「我……我不是不想要孩子。」

沈文戈轉頭看他，他微低著頭，鴉羽下垂，再結合他費勁地吐字，竟有一種詭異的可憐之態。

「我……我沒有信心當一個好父親，我不知該如何做。」他眸中有著茫然，低聲呢喃道：「我不敢要一個孩子，不會當一個父親，我從未經歷過這些，所以也不會處理，我有妳就夠了。」

說這話的時候，他那悲戚又害怕的眸子映入沈文戈眼簾，頓時就讓她的心為之一跳。

幾乎是一瞬間，她就想到了他幼時的遭遇，是因為幼時從沒得到過父母寵愛，所以才會逃避般，也不想養育自己的孩子嗎？

看他罕見的不知該如何處理的模樣，沈文戈的淚珠成串似的往下掉，心臟彷彿被一隻大手攥住，疼得她幾近無法呼吸。

他繼續道：「妳別哭，妳怎麼又哭了？是我的錯，我不該背著妳喝避子湯。」他遲疑著，不知道該不該承諾日後不喝避子湯了？他確實是在躲避，但他不能承受失去她的風險，所以聲音中帶著討好地說：「妳若是想要一個孩子，那我們生一個。」

沈文戈盛滿了水的眸子，只需輕輕一眨，淚水就會奪眶而出，她有些發愣地看著面前慌得不知如何是好的人。微微咬住下唇，聽他百般說著，她要是喜歡孩子，那就生，但是、但是他可能，他、他不知道該怎麼養孩子。沈文戈用勁抽回了自己的手。

他急著去追她的手指。「文戈、七娘、嫥嫥？妳莫生氣，都是我的錯！」

聽他低聲下氣地哄她，令沈文戈更難過了。他剛剛說自己不會當一個好父親的時候，她就已經像泡在苦水裡了一般，如今他這樣，更讓她心酸。這都叫什麼事？

她抹了一把臉上的淚，側過臉去，在他又捲土重來，碰觸自己時，打掉了他的手。她現在是心疼他的，可依舊氣他瞞她。

「便是如此，你也應當同我說才是！」她氣道。然後又在心裡補了一句：既不想要孩子，我還能強迫不成？我怎麼捨得。

看著高高在上的王爺，這個時候想著法兒地哄她，她心裡除了有心疼的想法，別的什麼都沒有了。

王玄瑰將人抱進懷中。「不生氣了好不好？我錯了。」

沈文戈將臉貼在他胸膛，一時沒有說話，眸子眨動，留在其中的淚水簌簌而下，「怦怦」的心跳聲震得她心裡發麻。

對於她而言，一個尚未出世的孩子，同王玄瑰怎能比得了？她閉上眸子。他那句不知如何當一個父親的話，太令她心痛了，所以在聽見他說「那我們就要孩子吧，我會去向同僚取經」時，她輕輕推了推他。「再說吧。」而後又補了一句。「這避子湯，你從誰那裡拿的藥方？長期吃，對身體可有損傷？」

聽見她的關心之語，王玄瑰幾乎是長舒了一口氣。他在她髮上親吻，說道：「沒有的。妳……還生氣嗎？」

沈文戈打了他一下。「怎麼可能不生氣！」然後她輕輕一掙脫，就離開了他的懷抱，板著臉道：「下午請醫者過來，再為你查查身體。」

王玄瑰注視著她，幾乎是她話音剛落，他就立即點頭道：「好，都聽妳的。」而後他垂下眸子，小心翼翼地試探道：「那……那我這幾日便去書房睡，不惹妳生氣。」

沈文戈挑眉。「做什麼去？」

他小聲說：「怕妳見了我不開心。」

白了他一眼，知道他在扮可憐，沈文戈道：「睡什麼書房？你老實在房中睡吧！」說著，她端起藥碗。

他一顆心瞬間提了起來，就見她將藥碗放在了床榻之上，正正好在正中間。

「晚上睡覺的時候，就在中間放一碗水，你休想過界！」冷哼一聲，她蹲下將一直「喵嗚」個不停的雪團抱了起來。還想睡書房，到時候還不是她心疼，過去尋他？

然而，她忘了王玄瑰睡覺不老實這個問題。

不讓他抱著她睡，在床榻上左右分隔而睡的結果就是——

啪！中間的水打翻，他的長臂搭在了她的肩頭。

她咬牙切齒。「王玄瑰！」

「嗯？」睡眼朦朧的王玄瑰輕輕回了她一句，就再次將人攏在了懷中。

沈文戈恨不得在他手臂上嗷嗚地咬上一口，不解恨地拍了他的手背一下。

她整個人縮在他懷中，背對著他，自然看不見他得逞之後，微微翹起的唇角。

仰頭抵在他脖頸處，她呢喃道：「我也有你就夠了，既不想，那我們就不要孩子了。」

他呼吸一滯，更加用力地將人擁進懷中，直到兩人之間再無任何空隙。

她不舒服，在他懷中掙扎。「你真是煩死人了！睡覺就不能好好睡？」

回答她的，只有他短促的、並不平穩的呼吸。

次日，王玄瑰再次來到小廚房，面對安沛兒端給他的藥碗，他道：「倒了吧，日後不必再給我熬了。」

第三十八章

鎮遠侯府。

沈文戈抽了半天都沒能將手從王玄瑰手中抽出來，瞥了一眼神色如常的王玄瑰，終還是敗下陣來，任他牽著。

王玄瑰便翹起唇角，手指摩擦著她的，兩個寬袖再次緊緊挨在一起。

在兩人身後，蔡奴同安沛兒道：「阿郎最近是不是太黏著娘子了些？」

安沛兒攏了攏自己身上的披帛。「那也是娘子讓的，大夏天的還要為了阿郎特意穿寬袖長袍。不過娘子與阿郎感情好，我們才好期待一下王府的小主子。」

「極是。」一想到這兒，蔡奴臉上都樂開花了，小聲道：「阿郎停了藥，趕上娘子癸水，正好養了一番身子，一切順利得都是那麼的剛剛好！」

「噓，且先不說，阿郎還瞞著娘子這件事呢！」

「對對！」

他二人小聲談論，前面的沈文戈與王玄瑰自是沒有聽到的。

停了補藥之後，兩人又恢復了來鎮遠侯府吃晚膳的習慣。

落坐在姜姝與沈舒航對面，便眼見著姜姝左面，一向風光霽月的大兄，頻頻詢問姜姝的身子；右面則是滿臉喜氣的母親正親自給姜姝挾菜。

姜姝身孕已經四個月了，可四肢依舊纖細，襦裙一遮，任誰也看不出她的孕肚。她此時就是鎮遠侯府的寶貝，上到侯府老夫人陸慕凝，下到打掃婢女，那都是將姜姝看得跟眼珠子似的。

陸慕凝愛護姜姝的勁頭，讓沈文戈都不禁有些醋了，那真真是拿姜姝當自己的親女兒在教養。

晚膳後，陸慕凝瞪了故意說母親對姜姝太好，促進了婆媳感情的沈文戈一眼。「就妳話多！」

沈文戈便用汗巾遮唇笑，斜靠在王玄瑰身邊，同他說：「瞧瞧，有了大嫂之後，我都不是她的心肝寶貝嫪嫪了。」

這話一出，姜姝臉色爆紅，看看陸慕凝，又看看沈文戈，羞得將自己藏在沈舒航身後，惹得他不禁笑出來。

陸慕凝也是伸手作勢要打。「就妳貧嘴！好了別鬧了，妳二姊從西北傳信過來了，都知道姝兒有孕了，在信上恭賀呢！」

她說完，身邊嬤嬤便將信給呈了上來。

沈文戈看姜姝悄悄在沈舒航身後露了雙眼，便主動戳戳王玄瑰，支使他去送信。

堂堂夜能止小兒啼哭的宣王，便聽話地拿過她手上的信，遞給了沈舒航。

都說沈舒航偏寵自己的小夫人姜姝，他們兩人又何嘗不是？每每一起出現，都叫人好生羨慕。

姜姝探頭，心急地和沈舒航一起看信，通篇看下來，又有些小失望地問：「只有二姊的信嗎？沒有嶺遠的？」

說來也是怪，她明明是沈舒航二娶的，按理和前一位夫人蘇清月生的孩子應該沒有什麼感情，不防著就不錯了，偏生她還挺關心嶺遠的，兩人處得倒是好。

陸慕凝見此，看向姜姝的目光更加滿意了。得此佳媳，人家不爭不搶，正經的大家閨秀，遠嫁到鎮遠侯府，成婚的時候自己孤伶伶一人，生母又病故了，怎能不讓她疼惜？

「有的、有的，專門寫給妳的！本想過會兒再給妳的。」陸慕凝招手，親自將嶺遠寫的信給她，還特意說：「就單寫給妳一人了，我和他父親都沒有呢！快拆開瞧瞧。」

聞言，姜姝臉上的喜意怎麼都遮不住，她開心地將信拆了，要和沈舒航一起看，自己又不敢看，就遮著眼問他。「嶺遠在信上怎麼說？」人太多，她不好意思問，他可歡迎這未出世的弟弟或妹妹？若是他不喜……哎呀，那就難辦了呀！

沈舒航在沈文戈一臉沒眼看的神情下，摘下姜姝捂臉的手，溫和地道：「自己親自看看，他問妳何時生產？雖自己回不來，但要給我們的孩子挑禮物。」

「真的？」姜姝喜孜孜地看完信，一顆心這才放下來，又翻來覆去地將信件看了好幾遍才收手。

那一邊，沈文戈也和王玄瑰在一起看二姊的信件，信上除了恭賀大兄新婚、大嫂有孕，也說了一些西北近況。

聖上派的人到西北後，遭到了本土世族的排斥，修建等事宜進展得非常不順利，兩方人現在勢如水火，就差擼起袖子對罵了。

因著知道去西北的人裡，有王玄瑰工部的人，所以沈婕瑤特意在信中提點了一二。信上涉及到了正經事，陸慕凝就沒長留沈文戈與王玄瑰，順帶也將沈舒航和姜姝一齊趕回了房。小夫妻還是回自己房間去培養感情，可別在她眼前晃悠了。

從陸慕凝房中出來，沈文戈便又犯了懶，兩人已經不知多少次偷偷從她閨房院裡翻牆回府了，這次她也依舊帶著人要翻牆。

可王玄瑰卻阻了她，在她疑惑的視線中，他倏而將她豎著抱了起來。

沈文戈身子一晃，趕忙將手搭在他肩上。「你做什麼？」

他一路抱著她進了她的房，「咚」的一聲，將門給關上了。

被關在門外的幾人你看看我、我看看你。

最後還是安沛兒讓大家散了。「行了，都別圍在這兒，娘子的房間，阿郎也不是沒去休息過。」

大家紅著臉，心道：嬤嬤，妳確定是「休息」嗎？

屋裡，沈文戈撐著身子，向後躲著他熱烈的親吻。「你瘋了不是？」

「嗯，瘋了。」

他的吻落在她唇邊、臉頰、下巴等處，灼熱的呼吸燒得她也熱了起來，一個不慎就被他捕捉到唇瓣廝磨。

她眉梢輕挑，不知他這是鬧得哪一齣？手指抓住他肩膀處的衣裳，向下望去，能看見他眼下小痣囂張的晃蕩。「做……唔……什麼？」

他微微仰起頭，追著她的唇不放。

她也就得以看見他眼眸中，滔天巨浪般的慾望下，隱藏的忐忑與焦躁。

自兩人就避子湯一事爭吵後，她緊接著就來了癸水，因而對他的親昵只能推拒，一直到現在都沒有同房過。

她是沒當回事，殊不知卻讓他覺得她還在生氣，因而整日小心翼翼地哄著她。

這些日子，他一顆心在深潭中沈浮，無法控制自己，擔憂又害怕，怕兩人之間生了嫌隙，怕她離他而去。因而在她癸水退去後，就急不可耐地想與她肌膚相親。只有碰觸到她，才會讓他覺得，她就在自己身邊。

她一顆心倏地就軟了下來，他總能精準地掐住她的弱點，知道她對這樣脆弱的他無可奈何。

輕微的回覆，都足以讓他滿足與激動，他熟門熟路地抱著她進內屋。

沈文戈的閨房，得益於兩人閒得沒事就會來侯府，所以內裡佈置一應俱全，還多了許多王玄瑰的東西。

床榻陷了下去，黑髮披散，不知是誰的，纏繞在一起。

寬袖長袍從床榻上垂落，一半被兩人壓在身下，一半垂在地上。

上襦寬寬鬆鬆墜在沈文戈臂彎，瑩白如玉的肌膚晃得他眼暈，她伸手去摸他眼下小痣，他就側頭，在她手腕的嫩肉處輕啄。

她笑道：「屬狗的不成？」

他叼著她腕間薄皮，輕哼。「是妳的貓。」

這一下，讓她笑了出來。「我的貓叫雪團，你是嗎？」問完，她一口氣險些沒上來，手指滑過他的眼下，攬住他的脖頸。

不滿她走神，所以故意弄出動靜的王玄瑰，自己也沈溺其中，耳上潮紅一片。

他想，若是兩人有一個孩子做維繫，拴住她，好像也不錯。至於如何當一個好父親，他可以跟著沈舒航學習。再不濟，將他幼時沒得到的，悉數全給孩子。

屋內的燥熱彷彿傳進了床榻之中，沈文戈受不住地推他，嘴上轉移著他的注意力。「二姊說的西北、西北之事，你打算……怎麼辦？」

王玄瑰拉過她的手，與她十指緊扣，在她耳邊低語。「陳博士給我來過信了，他會解決的，妳專心些。」

「嘶……」

西北白沙城。

正值西北節日慶典，西北軍輪換著放假三日，其中就有新兵。

沈婕瑤正等著沈嶺遠過來尋她，帶他出去逛逛，可半天都沒等到人，一詢問才知人已經出去了。她活生生等到次日，再也坐不住了，直接抓了與沈嶺遠同住的士兵問話。

「回、回大將軍，那個……嶺遠是跟、跟陳博士出去的。」

「陳博士？何人？」

「就是長安來的，專門負責工部的陳博士啊！城裡劃區準備修建的城樓，都是他管理的。」

沈婕瑤佩刀一響，問道：「你可知，陳博士帶嶺遠去何處了？」

同住士兵低著頭，不敢說話。

「說！」

他只好哆嗦著說：「我聽嶺遠說，陳博士要帶他去紅昭院聽曲。」

沈婕瑤眼神一凝。紅昭院？妓院?!

「砰！」她一拳砸到几案上。

的。

屹立在與燕息邊境的白沙城，因盛產白沙而聞名，整座城幾乎都是由白沙與黏土建成

此時街道兩側的白沙民居上掛滿了紅燈籠，節日氣息濃厚。

就連暗巷裡的小娘子、小郎君，都穿得露骨風情又喜慶。

沈婕瑤繃著一張臉走在暗巷的時候，差點被不少穿著桃紅的娘子們給拉進南風院。也沒見她怎樣動作，但就像條魚兒一般，滑不溜手，居然沒讓一個人將她拽進去。

終於尋到紅昭院，尚有人在她身後呼喊著——

「小娘子，來我家南院啊，保准伺候得妳舒舒服服的！」

聞此，臉更黑了。

紅昭院乃是暗巷中最大的妓院，這裡不光有會琴棋書畫的女子，還有那異國風情的美人、長得乾淨白皙的孌童。

她一出現，當即就有老鴇從紅昭院出來招待。「小娘子要找個什麼樣的？」

一進樓，最先聞到的是酒味，入目的是男男女女，耳中聽到的是絲竹亂音。

她按捺住自己，同一直在跟她推銷自己樓內人的老鴇道：「我尋人，找工部陳博士和他帶來的小兵。」

老鴇面色當即一變。「喲，不是來尋歡作樂的，是找人啊！那可真是不巧，奴家呢，又怎麼會打聽客人的來歷？不知小娘子問的是何人，小娘子還是去別處玩耍——啊！」

「啊啊啊，殺人啦！」

寒光刀鋒閃過，樓裡的人尖叫著四散，紅昭院的護衛將她二人層層圍住。

沈婕瑤耐心告罄，腰間佩刀直接架到老鴇脖子上，看都沒看這些人，還用刀身拍了拍面色驚恐的老鴇面頰。「這回有人了嗎？」

老鴇哆哆嗦嗦，怕她真的一刀抹脖，又極有底氣自己有後臺可以制止她，所以驚恐與得意非常矛盾地出現在臉上。她顫著聲又插著腰道：「小娘子，奴家勸妳冷靜點，我紅昭院可是白沙城付家的，從沒有人敢來挑事，妳可掂量著點！」

沈婕瑤一腔怒火在冷靜的表皮之下劇烈翻湧，她掀了掀眼皮。「付家？妳說那個給我遞了八百次帖子的付家？好啊，妳讓他來尋我，我跟他好好說道說道！」付家乃是盤亙在白沙城裡根深蒂固的世族，聖上派人來建設西北，他家首當其衝受到影響，因此沒少給長安來的那些人使絆子，又將主意打到她的頭上。小算盤玩得非常好，但她沈婕瑤憑甚要摻和他們之間的事？所以一向是視若無睹的。這回惹到她頭上，信不信她明日就派兵鏟平了這條暗巷？她刀鋒一劃，在老鴇不敢置信的目光中道：「帶路！」

老鴇雖不敢相信一個孤身前來的小娘子能與付家扯上什麼關係，但對方說得太真，讓她不得不生疑。最關鍵的是，脖子還在對方手中啊，所以只能扯著嗓子喊：「快去！快去尋人！」

一樓鬧哄哄的，並沒有影響到在樓上聽曲的陳辰，但卻把趴在几案上睡熟的沈嶺遠給吵醒了。

他懵懵地起身，喃喃自語道：「我怎麼感覺好像聽見了姑母的聲音？」晃了晃頭，他昨天真是喝醉了，都產生幻聽了。

屋裡有美人彈琴，琴聲悠然，陳辰根本沒聽清沈嶺遠的話，他斜眼看見小郎君起來了，好笑地遞給他一杯清茶。

嶺遠警戒地盯著這杯茶，打小在鎮遠侯府受正統教育長大的他，哪裡知道外面世界的彎彎繞繞？

從長安來往西北的一路上，他被姑父塞進車隊，便由陳辰一路照顧，所以兩人關係不錯，陳辰說要教他看外面的世界，他想也未想便跟著來了。

哪知陳辰帶他來的紅昭院竟是個妓院！他當時一身冷汗都下來了。他父親是絕不准他來這種地方的，讓父親知道，說不定腿都要被打斷！

他羞著臉拒絕，卻被陳辰生拉硬拽地抓了進來……

陳辰熟門熟路地尋了人彈琴，將沈嶺遠按在榻上，笑著道：「今日這第一課，便是教你凡事多留個心眼，人生地不熟的地方，便是熟人都不可信。」

而後沈嶺遠只敢又氣又羞地低著頭，聽陳辰與屋中小娘子交談彈琴技法，聽著聽著便發現，多數都是陳辰指點，小娘子感激應下，再根據他說的練琴。

此時，他才敢抬起頭，對上陳辰滿是笑的眼。

陳辰道：「這第二課是教你，閱美人千百遍，方能守住本心，不被騙，傻小子。」說完，他拍了拍手，瞬間進來了十位風情各異的美人。

嶺遠屏息，如坐針氈，眼神都不敢瞄向美人們。

陳辰淡定指揮道：「就按照之前說的排練，妳們給我這好弟弟奏上一曲。」

「是，陳博士。」

樂音響起，如清風拂身，吹散燥熱，又如山谷空山上久凝不走的白雲，遮下一片陰涼，倒是好曲。

陳辰歪斜坐著，閉著眼享受地搖頭晃腦，時不時伸手拍兩下附和在樂點上，而後他像是興致來了，倒了杯酒遞給嶺遠。

「來一杯。」

嶺遠不願在這個氣氛下推拒，便接了過來，一飲而盡，酒辣前勁十足，他幾乎片刻後就精神恍惚了。在倒下前的最後一刻，他聽見陳辰說——

「第三課是教你，紅昭院這種地方的酒，誰給的都不能喝。」

咚！沈嶺遠一頭栽倒在了几案上。

陳辰則剝了顆花生吃進嘴中，在美人戀戀不捨的目光中，讓她們退了下去，只留下最開始教彈琴的那位。

琴聲再次響起，陳辰將清茶在沈嶺遠眼下晃晃，說道：「喝吧，什麼都沒放。」嶺遠接了過來，先嗅了嗅，確定沒有任何怪異味道，方才喝下緩解了乾渴的喉嚨。

此時此刻，門外喧譁聲驟然湧至。

「是這間房？」

「對對，就是這間！」

砰！沈婕瑤一腳踹開房門，目光停在嶺遠拿著酒杯的手上，語氣森然。「很好，都喝上了？」

沈嶺遠與陳辰雙雙木愣了片刻。

還是沈嶺遠率先回過神，趕緊將手裡的酒杯放下，手足無措又磕磕巴巴地道：「姑、姑母？」只見她這一瞬，他臉上的汗就下來了，趕緊解釋道：「不是姑母看見的這樣！這是清茶，清茶！」

沈婕瑤冷笑。「你還知道我是你姑母？」說完，她眼底封住的怒火終是破殼而出，無法控制。「噹」的一聲，她抽出了腰間佩刀。

陳辰看看這個，又看看那個，洞悉了前後，懂了，這是小傢伙的家人找來了。他自顧自地端起了酒杯，彷彿對這場景見怪不怪。常與他喝酒的友人，總是會被他們的夫人們找上門來，而這種時候，也便是他該說話的時候了。

「還請娘子不要生氣，是我私自帶嶺遠出來玩的，若要怪，怪我便是。」

沈嶺遠急得推他，為他說話道：「姑母，不是這樣的！陳博士帶我來這兒並不是、並不是……」

沈婕瑤把刀尖對著瞳孔緊縮的沈嶺遠，喝道：「管你喝的是不是清茶！你睜大自己的眼睛，看看自己在什麼地方！」

自小都乖巧懂事的沈嶺遠，還是頭一次做這般出格之事，一時間也是慌得不行。他站起身，哪知昨夜那杯酒的效力還在，竟是腿一軟，險些摔了！

見此，沈婕瑤的怒火更加高漲，厲聲道：「你可知自己的身分？你現在在做什麼？枉顧家法、枉顧軍律！該打、該罰！」她一手將企圖攔她、拉她的老鴇推開，一刀向沈嶺遠劈去。

那久經沙場的氣勢一開，跟在她後面的人的尖叫聲瞬間此起彼伏響起。

可那刀在劈人前堪堪轉了攻勢，用刀背重重擊在沈嶺遠背上！

沈嶺遠悶哼一聲，「啪」地就給跪下了。哪敢跑？哪敢攔？只能生生受了。

沈婕瑤尚且不解氣，一邊打、一邊罵。「我看就是你父親、祖母、小姑母太寵著你，慣得你無法無天了是不是？紅昭院這種地方你也敢來！看我不替他們教訓你！」訓完，她手中之刀再次落下。

不料這回卻落在一個鮮綠的後背上，一聲與沈嶺遠不同的悶聲響起。

陳辰被這一刀拍得一口氣險些沒上來，憋得他半晌才劇烈咳嗽出聲。

屋內一簾之隔的妓子蓮蓬，連忙從後跑了出來，不由分說也覆在了陳辰後背上。她哭得看不清人影，也沒能分辨出來沈婕瑤未梳婦人髻，急忙說道：「夫人息怒！陳博士與小郎君只是來此聽奴家彈曲的！」

沈婕瑤在滿腔怒火下握緊了刀把，看著眼前這疊羅漢的三人，真是恨得牙根癢癢。「起來！」

陳辰剛上來的一口氣，被蓮蓬一壓，又險些斷了去。他費勁撐起身子，先將蓮蓬安頓在一旁，示意她不要再說話了，她開口，簡直就是火上澆油。他嘶著氣，後背火辣辣的疼，但嶺遠是他帶出來的，家裡人著急生氣了，他怎能不擔著？於是就費勁站直身子，衝沈婕瑤拱手。「均是我的不是，娘子莫氣。嶺遠連一曲都沒聽完，便睡去了，昨晚什麼都沒有發生。」說完，他踢了踢還跪著的嶺遠，又道：「不管我與他錯得多深，還望娘子回家再打吧？」

剛站起的沈嶺遠，眼眸微微睜大，不敢相信他說了什麼！

沈婕瑤微微回頭，門外老鴇連帶著護衛齊齊退後。人確實多，她是被氣昏頭了，不然不可能光天化日在外面打人。

她目光如刀，從上到下刮過陳辰的皮，隨即眉頭皺起。看得出來此人出身不俗，一身衣料均是綢緞，就是這渾身的顏色讓她無法理解，鮮綠的袍子、火紅的腰帶、紅瑪瑙的盤扣，這跳躍的顏色明晃晃地挑戰她的眼，偏還長了一張俊俏的臉蛋，活生生一個四體不勤、五穀不分的浪蕩郎君。

她重重吐出一口氣，手一揮，陳辰與沈嶺遠身後的几案一分為二，發出驚天動地的動靜，倒在地上。收刀入鞘，她道：「你確實有錯，我不管你是什麼人，但嶺遠身上應擔的擔子比你想得要重的多，若再敢帶他來此種地方，姑奶奶砸了你的府邸！」說完，她眼一斜，看得沈嶺遠渾身一抖。「跟我回去受罰！」

沈嶺遠緊忙跟上沈婕瑤的步子，還回頭去看陳辰。

陳辰向他擺手，示意他快跟他姑母走。嶺遠的這位姑母也太狠了，比他見過的任何一個小娘子都凶猛！想完，陳辰的腦子才轉過來——沈嶺遠的另一個姑母，可不就是西北大將軍！

慶幸自己腦袋和身子沒分家後，他猛地跑到窗戶邊，向下探去，只見沈婕瑤已經揪著嶺遠的耳朵走了。

走著，沒騎馬。陳辰略有些失望，見不到名馬紫璇了。

而後他活動了一下背脊，剛剛那一刀可砸得太狠了，甚至讓他懷疑自己是不是骨裂了？轉身瞧見哭得梨花帶雨的蓮蓬，他沒說什麼，甚至堪稱冷淡地將沈婕瑤砍壞的几案賠付了，然後在一眾人的注視下，也晃晃悠悠地下了樓。

樓中人小聲在他背後唸叨——

「欸？剛才那小娘子，不是找陳博士的啊？」

「還以為是陳博士家的夫人呢！」

老鴇拿著銀子，笑得眉開眼笑。「都散了、都散了！陳博士可是貴客，少說些有的沒的！」她攔過神思不屬的蓮蓬，哄道：「這才是貴人啊，不給妳希望，也不會讓妳失望不是？妳呀，就別多想了！」

蓮蓬苦笑一聲。他是她見過的第一位只是單純聽她彈琴的人，他的一句誇獎，會讓自己覺得，自己也沒有那麼不堪。他教她技法，告訴她天下薄情寡性之人頗多，與其將希望放在他們身上，不如自己好好賺錢，興許日後有機會，就能將自己贖了出去。

可見過他之後，又讓她這一顆心能安放在何處呢？

悲戚慘淡的琴音在空曠的房間內響起，飛出窗戶，越過小巷，飄飄蕩蕩在空中……

沈嶺遠跪在沈婕瑤面前，還在竭力為陳辰辯解。

沈婕瑤只道，她有眼亦有耳，想知道自會派人調查。

說要調查，自然是認真的，要真是個來西北妄圖鍍金的浪蕩郎君，那她就是關，也要讓嶺遠斷了與他的聯繫。

可這查著查著，她就發現了一絲不對之處，這付家彷彿是被陳辰拿捏住了什麼把柄，竟然退出了抵抗，讓從長安來的一眾官員開始盡情建設了。怪哉！

這還不算，白沙城那一條街的暗巷，直接被官府端了，裡面有不少被強制拐來的妓子，得以重見天日。

蓮蓬便是其中一員，她用自己攢下的錢，贖了身，與好姊妹一起開了個小攤，做起小生意。

亦有不願走的，留在原地，由陳辰出錢，開了清館。

沈婕瑤摸著下巴，她怎麼就不信付家會乖乖聽話，一點都不反抗呢？

果然，沒過多久，她就聽說他們在白沙城建了一半的房屋塌了，據說險些壓到人，付家帶頭，讓從長安來的官員滾回長安去！

鬧事的人太多，官府派人請她出兵鎮壓。此等小事，自不用她出面，但她太好奇了，所以當即躍於紫璇之上，帶著人去了鬧事之處。

想像中鬧哄哄的場面根本沒有出現，她高坐於馬上，一身明光甲，人群默默為他們讓開了路，得以讓她看見全貌。

負責白沙城的明府看見，趕緊拱手。

她用下巴尖指著裡面，問道：「怎麼回事？」

明府慚愧地道：「是陳博士帶人來查看，將這場鬧劇壓了下來，倒是煩勞大將軍白跑一趟。」

付家也不過就是在白沙城隻手遮天罷了，順遂的日子過慣了，讓他們不知道什麼叫天外有天、人外有人了，像他們這種人，在長安可能連陪陳辰喝茶都不夠格，但陳辰不介意用當地的方式來解決問題。

可當他知道自己一手建出來的建築被他們搞塌的時候，他生氣了，當即說道：「付家作奸犯科的證據，我會交給明府審查，據說你們上面有人？巧了，我上面也有，我會讓我父親同大理寺和刑部打聲招呼……不對，你們可能去不到那裡。放心，我會同負責你們西北的長史打好招呼的。至於你們百般阻撓我們建設西北一事，我也會原原本本告知宣王，恭喜你們家會被聖上知曉，榮光啊！」

只幾句話，還不至於嚇破了付家的膽，可緊接著，就有付家人來稟，說他們家族的生意遭遇變故。

這變故，自然是陳辰折騰出來的，不然他這幾個月在西北都在幹什麼？

陳辰冷冷地道：「若有敢上前一步者，儘管給我砍，我付診金！」

負責保護他們的軍部人將佩刀一抽出來，那些喊著讓他們滾出西北的人，就不敢說話了。

陳辰臉上遍布寒霜，看著自己面前倒塌的建築，深吸了一口氣，對跟在他身邊的助手道：「塌了也是件好事，讓我們提前知曉，這種方式行不通。」之後，他便一頭扎進了研究中。

等沈婕瑤帶人趕來的時候，看見的就是在一片廢墟中，穿著一襲飄逸的寬袖長袍的郎君，兩隻袖子都挽了上去，正肅著一張臉同身邊人對著廢墟指指點點，而後不顧腳下髒污會染了白衣，在身旁人阻攔無果後，蹲在廢墟上扒拉著什麼。

在他背後，淺藍色的煙雲刺繡攀爬而上，隱約可見雲雨中躍起的魚。向來色彩豔麗的郎君，極少穿這麼素雅的衣裳，今日冷不防一見，卻是更能突出他的眉目清秀了。

他起身，衣襬沾染了重重泥土卻毫不在意，接過身旁為他找來的紙筆，開始作畫，又同助手說了什麼，那助手便朝他們這裡跑了過來。

助手氣喘吁吁地道：「方長史，能麻煩你審問一下弄塌之人是在哪裡做了手腳嗎？陳博士需要知道。」

方長史當即應了下來，派人去審。

她抱胸，看著長安來人對陳辰畢恭畢敬，張口閉口的「博士」，圍著他轉，彷彿是一群圍繞著一朵鮮花的蝴蝶。

陽光穿破雲層落下，陳辰退後一步，避免被曬，偶爾抬頭，可見其神情冷冽，但他對被他雇來蓋房的匠人卻極好，怕他們聽不懂，還會用最淺顯的話說上幾遍，又叫人抬來花茶，給大家備著。

「陳博士，你來這裡看看，是這麼弄嗎？」

陳辰抬頭，回道：「稍等，我一會兒過去。」

他嫌腳前袍子礙事，直接將其掀了起來，塞進了腰帶中，明明是極不文雅的行為，可沈婕瑤偏生覺得，這樣的舉動，自有不扭捏之意。

她收回目光。「我們回去。」

陳辰在西北撕開了以付家為首的世家控制，建設西北一事便趁熱打鐵，如火如荼開展了起來。

眼見他平地起高樓、眼見那貿易區落成、眼見軍事武力重新洗牌，一切都不一樣了。

街道變得規整，排水設施重新鋪設，不同膚色種族的外邦人同長安一樣多了起來。

與西北大變樣一同成為人們津津樂道談資的，是他們陶梁的西北大將軍沈婕瑤與燕息三皇子燕淳亦不得不說的二三事。

據聞，燕息三皇子癡心不改，一片情深向將軍，每年都要抽空悄悄來此看望將軍。

據聞，將軍與他兩情相悅、互定終身，卻因分屬兩國而不能在一起。

為什麼兩人之間的事情會傳得沸沸揚揚呢？那是因為，燕淳亦他打敗了所有的兄弟，成功接任，成為了燕息的新皇啊！這如何不引人遐想？大家都想知道沈婕瑤是如何想的？會不會去燕息呢？

「還有還有，聽說，兩人有過孩子呢！」

「瞎說的吧？大將軍怎麼可能？」

說話之人壓低聲音。「怎麼不可能？我聽在西北的親戚說，大將軍被燕息俘虜救回來後，足足有半個月沒出過屋，軍醫一直在身旁，這不是那時候墮胎了是什麼？」

「啊？真的假的？」

「這還能——」話未說完，他一抬頭，瞧見撐著手一副示意他繼續說的陳辰，驚得一個後仰，險些摔到地上去。「哎呀，陳博士！」

大家跟陳辰的關係都很好，見他來了，倒是也沒有避諱，還想拉著他一起談論。可今日的陳辰，卻無往日的好脾氣了。

他反問道：「你藏大將軍床榻下了？圍觀他二人房事了？不然一口一個，說得跟真的一樣？」

那人臉色驟然變得紫紅。「這……陳博士，我……」

陳辰伸手止住他接下來的話，臉一沈。

眾人心裡便咯噔了一下，從來不發火的人，突然板起臉來，威力巨大啊！這也讓眾人意識到了，此人才是他們來到西北的負責人。

陳辰站起身，嚴肅地同他們道：「我不管外面的人如何談論，但我不想在你們嘴裡聽見這些捕風捉影的話！再讓我聽到，我會將你們直接遣回長安！」不給他們不服氣反駁的機會，他直接挑破這些閒言碎語風起的原因。「自我們來西北後，朝中便有要求大將軍換地鎮守的聲音，此抹黑大將軍的消息，未必不是那想接手成為新的西北大將軍之人放出來的。再者，也不知此種話，是不是燕息皇帝故意宣揚的，為的就是逼大將軍去燕息！大將軍保家衛國，就因她是女子，你們就能同外面的人一樣隨意詆毀她、傷她心肝？才與燕息停戰幾年？你們就忘了之前血的教訓了？」

他這話一出，振聾發聵，眾人掩面羞愧。

「大將軍為你們拋頭顱、灑熱血，你們便是如此在背地裡編排她的？你們到底是陶梁人還是燕息人？竟還上趕著將大將軍送去燕息呢！」

「說得好、說得好！」

那些本有心維護沈婕瑤的人，聽聞有人為她說話，自然也跟著駁斥了回去。

沈嶺遠跟在一旁拍手，怒著一張小臉看向身旁根本不在意的沈婕瑤。「姑母，妳不能任由他們說妳，應當反擊回去，狠狠訓斥他們才行！」

沈婕瑤眼皮子都沒抬，只是道：「我發現你自從同那個陳博士一起玩耍之後，性子變得開朗不少，都敢管起我的事了？」

被她輕飄飄一看，沈嶺遠當即就弱了下來。大姑母同小姑母不一樣，說上軍法就上軍法，半點不留情的。

但他牢記陳辰為他分析的話，還是忍不住替姑母打抱不平。「本就是那狗皇帝變相逼迫姑母，白將軍見勢橫插一刀，欲打壓姑母，姑母沈默，豈不稱了他們的心？」

「你還知道這些？誰跟你說的？」

「陳博士教我的！」沈嶺遠得意地說。

沈婕瑤挑了挑眉。

八月是白沙城由最熱一月逐漸轉變為涼爽的一月，可今日卻是熱得沸騰，也不知是不是因為燕淳亦偷偷潛入陶梁尋沈婕瑤導致的。

燕淳亦從未打消過讓沈婕瑤回頭的想法，這些年裡，他人雖不能親至，但書信、物品總是會送來，就好像他這個人還在一般，讓人想忘都難忘。

但對沈婕瑤來說，無異於每次都要將長好的傷口再重新撕裂一般。

這回同樣地，又一次的威逼利誘，還要加上腹背受敵，沈婕瑤有點煩了。她騎在紫璇上，由著紫璇專挑有樹蔭的地方，蹋蹋踏踏地往燕淳亦所在的地方行去。

那是遠離白沙城，在城外僅有的一片綠色之地，有樹但不多、有草但不密、有花但不香，可它們依舊生機勃勃，頑強地創造出了綠色。

燕淳亦的馬車就停在遠離綠色的偏遠之處，此時他正派人去搜尋樹蔭草叢中是否有人，沈婕瑤靠近後，直接阻了。這地方有時會有白沙城外的村民過來採摘野果，憑甚因為他二人要交談，就失去一天的口糧？她是不怕閒言碎語的，甚至巴不得有人聽見，將其傳出去呢！最好能傳進聖上耳中，用她的坦誠，換取聖上的信任。與燕淳亦那點破事，豈能瞞得過聖上？

馬車車簾被掀開，依舊英俊得如太陽之子的燕淳亦出現在眼前，紫璇向前挺近，可沈婕瑤的目光卻是一頓。

長相雖還是那個長相，但他頭戴九龍皇冠，身穿明黃五爪金龍朝服，肩部兩龍盤旋，像是要隨時撲上來咬她一般。他周身環繞著濃重的上位者的支配氣勢，顯得更成熟穩重了。

「好久不見，瑤兒風采依舊。」

沈婕瑤不喜歡聽這種甜言蜜語，所以掏了掏耳朵。要不是擔心紫璇被曬，她真不想下馬。「找我何事？」

燕淳亦比之前更會藏匿自己的情緒了，他低頭笑了一下。「朕尋妳何事，妳不清楚嗎？朕……」他頓了頓，語氣有些埋怨和委屈。「朕從燕息千里前來，就為見妳一面，妳非要這樣說話傷人？」

沈婕瑤深深呼出一口氣，將他從裡到外、從上到下好好打量了一番，而後道：「我又不是你肚子裡的蟲，怎會知道你想做甚？你要是想撕毀兩國盟約，儘管來犯，且看我會不會手下留情。」

他剛剛登基，國內政局還不穩，怎可能出兵攻打？她不會不知道，但她這副公事公辦的樣子，讓燕淳亦有些傷心。「瑤兒，妳非得如此？」

沈婕瑤疑惑地看去，雙手抱胸。「嗯？我真不知道你……」

他低喝。「妳知道！」

也不知從哪裡傳來的絲竹樂聲此時響起，樂聲悲戚引人掉淚，燕淳亦眼眶都紅了。「朕無時無刻都在念著妳，登基後一顆心直想往妳這兒跑，朕拋下一切政事來尋妳，妳還要朕怎樣？」

沈婕瑤想說：我從沒讓你這樣做。

他繼續道：「朕如今已經是燕息的皇了，朕不要面子，只求見妳一面，妳便一點好臉都不想給朕？事情已經過去那般久了，妳縱使有氣，也該出完了。」

沈婕瑤有些不可置信，又有些理當如此。他已經是燕息的皇了。所有在她肺腑中翻湧的情緒，被他這一句話，壓得又重新平靜了下來。

微微有些愣怔，她舔了舔從得知他來後就沒有喝過水、從而導致起皮的唇，平靜地說：「若我消息沒錯，你後宮中已有貴妃、妃嬪三人，是以，我確實不知你何意。」

燕淳亦生氣的臉龐上浮現出驚喜。「妳關注朕？妳還在意？朕不過是利用她們背後的勢力，平衡朝堂罷了。」說著他上前。

沈婕瑤連忙後退，將刀橫在身前，示意他不要再走。

他便真的沒有再動，似是真的怕她動手。要是惹惱她，她才不會管他是否是燕息的皇，真會將刀抽出來。

見他這般，她眸光也跟著淡了些，有些自嘲地笑了下。

他用極盡纏綿的語氣道：「朕之前的承諾依舊有效，朕的皇后之位一直在等妳。妳不用有任何顧忌，朕會替妳打理好一切，妳只需要風光無限地嫁給朕便好。」

他說的很真誠，聽得出來，是真的將所有的一切都考慮妥當了，從她的家人、她的仕途、她的國家，方方面面都想了辦法。

可唯獨沒有問過她，她想不想？願不願？

沈婕瑤重重地吐了口氣，道：「陛下，何至於此？」

燕淳亦唇舌發麻，直直盯視著她。所有的計謀在她身上好似都不起作用，他眸底有層很淺淡的水光。「沈婕瑤，妳依舊是妳，可惜妳知道謠言這種東西嗎？三人成虎，妳和朕二人曾孕有一子之事，不出半月就會傳遍整個陶梁，屆時，妳要如何做？」他又說：「妳曾說，我們之間有國仇家恨，如今兩國已結盟，何來仇？至於妳大兄，朕可以向他道歉。」

沈婕瑤摩挲著刀把，只看著他不語，她眸中似有千言萬語，亦有清明在其中。

她輕輕一聲嘆息，混著那片綠林後女子的驚慌，一併入了兩人的耳。

雙雙向綠林看去，待沈婕瑤轉過頭來，燕淳亦已經被護衛保護了起來，另有一隊人朝綠林而去。

在那綠林中，陳辰摸著突然冒出來而嚇了蓮蓬等人一跳的紫璇，餵了牠一顆果子，同花容失色地想要往他身邊靠，又因著紫璇不敢靠過來的樂姬們道：「無事，牠乖得很。」嘴上安慰著她們，可他一雙眼睛已經牢牢焊死在了紫璇身上，他恨不得借此機會和紫璇多套些近乎，便由著牠搞亂了他帶來的吃食，一顆又一顆的果子餵牠。

此時，燕淳亦的護衛已經搜到了近處。「是誰？出來！」

蓮蓬等人頓時嚇得更厲害了。

陳辰和紫璇相處的時光被打擾了，當即不耐地皺起眉，對已經閃身進來的護衛道：「某乃陶梁官員，倒是不知，為何要聽燕息人的話？或者，你們先回答一下，自己為何在陶梁境內更好些？你們有路引嗎？告訴陶梁了嗎？」

護衛們被訓，臉一個個黑了下去，語氣不善地道：「出來！我家主子要見你們！」

紫璇被打擾進食，不高興地刨了刨蹄子。

陳辰當即就哄道：「沒事沒事，你繼續吃，我去處理一下，一會兒回來找你。」

蓮蓬顫聲道：「陳博士……」

陳辰起身，示意她們不用動，與那護衛說：「只見我便可。」說完，當先走了出去。

他今日著了一身嫩黃色長袍，因熱所以將寬袖都擼了上去，此時要出去見人，便將其放了下來。

若是忽略衣裳顏色，倒也是個翩翩君子，可他腰間一條綠藤腰帶，嫩黃色的盤扣上鑲著綠松石。

怎麼說呢，和林間偶有盛開的小花挺相配的，就是衝擊力有點強，讓燕淳亦與沈婕瑤雙雙挑了眉。尤其是燕淳亦，那不能理解的嫌棄表情明晃晃顯露了出來。

因擔憂燕淳亦會仗著自己是燕息皇帝，對陳辰做些什麼，所以沈婕瑤先開了口。「你怎麼來了？」

一說話，便是熟稔之態，惹得燕淳亦看了看她，又面無表情地盯視了陳辰一眼，這才道：「怎麼，瑤兒，妳認識？」

沈婕瑤剛要點頭，陳辰已經走近。

陳辰非常謹慎地用餘光掃視著燕淳亦，而後看向沈婕瑤道：「可說完話了？我編排的曲子今日大成，就等著妳完事。」

這話有些模稜兩可，會讓燕淳亦誤會二人的關係。沈婕瑤的眉梢再次拱起，便瞧見陳辰又開口了。

陳辰輕微蹙著眉，故意有些敵意地看了燕淳亦一眼，然後落寞地道：「若是還沒說完，那我再等妳一會兒，左右我今日也無事……」

被他這一副她始亂終棄因而泫然欲泣的目光注視著，讓她瞬間從尾椎骨那兒湧起一股寒顫，不誇張地說，她渾身雞皮疙瘩都起來了！不過她也確定了，他是在替她解圍。倒是不知道陳博士除了房子造得好，還有這種技能，關鍵是好像不需要她說一句話，他就能完全搞定。

就見他緊接著又接了句。「曬了這般久，我怕妳暈倒，我在那林中美酒、佳餚都備著，要不要隨我一道兒過去用些？」

燕淳亦英眉下的眸子如果能殺人，陳辰相信自己可能要死千八百回了。

燕淳亦伸手欲要扣住沈婕瑤的手腕，被她直接擋了，便只能陰沈著臉問道：「他是誰？妳要跟他過去？」

陳辰這個時候倒是不說話了，自顧自理了理自己的寬袖，一副全憑沈婕瑤自己作主的聽話模樣。

她若想留下，他便當什麼都沒看到；她若想走，那他正好給她遞個臺階。

明明知道陳辰所言所做皆為假，但偏生沈婕瑤感到了尷尬，從內往外的不適。

她這種狀態，讓燕淳亦捕捉到了，便更憋屈生氣了。

可隨著沈婕瑤向前一步走，他腦中瞬間嗡鳴。在他不在她身邊的這段日子，她竟然有人了？氣憤、不甘、仇恨，他怒而看向陳辰，只見對方挑釁地向他翹了翹唇角，轉頭卻對沈婕瑤伏低做小，恨不得彎下腰扶著她走！

見到沈大將軍，陳辰現在覺得後背還痛呢，怕得很、怕得很啊！

沈婕瑤順著陳辰之前的話道：「那便回吧，說完了。」

「沈婕瑤！」

任由燕淳亦在身後喊她，她與陳辰並列前行，遇到攔路護衛，她眼一橫。

陳辰當即跟她告狀。「他剛才吼我了！」

聞言，沈婕瑤與燕淳亦都覺得自己的喉嚨有點堵，那些護衛更是一臉看不上的表情。

等一口氣終於順過來了，沈婕瑤才偏過頭對著陳辰道：「陳博士，不必跟他們一般見識。」

這怎麼能行呢？陳辰當即向她挑起飛眉。不行，得給我作主，不然怎麼氣死後面那人？握著刀把的手，鬆了緊、緊了鬆，半晌她才從齒縫中吐出話來。「博士之才在建築，這偌大白沙城若沒你，怎能換新顏？何必在意兩條蟲子？」

怎麼說呢，被沈大將軍誇獎了，還是很開心的，所以陳辰欣然接下，臉上這笑啊是止都止不住。「有理！」

「你怎麼不問那人是誰？」

「沒必要啊！」

兩人自顧自地聊天向前走，燕淳亦在後聽聞，可謂氣血翻湧，隨即又聽見陳辰的下一句話，雙眼頓時就氣紅了！

陳辰道：「早先便同妳說了，我父親作不了我的主，婚後妳願意當大將軍便當大將軍，願意仗劍走天涯，我便跟著妳去溜達。若是早成婚了，哪還有今日這檔子事？」

沈婕瑤聽著陳辰火上澆油的話，竟覺得痛快，索性任由他發揮，只低低「嗯」了一聲，以當自己附和。

然後他又自嘲道：「是我魔障了，便是不成婚也是行的。反正妳在哪兒，我就在哪兒，妳要待在西北，那我就向工部申請，日後也留在這兒。家裡有錢，反正養得起我們。」說著，他有些上癮，想拽她袖子回頭看看後面那個燕息的皇帝氣死沒有？

燕淳亦沒氣死，但也快了。

這次出行，是他登基後最後一次的出格之舉了。他在兩人身後喊道：「沈婕瑤！」她停下，微微回頭，陳辰便也跟著停了。

燕淳亦喉頭有些發哽，看著兩人相攜的背影，說：「妳今日若走了，妳我二人之間，便再無轉圜餘地了！」

這回倒是不稱「朕」了。沈婕瑤點了兩下頭，示意自己聽見了，便這麼當著他的面，與陳辰一道向前走去。

「沈婕瑤！」燕淳亦捂住自己的胸口，那裡有她當初深深刺入留下的傷疤。太疼了，疼得他幾乎喘不過氣。

他身邊的公公扶住他，擔憂道：「陛下？」

對權勢的追逐，讓他徹底失去了她。以權謀和算計開始的愛情，終究是開不出花朵的。

第三十九章

綠林中，惶惶然的蓮蓬等人終於等回了陳辰，還在吃的紫璇發現了沈婕瑤，立刻上前用臉蹭她。

她抬手摸摸馬臉，就見陳辰已經擼起袖子，同樂姬們一起收拾起地上的東西來。

對上蓮蓬等人悄悄看她的目光，她回以頷首。

她們便笑著開始替陳辰解釋。「陳博士邀我們來踏青，彈了兩曲便見到了那些護衛。」

八月毒辣天，來踏青？倒卻是陳博士能做出來的事情。

沈婕瑤看著將東西都收拾規整的陳辰，微微動了動脖子。

陳辰的餘光注視著沈婕瑤一來後就連東西都不吃的馬兒，蠢蠢欲動地想再摸兩把，遂邀沈婕瑤道：「可要共飲一杯？」

想也未想，她便應了。不願再停留在此處，不想再聽見燕淳亦的聲音。

「那我來牽馬。」陳辰殷勤地接過紫璇的韁繩，乘機在其身上摸了兩把，卻是讓一眾樂姬更加誤會二人的關係了。

兩人之前談話，是離綠林越來越近的，所以她們雖聽不真切，卻也隱隱約約聽見了「成婚」二字，當下只能用羨慕的目光看著沈婕瑤，很小心地隱藏好自己的情緒。

但沈婕瑤是何人？她對眾人情緒分外敏感，那小心翼翼打量她又黯然神傷的眸子，簡直就是在跟她說「陳辰始亂終棄」，可據她觀察，陳辰並非此種人。加之現下她不想讓自己的腦子想起燕淳亦，因而便問出口了。「我記得妳，紅昭院，妳是當日彈琴的女子。可妳不是已經離了那裡，怎麼又回來彈曲了？」

蓮蓬先是目光哀怨地看了一眼陳辰，見他一顆心全墜在紫璇身上，只好抱緊懷中琴道：「雖有個活計，但賺得不多，又總受到一些人騷擾，已關了。」她抿抿唇，又道：「是我們想得太簡單了，活著賺錢真難，我們便去了清館，又被陳博士發現，教了新曲子，如今也就是掙扎地活著吧。陳博士帶我們出來彈曲，也是想讓我們有個安身立命之本，只有琴技不斷精進，我們才能繼續留在清館。雖是清館，但競爭也挺大的。」說完，她鼓起勇氣，看向沈婕瑤，認真地道：「娘子，陳博士是個好人，我們如浮萍，他卻想教我們生根，我們自知配不上他，也不願娘子與陳博士離心。」一滴淚從她眼中流出，被她側頭輕輕拭在了琴罩之上。「讓娘子看笑話了。」

能在紅昭院裡盛極一時的女子，總有些自己的過人之處，蓮蓬生得溫婉，說話調調也婉轉，最厲害的是，讓沈婕瑤這顆鐵心都心軟了。她微微點頭，未解釋她與陳博士並非蓮蓬所想的關係。

一行人直奔這白沙城的莊子而去，初時燕淳亦的護衛還跟隨著，很快便沒了人影。待她回頭相望，也只能看見茫茫稀樹。

「到了！」

沈婕瑤轉頭，不禁挑起了眉，面前的莊子同她在長安城見過的那些建造華美的莊子無甚區別，甚至內裡更有乾坤。

不只她，跟著他們的一眾樂姬也發出了驚嘆聲。

陳辰牽著紫璇往裡走，同沈婕瑤介紹道：「這是我的莊子，將軍且放心。」

「你的莊子？」沈婕瑤看了他一身嫩黃色的衣裳，覺得自己也不是接受不了，卻還是好奇。「陳博士厲害，來西北不到一年，都置辦上莊子了。」

越往裡走，莊子裡的建築就越奇形怪狀，偏偏和周邊環境融為一體，看著看著，還怪順眼好看的，一看便是陳辰自己籌組建造的。

每每發現沈婕瑤目光注視的時間過長，陳辰便會開口跟她介紹。「這棟屋子，是我剛到西北的時候組織人建的，想試驗一下白沙城的沙子。這是請白沙城本地人教我建造的，妳瞧，他們的屋子很有特點，妳看這裡……妳別小瞧西北，來了之後才發現，這裡竟然有蟲會蛀木，怪不得少有人用樹木建屋……」

原本燥熱又平息不下來的心，就在陳辰的講解下緩緩鬆弛了下來，沈婕瑤指著不遠處的房子說：「這個像長安的房子。」

陳辰猛一拍掌。「是呢，我剛到西北時不習慣這裡的房屋，所以特意建了一所。走，我們到那兒去喝酒、聽曲，豈不妙哉？」他一馬當先，嫩黃色的寬袖長袍是此間唯一的亮色點綴。

日頭毒辣，本想在屋外喝酒，可實在叫人受不住，他讓人送來酥山等吃食水果，親自安頓好紫璇，這才捧著兩罈子酒回來。

此時屋裡，蓮蓬等人已經率先為沈婕瑤彈奏上了，說要請她聽一聽，她們根據陳博士指點所練出的新曲。

待陳辰歸來，只見沈婕瑤將腳翹在几案上，正舒服地窩著，捧著一盞酥山吃得盡興，還搖頭晃腦，對著蓮蓬等人大聲叫好，哪裡像個小娘子？分明是位俏郎君。可細看就能發現，她眼中無神，分明是曲不過耳。

見他回來，沈婕瑤趕忙打起精神招呼。「你家這個酥山甚美，若是我小妹，定要愛死了。」

陳辰將兩罈子酒放在几案上，也不嫌棄她的腳，就在她身旁落坐，笑道：「將軍不愧是王妃的阿姊，這是因為王妃愛吃，我嚐過一次，驚覺甚香，特意同王爺身邊的嬤嬤討來的方子。」

沈婕瑤塞給他一盞酥山。「也不愧是你陳博士。」

曲聲悠然，兩人雙雙幾口吃完酥山，又喝水漱口，這才開罈倒酒。

兩隻酒杯相碰，烈酒下肚，妙哉！

沈婕瑤回頭，特意為陳辰滿上一杯酒，鄭重道：「今日之事，多謝陳博士。」

陳辰與她碰杯。「無妨，小事爾。」

這可不是小事，不是誰都有勇氣對上燕息的皇，或多或少都會糾結一二的。

許是看出沈婕瑤在想什麼，陳辰主動說：「我乃陶梁官員，就算是燕息的皇帝想要處置我，也得看聖上同不同意。何況，我父親是禮部尚書欸！」他將身子轉到沈婕瑤的方向，同她道：「可縱使我父親是禮部尚書，他卻只是我小小的靠山而已。我母親是世家之女，我舅父有四個，均在朝為官，個個不懼我父親。我還有眾多或從軍、或從商、或務農的家人們，說句大話，他能奈我何？若他敢把手伸到陶梁……」他語氣輕快地道：「那我大不了就辭官唄！」

沈婕瑤輕輕與他碰杯，他這份情，她記下了。

兩罈子酒而已，沈婕瑤酒量好，陳辰也不遑多讓，喝到見底了，兩人還神智清楚，甚至陳辰還安排人專門送樂姬們回城。

他一回身，就見沈婕瑤雙手抱胸斜靠在門框之上，在她頭頂，藍黑色的天空上，圓月高懸。

「陳博士，再喝一罈啊？」

「好啊！」又叫管事送來一罈酒後，他就要招呼沈婕瑤進屋飲酒。

她刀一橫，說道：「此時氣溫涼爽，屋中豈不憋悶？我們換個地方。」

陳辰環顧一圈。「何地？不如我讓他們擺張石桌？」

沈婕瑤唇角彎起，這是今日的第一個笑容，她語氣中帶著壞笑。「何須如此麻煩？月光正美，怎能不近距離觀賞一番？」說完，她不給陳辰拒絕的機會，一手抓住了他肩膀的衣裳。

「做甚——」

陳辰話還沒說完，她人已經帶著他爬上了屋頂！他僵硬地坐在屋頂之上，渾身緊繃，好險剛才沒叫出來丟人，此時正在平復自己受到驚嚇而狂跳的心。

「陳博士，可是聽見我與燕淳亦的交談了？」

沈婕瑤冷不防一句話，讓陳辰的心跳得更快了。他本就有些怵，這四下也沒個可以抓扶的東西，又被她連嚇兩次，因此沒好氣道：「距離甚遠，我有順風耳不成？」

摩擦著刀把，她說：「那你為何在他跟前說出那些話，幾乎句句都是踩著他的話而言。」

他神情瞬間愉悅起來，堪稱眉飛色舞。「我說中了？我就知道！像他那種自視甚高的人，說不出什麼好話，都能猜得中！」

她低聲呢喃一句。「原來如此……」

「哎，」畢竟也是喝了一罈酒了，終歸有些酒勁上頭，陳辰一邊給酒罈開封，尋找酒杯，一邊勸慰她。「失去不是一件壞事，正所謂塞翁失馬，焉知非福？喝酒！沒拿杯子上來啊？那我們下去喝吧？」

「不用，」沈婕瑤接過酒罈，當即大口往嘴裡灌了。「舒服！」她將酒罈推到陳辰面前。「喝！」

陳辰看她一眼，被她的豪情所懾。「喝！」

罈口太大，打濕了陳辰的衣裳，沈婕瑤指著陳辰那蹭得又濕又髒的衣裳，哈哈大笑。

她笑得暢快，陳辰瞥了她一眼，本想故意將酒撒在她身上，卻在剛要動手之際想起，她是個女子，不能將衣裳弄濕，而且他打不過她，因此只能恨恨的又大喝兩口。

笑聲漸歇，她突然道：「流言蜚語說的都是真的，我與他曾有過一子，但被我打掉了。」

陳辰只眼睫微眨一瞬，而後便道：「做得好。」

她猛地側頭望著他，她今日瘋魔了，竟對著一個見過沒有幾面的、堪稱陌生的郎君，說出了她隱藏多年的秘密。但秘密被說出口就不是秘密了，她好暢快！

該死的，她不過就是懷過燕淳亦的孩子，她還能傻兮兮地生下來不成？

她靠近他，對他道：「有眼光！我何錯之有？」

這話陳辰不敢苟同，搖手道：「妳還是有錯的。」

「嗯？」她挑眉，手已經握住刀把，他要是膽敢再多說一字她不愛聽的……哼！

他說：「妳眼瞎。」

「……哈哈哈哈！對，我眼瞎！」

陳辰拍拍她的肩膀。「人生在世，當得瀟灑一回，往事不可追！」

西北軍營，沈婕瑤叫沈嶺遠過來用膳，邊喝著菜湯邊問他。「你母親就要生產了，你可有準備慶生禮？」

沈嶺遠點頭。「回姑母的話，已備下了。」

還在糾結自己要送什麼的沈婕瑤不禁說道：「你動作倒是快！又是陳博士給你出的主意吧？」

「不是，我自己想的。」

他在那兒愣神，半天沒用一口飯，沈婕瑤拿筷子敲了下碗邊，示意他趕緊吃。這到了冬日，飯菜不快點用完，一會兒就變涼了。

她兩三下扒完飯，讓他在她屋中暖和暖和，自己則起身去問弟弟們，結果一問，人家都有夫人幫忙操持，東西早早弄好了，就等她的到位後，一併送往長安呢！

得，就剩她自己了！往長安運東西還有路程上的時間呢，可別耽誤了，因此她索性去尋陳辰，讓他幫自己出個主意。

西北苦寒，幾次聚在一起喝酒、聽曲之後，陳辰是半點沒拿她當外人了，裹著被子就邀她進屋，一聽要讓他陪她出去挑禮物，先小心觀察了下她的神色，然後打算不著痕跡地提一個不用他出門的建議。

沈婕瑤是誰？耳聰目明，敏銳得很，當下就捕捉到了他那暗搓搓的眼神，說道：「不白請你出主意，紫璇借你騎。」

陳辰原先那有氣無力、恨不得縮回被子裡的身體，當下就直了起來。「當真?!」

「當真。」

這下陳辰勁頭來了，馬上積極地出主意。「妳兄弟眾多，我估計能送的，大家都已買了，不如送些自己親手做的東西，展示情誼。況且妳不是說，妳那嫂嫂年紀不大，妳又沒見過面，但終歸是一家人，金銀物件估計她也不缺，就缺妳這份心意。」

沈婕瑤被他說得動心，但是……她手工不行啊！

為了避免自己出門吃雪，陳辰道：「那就木工吧，這個我還會些，可以幫妳一起弄。」

「那行！」

陳辰一聽她同意，當即掀下被子，從他的木箱中尋了塊木頭出來，教她如何雕刻。

會用刀的人，削起木頭來也是不遑多讓，就是細節部分掌握不好。

墨綠色的寬袖垂在她背上，陳辰在她身旁指點。「不對，這裡用勁。」

綢緞在手背上滑蹭，沈婕瑤動了下手，想將詭異的感覺去除，手裡的刻刀就偏了。

「小心！」冰涼的手撈起她的，險而又險地避過刻刀。

他的手不似一般的浪蕩郎君，柔軟得像一點重活都沒幹過般，反而與她一樣，手上全是老繭。

沈婕瑤看著陳辰實在受不了她雕得糙，刻刀還時不時往手上劃，所以極力壓抑住自己教不出徒弟，還不好跟徒弟生氣的怒火。

「不是這麼刻的，從這裡下手……妳手別用勁，跟著我來就行！」

又是一刀險些劃個豁口出來，沈婕瑤清晰地聽見陳辰深深吸了口氣。

他握著她的手說：「別拿妳握刀的力氣握它，妳得順勢而為。」

她索性由著他刻去，看著自己的手臂陷在他的衣袖中，緩緩挑了下眉。

待西北等人準備的慶生禮運到長安時，已經到了一年年末之時，新的一年即將來到。

姜姝用手撐著腰，靠在沈舒航的手臂上。「大家都送了什麼東西呀？」

沈舒航將手中信件交代給人送至宣王府，一手攬著她，打開木箱將東西一件件拿出來，入手第一件就是沈婕瑤在信上說的自己親手雕刻的木雕雄鷹。

「呀，真可愛！」

姜姝靠在沈舒航懷裡，手裡擺弄著憨態可掬的小雄鷹，喜不自勝，同他說：「我幼時，就極羨慕阿弟能舞刀弄槍，可郎君的東西，母親向來不許我碰，只准我學些小娘子該學的東西。倒是沒想到，這回沾了孩子的光！你幫我放在枕頭邊，我今天晚上也要摸摸。」

她如今即將臨盆，從上往下看都瞧不見腳，沈舒航心疼她，自然也寵著。「好。可見瑤兒用心了，我還以為她會送妳一把鑲滿珠寶的匕首呢！」

姜姝眼睛亮晶晶的。「寶石我也喜歡啊！還有呢還有呢，嶺遠捎了什麼東西過來呀？」

沈舒航一隻手翻找著。「找到了，他信上說，東西不貴，但卻是他用這段日子攢的軍費給我們買的，不光買阿弟或阿妹的東西，還給我們也買了，讓我們不要嫌棄。」

兩人一看，為肚子裡孩子準備的是一條銀手鏈，他怕孩子骨頭軟，戴不住。至於給他們兩人的，送姜姝的是一根銀簪，送沈舒航的是一枚印章。

信上又囉哩囉嗦的，讓兩人照顧好身體，他在西北一切都好，不光有家人幫扶，他認識的陳博士也帶他長了不少見識。

「嗚嗚……」

聽見吸鼻子的聲音，他低頭看去，就見姜姝鼻尖紅紅的，眼睛也紅紅的，裡面滿是淚水，嗚嗚咽咽地說：「嶺遠一個人在西北也想著我們呢！可他連年都回不來，也不知道我們給準備的年貨，他有沒有收到呀？」

沈舒航摸摸她的髮。「放心吧，我們鎮遠侯府的世子，沒那麼嬌弱。」

這話姜姝可不依。「什麼呀？他才多大呢！孩子再懂事，你也不能就那麼將他扔去西北不管了呀！」

「沒說不管呀，管了，他去的是軍營，自然要從底層鍛鍊起來，日後領兵打仗，才能服眾。」

「你就是沒管！你都不讓我給他錢！」

沈舒航哭笑不得。「那妳不還是偷偷塞給他了？」

姜姝揚聲道：「你不管，還不讓我給了？」

「好好好，給給給，管、管！」

「你敷衍我！」

「沒有。」沈舒航哄道：「不氣了，嗯？」

姜姝扭頭，氣得噘嘴不理他，然後突然捂著肚子，做出了個弓腰的姿勢。「哎呀，肚子疼……」

沈舒航由她抓著自己的手臂，撈起她的裙襬一看，褲腿已經濕了，當下心中便是一突，可他面上不能表露分毫，他要是慌了，姜姝會更慌。「可能是要生了，放心，沒事的，產婆都在呢！我現在給妳穿衣裳，然後抱妳去產房好不好？」

姜姝吸著鼻子，淚眼汪汪的。「嗯。」

她說完，他就快速拿起自己的大氅將她整個人包裹了起來，自己一身單衣抱著她就往外走，邊走邊安排道：「派個人去叫產婆，廚房裡的水都燒起來，詢問產婆都需要什麼東西，一併準備好。再去通知老夫人，就說侯夫人要生了。」

因著快要臨產，所以產房一直燒著炭，此時進去也不用擔心挨凍。他將姜姝放到床榻之上時，產婆都還未到。

握著她的手，他彎腰在她額上親吻，這已是他在人前最出格的舉動了。「莫怕，我會一直陪著妳。」

姜姝的淚水簌簌而下，自己安慰自己。「不怕、不怕。」

「餓不餓？我叫人給妳端些吃食過來，吃一點好不好？」

她小幅度地點頭。

他直起身體想要去叫人。

看他要走，她小心攥住他的衣袖，就那麼眼巴巴地看著他。

沈舒航看她嘴唇都白了，也是心疼。「不怕，我在。」遂出聲喚了人去端吃食過來。

他一直在這兒陪著她，餵她喝了雞湯，又看著她用了些雞肉。知道女子生產艱難，所以他直待到她發動了，才被陸慕凝與產婆一起趕了出去。

要不是陸慕凝叫人給他拿大氅，他都不知他竟然一身單衣立在寒風中。

鎮遠侯府大半夜掛起燈籠，喧囂至極，向來覺淺的王玄瑰當即就睜開眸子，滿眼戾氣，但一看見窩在他懷中睡得正香的沈文戈，氣就散了。他閉上眸子，主動離沈文戈遠了些，怕壓到她。

房門被蔡奴敲響，蔡奴知曉此刻王玄瑰定是被吵醒了，就喚他。「阿郎，醒醒，侯夫人發動了。」

沈文戈睡夢中感覺有人在耳邊說話，說的還是她大嫂的事，就睡眼朦朧地問：「怎麼了？」她一摸，摸了個空。

王玄瑰正在穿戴，已經將大氅披上了，見她醒了，快步走過去道：「大嫂發動了，我去看看便是，妳留在家中。」

要生了？沈文戈強自打起精神，睏得一連打了好幾個哈欠，眼睛都睜不開了。「不行，我跟你一起去。」

知道攔不住她，王玄瑰微微黑了臉。

安沛兒也得知消息趕了過來，擔憂地看向王玄瑰。

王玄瑰只好親自給她找厚衣裳，為她穿起來，等人穿好了，他才同安沛兒道：「嬤嬤將湯池房燒起來吧，便不用跟著去了。她就是去了，一會兒也會被岳母趕回來。我估計她回來後也睡不踏實，妳讓廚房給她弄些好消化的吃食。」

安沛兒點頭。「阿郎放心，道上路滑，可仔細著些，別讓娘子摔了。」

「安心，一會兒我讓蔡奴送她回來。」

沈文戈立在房門口，急得頻頻回頭看。「好了沒啊？」

王玄瑰走過去攬著她。「好了，我們過去吧。」

由霧靄組成的輕紗被金光穿透，地面上的白雪反著金色的光芒，溫暖又有力，它們伴著宛如破曉的啼哭聲，環繞在鎮遠侯府。

「生了、生了！」

王玄瑰留下蔡奴助力，自己一人腳步匆匆地折回王府，進屋便見沈文戈躺在美人榻上熟睡，不自覺放輕了步子，蹲在她身前，伸手摸著她的臉頰。

安沛兒端著湯碗進來，低聲道：「娘子堅持要等侯夫人生產，不願回床榻上睡，等著等著，便在此處睡著了。」

他接過湯碗，一飲而盡，對安沛兒頷首，囑咐道：「她今日定睡不踏實，提前給她備上吃食。」

「阿郎放心，在廚房溫著呢！」

「嗯。」

說話間，王玄瑰脫去沾著一身寒霜的大氅，交由安沛兒放置，待她出去後，他摸了摸身上，確定再無涼意，方才小心地上榻，將沈文戈攏進懷中。

沈文戈下意識在他懷中挪了個位置，繼續窩著熟睡。

他則完全沒有睡意，只撐著身子瞧她。

無天光映襯、無燭火照亮，昏暗中，他臉上一點血色都無。

不知過了多久，沈文戈驚醒，察覺背後有人，熟稔地在他懷中翻身，嘟囔道：「怎的回來不告訴我一聲？大嫂可安康？」

冰涼修長的手指撫著她睡出紅痕的臉，說道：「母子平安。」

「嗯。」她滿意了，睜著睡眼朦朧的眼，發現天都亮了，又問：「幾時回來的？」

他垂下眼睫，遮住眸中情緒。「不久，妳再睡會兒。」

沈文戈揉揉眼睛。「那大嫂豈不是生了一晚上？我得去看看。」

她話音一落，王玄瑰的臉色更添兩分白，他將手擱在她頭頂上輕揉，幽幽嘆氣，說道：「要不……我們別要這個孩子了？」

「嗯？」這下子沈文戈是真清醒了，睜著眼睛瞅了他半晌，方才道：「被大嫂生產嚇到了？」

王玄瑰沈默不語。他替沈文戈前去看望，自然不好露個面就回，即使他在外屋中，聽著裡頭姜姝一聲聲的喊叫，都覺得手腳冰涼。「太疼了，我不想妳受這種苦。」他將沈文戈攬在懷裡。

沈文戈噗哧一聲笑，笑得他眉頭緊皺。「妳別不當回事。」

她將小臉埋在他懷中蹭著。「哪裡不當回事了？只是女子生產，一直都如此罷了，誰都是這麼過來的。」見他不語，她又道：「再說，孩子都在肚子裡了，怎麼你又反悔不想要了？就算你反悔，也沒辦法了啊！」她拿下巴尖戳他。「不然，你還想怎麼辦？墮胎之於女子也是一道鬼門關呢，左右兩面都危險，不如好好將他養大。」聽他重重嘆息一聲，她拉著他的手放在自己的小腹上，輕聲輕語地說：「好在他還小，聽不到你嫌棄他，不然生出來他該跟你不親了。」

王玄瑰面色沈重地說：「我進宮去找皇嫂，請她給妳派兩個懂藥理的嬤嬤調理身體……不如我們搬回侯府住吧？有母親幫忙看著妳，我也放心。」

沈文戈平日裡還要去鴻臚寺，在家的時候也不長，但王玄瑰是要比她忙多了，他這麼說，也是放心不下她，她便也依著他。「好，都聽你的。」然後她軟軟地埋頭在他懷裡，伸直胳膊攬著他，突然起身在他耳邊道：「長樂，我們兩個有孩子了，我很開心的。」之前她一直擔心害怕這個孩子會像前世那般流掉，如今三個月了，坐穩了胎，她也能鬆口氣了，可以直接同他說自己的心情。「真的，非常開心。」所以你不要害怕。

王玄瑰單手擁著她，仰躺在榻上，又追問了一句。「妳當真那麼開心？」

「嗯！」

然後沈文戈磨磨蹭蹭，整個人幾乎趴在他身上，還是他怕她趴著傷到腹中骨肉，才扶她坐起，挑眉問道：「做什麼？不是已經答應妳去看大嫂了？」

「那還可以答應我一個小請求嗎？」沈文戈玩著他的衣裳繫帶，期待地道：「我想吃酥山了。」

王玄瑰眼下小痣都跟著眉毛在跳。「寒冬臘月的妳要吃酥山？妳是真不嫌冷。」

她握著他的手。「不冷，有你在呢！」

看他一副不同意的模樣，她索性將他的手放在自己鼓起的小腹上。「孩子也想吃了。」

他笑道：「真是怕了妳了！」

這一日，又是酥山在手。等近乎化成一汪稠稠的、沒那麼涼的奶渣時，他才准她吃上一口。一共沒吃上三口，她就將勺子推開了。

她其實更喜歡半化不化的酥山，可偏偏沒吃之前惦記著，吃上了就又厭煩。

王玄瑰仰頭將整碗酥山往嘴裡倒，餘光又瞧見她眼巴巴地看他，不禁無奈道：「每每妳想吃，我都要偷著從外面給妳帶一碗回來，結果妳又都只吃那麼一小口，剩下的我幫忙吃了妳還饞。」他嘆了口氣，他是真不愛吃這甜膩膩的酥山啊，可還得幫她消滅罪證。

沈文戈躺在軟墊上，伸手撓著雪團的下巴。

雪團「喵嗚」一聲，彷彿在應和王玄瑰說的話。

他將空了的碗藏起來，準備一會兒出門時帶走，回身便見雪團伸著脖子在她肚子上嗅聞，又伸著爪子輕輕放在了她的肚皮上。

是真的能感覺到的輕，沈文戈捉住牠的小爪子。「算我沒白疼你。」

「喵嗚……」

牠一點也不躲，似乎知道她是孕婦，所以也不跟她打鬧。反而是王玄瑰坐在床榻邊，欲要伸手摸摸她的肚子時，牠「喵嗚」一聲，用爪子撓了他。

他躲得快，雪團的指甲也沒伸，手背上一點紅痕都沒有。

兩人對視一眼，就笑了起來，他給她腰後又塞了個軟枕，扶她坐起。

「牠這是護著妳呢！」

「可不是？」

「我看我是白寵牠了！」王玄瑰拿指頭去戳雪團的小爪子。「你說，是我夫人對你好，還是我對你好？」

「喵嗚！」

他不理牠，故意將手放在她肚子上，牠便拿爪子去撥弄他的手，他又將牠的爪子拍掉，按在自己手下，一人一貓玩了一會兒後，肚子裡的小傢伙不幹了。

能夠明顯感覺到手掌下有一個小生命在跟他打招呼，這是沈文戈懷孕這麼久以來，他第一次感受到胎兒在動。「他動了?!」

「喵嗚！」

沈文戈笑起來，一人一貓這傻樣。算算日子還有兩個月就要生產了，肚子裡的孩子再不動，那她該哭了。她摸著肚子，感覺手下有個小凸起，趕緊拉著他有些僵直的手過來。「我感覺是小腳丫，你覺得呢？」

王玄瑰的心再一次跳得亂了，因為她肚子裡的孩子，他既害怕瑟縮，又欣喜期待，種種情緒堆積在心裡，讓他眼尾有些紅，只能吶吶地說：「我分辨不出來。」

沈文戈想摸他的眼，結果肚子太大沒能摸到，險些自己生起氣來，還是他主動將臉湊了上去給她摸。

她摸著他眼下的小黑痣，同他承諾。「相信我，我會是一個好母親，所以我也會教你成為一個好父親。」

他眸中有千言萬語，從前眼底的那一座座冰山，已化成平緩的水，可緊接著，就聽見她委屈地說——

「我餓了。」

所有情緒全被她這一句話給擊退了，他彎腰攬住她，只餘雪團在榻邊「喵嗚、喵嗚」叫個不停。

「唉……」他嘆了口氣，越發拿她沒辦法了。「想吃什麼？先說好，酥山不能再吃了，妳已經把這個月的量吃完了。」

沈文戈故作憂愁。「我才吃了三口呢！」那吃點什麼好呢？「……胡餅！我都許久沒吃胡餅了！」

王玄瑰放開她，無奈地看了她一眼。

之前本想搬回侯府住，可太像他入贅了，陸慕凝說什麼也不同意。左右兩家離得近，她可以時不時過來王府，又將自己的貼身嬤嬤也給派了過來。

自從嬤嬤過來後，就和安沛兒站在了一起，整日這個不許吃、那個不許吃，這個性寒不行、那個上火不行，更何談外面的吃食？那是想都別想！

沈文戈一想到外面的胡餅，整個人就受不住了。「去吃吧！」

王玄瑰能怎麼辦？看她被管得死死的，也心疼她，覺得偶爾出去吃吃也沒什麼，便給她尋了件斗篷披上，帶上她悄悄出門了。

白銅馬車在南市巷口停了下來，南市人多，人來人往，馬車容易傷人，何況沈文戈想多逛一逛，索性兩人一起走走。

她拉著他，興致勃勃。「這南市啊，有一家胡餅做的特別好吃，我還沒帶你吃過，等下我們多買些，從牆那邊給大嫂。」

姜姝也是從坐月子起就在調養身體，別看現在都生產五個月了，還被母親關在家看著不許亂吃，這種外面的美食，自然要給她捎一些。

說到姜姝，王玄瑰一邊伸手護著她走在裡側，怕她被人衝撞了，一邊牽著她的手問道：「她與妳兄長還沒給孩子起名字嗎？」

「沒有，說是想問過嶺遠的意見，大名由母親來取，小名讓嶺遠取。」她感慨道：「如此也滿好的。」

「確實不錯。」

兩人近乎走到南市的盡頭，方才尋到了一個不大的鋪面，瞧著是與人合租，各自占了一半。裡面是忙碌的夫妻倆，雖頭髮花白、滿臉褶皺，可時不時你遞我塊冰、我切塊肉給你，默契中流露著溫情。

沈文戈率先開了口。「嬸子，我來買胡餅！今日什麼餡的好吃？」

夫妻倆抬頭，見是沈文戈，雙雙停下手裡的活計走了過去。「哎呀，夫人妳來了！」再看沈文戈身旁的男人，直到此時，他一隻手還攬在沈文戈腰身上，做保護狀，便讓人不自覺將視線移到她的肚子上。

見兩人驚愕地看著她襦裙也遮不住的肚子，沈文戈便極其自豪地向兩人介紹。「嬸子、叔，這是我夫君！」

王玄瑰挑眉，很少見她如此，可被她鄭重地向外人介紹，喜悅占據了心頭，他便給足了面子，也跟著喚了人。

嬸子仔仔細細地打量兩人，衣著服飾自不必說，夫人依舊動人，可見再嫁之後生活仍然富裕。重要的是，夫人眉眼間都是嬌俏慵懶的神情，那是只有被保護得很好，方才能卸下防備、恢復閨閣時期的性情。

「好好好！」嬸子一連說了三個「好」，可見心裡開心。這般有善心的夫人，就合該尋到新的幸福。「今天的黃雛雞和羊肉都不錯，夫人想吃什麼？嬸子和妳叔給妳做！」

沈文戈趕緊道：「那我兩種都要，每樣各十張！」

王玄瑰見她急不可耐的樣子，低聲問道：「買這麼多，能吃得了嗎？便是給大嫂帶一些，也太多了。」

「能吃的，煩不煩！」沈文戈白了他一眼。

裡面正準備的嬸子和叔對視，不禁笑了起來。

不一會兒，二十張胡餅便做好了。沈文戈要給錢，嬸子說什麼都不收。

「好不容易碰見夫人一次，夫人下次再來的時候再給吧。」

沈文戈一個大著肚子的人不好爭執，便拉了拉王玄瑰的衣袖。

王玄瑰提溜著胡餅，向兩位老人致謝，帶著她繼續往前走。

等兩人走了許久，收拾東西的嬸子才在角落裡發現一個銀錁子，再想追出去，已是不見人影。

王玄瑰嗅著羊膻味，不禁扭頭咳了兩聲，可再一看，沈文戈吃得那叫一個香！「慢些吃。」他掏出汗巾給她擦嘴。

「嗯嗯。」

「剛剛那對夫妻，好似跟妳很熟？」

沈文戈咬著胡餅，含糊不清地道：「是我在西北時認識的，家裡兒郎是參軍的，入的我們沈家軍呢！」

他便笑道：「沈家軍厲害。」

「那是！」

有人經過，他側身護著她，餘光瞥見一道藏起的身影，全當自己沒看見。

躲在一處攤販後的尚滕塵，愣愣地看著沈文戈高聳的肚子，看著王玄瑰在大街之上彎腰為她擦嘴。時至今日，失去她依舊讓他疼痛難忍……

「啊！嗯……你快……出去！啊……王、玄、瑰！你出去！你看著，我、我生不出來！啊……」

沈文戈痛得滿臉是汗，胸脯不斷起伏，好不容易熬過一陣陣痛，她摸著枕頭就想將死死定在她床榻前的人給轟走。

沒見他在這兒陰沈著一張臉，整個人陰惻惻的，連產婆都不敢大聲說話嗎？

她抽了半天沒能將軟枕抽出，氣得拿胳膊擋眼。

王玄瑰蹲在她床榻邊，摸住她的手與之交握，聲音充滿了氣若游絲的飄浮感。「嫿嫿，累不累？再吃些東西、喝些東西？」

她氣得轉頭看他，入眼便是他蒼白、無血色的臉，那將她胳膊抬下去的手冰涼得沒有一絲溫度，她便又心軟了。不，不能再心軟了！雖滿心都是他在這裡的幸福感，但他在這兒，她真的生不出來啊！她不想讓他瞧見自己這麼狼狽的一幕。

「王爺，你聽話，出去等我好不好？」

他眼尾通紅，連眼下小痣都帶著可憐之感，固執地抓著她的手不放。

幸而這時安沛兒帶著陸慕凝過來了，她喜道：「母親、嬤嬤，快，快把他帶出去！」

王玄瑰還想掙扎一下，可在陸慕凝和安沛兒通力合作之下，僵手僵腳地被帶出了產房。

就連陸慕凝都沒有在產房中過多的逗留，只餵她吃了一碗紅蓮蛋羹，又重新看了一遍東西，再叮囑幾遍讓她聽產婆的話，便也出去候著了。

出去後，見王玄瑰還直愣愣地站在門口，瞧他那副在意女兒的模樣，陸慕凝嘆息一聲，安慰道：「長樂放心，娉娉胎位正，胎兒不大，好生。」

許是她說得是真的，許是她的話帶給人無限的安慰，王玄瑰覺得好受了些。

在王玄瑰出去後，產婆摸著沈文戈的肚子，輕輕向下推，說道：「王妃，跟著婆子的話用力氣。好，使勁！」

「啊……」

「不要叫，留著力氣！」

沈文戈眼裡憋著一泡淚，手死死抓著身下的墊子，張大嘴呼吸著，再次跟隨指示用勁。

「用勁！好，呼吸！來，王妃，要看見頭了，我們調整一下。」

沈文戈快速小口呼吸著，只聽產婆大喊一聲——

「用力！」

「啊——」沈文戈聲嘶力竭地喊了出來。

緊接著響起的是嬰兒的啼哭聲。「哇、哇……」

兩位產婆一位幫嬰兒擦拭著身子，一位幫沈文戈擦拭著身下。

紅通通的小臉都皺在一起的小嬰兒被小心包裹在被子裡，抱來給沈文戈看。

「恭喜王妃，賀喜王妃，生了位俊俏的小郎君呢！」

沈文戈低頭一瞧，頓時被醜得沒法再看。都說產婆能看出嬰兒長大後的相貌，也不知是怎麼看出長得俊秀的？她脫力道：「抱出去給王爺看看吧。」

門外的王玄瑰聽見嬰兒啼哭的那一剎那就要衝進去，被陸慕凝與安沛兒聯合攔住了，這回見門開了，只聽了一嘴「生了個小郎君」，就不管不顧，毫不理睬地奔進去看沈文戈了。

床榻上的被褥已經換了新的，他直接坐了上去。「痛不痛？是不是累著了？」

沈文戈抬手，他俯下身，讓她得以摸到在她眼中宛如泫然欲泣模樣的小痣。

她摸著它，感受著上面的寒涼，說道：「我無事。」

他將她的手整個貼在臉頰上，低頭閉眼，恍若將全身力氣都集中在了此處。「我就在妳身邊，妳安心睡會兒。」

「好。」

沈文戈這一睡，便直接睡到了次日，進入了不能見風、注意飲食的坐月子期。

不用陸慕凝與安沛兒百般叮囑，她是見過女子生產不易的，也深知月子坐不好，恐留病灶，是以坐得那叫一個認真。

能坐著絕不站著，能躺著絕不坐著；窗邊、門邊更是連去都不去；洗頭、洗澡更不必說，那是絕不可能沾水的。

每日讓王玄瑰用熱巾擦面，是她最後的倔強了。

她生產了，還生了位小郎君，宣王府與鎮遠侯府喜氣洋洋，宮中聖上與皇后更是悄然而至，抱弄了一番王玄瑰的兒子，又送了一位奶娘來。

加上陸慕凝與安沛兒各自找尋的奶娘，有三位奶娘共同照顧小嬰兒，沈文戈初期沒奶都不叫人著急了。

等她的奶水終於下來後，白日裡就由她和王玄瑰照顧，至少要讓小傢伙吃上一頓，身邊有倍檸與安沛兒搭把手，夜裡才將孩子送至奶娘處。

三位奶娘輪夜，照顧孩子倒也不吃力。

而王玄瑰告假一月，整日守在沈文戈身邊，聽沈文戈指揮，僵硬地抱著軟軟小小的孩子，抱在懷裡，好像還沒有他一隻手臂長。

沈文戈埋在被窩中，探出頭就能瞧見他輕輕晃著孩子走路的模樣，笑道：「你快將他放下來吧，若是總抱著睡，容易不睡床，日後放不下來，便都要抱著睡了。」

王玄瑰聽見了，但手有它自己的主意，抱累了，就換隻手臂。

見狀，沈文戈只能默默提高了三位奶娘的酬勞。

她忍不住扶額，早該想到的，一個平日裡寵雪團無度的人，對待自己的兒子，只會有過之而無不及，那真是要星星給星星、要月亮給月亮……嗯，王玄瑰親手畫的。

看他在安沛兒的指點下，抱著軟軟小小一團的兒子趴在自己的肩頭，輕柔地給他拍奶嗝，哪裡看得出來，那個總擔心自己成為不了一個好父親之人的影子？

小孩子見風長，沈文戈出月子的時候，那個皺巴巴的小猴子就長開了，圓胖圓胖的，眼睛溜圓。

都說兒子肖母，小傢伙長得便頗像沈文戈。

等他學會自己翻身，能坐得住了，王玄瑰就喜歡拿被褥圍在床榻邊，將他們娘兒倆一起圈在裡面。當裡面的一大一小齊齊朝他望過來，相同的杏眼一起眨時，那一刻，王玄瑰心裡是無比滿足的。他酷愛先親親沈文戈的臉頰，而後在兒子挪過來小手拍他時，也親親兒子的臉頰，這還是沈文戈教他的。

「喵嗚……」雪團輕巧地躍上床榻，再沒有之前蠻衝的姿態，翻過被褥，將自己團在了小傢伙的身邊。

小傢伙有了雪團便不要父親了，整個小身子趴在雪團身上，雪團也任由他鬧著。

沈文戈用手撐了小傢伙一下，省得他一手重重按上雪團。回頭迎上王玄瑰的親吻，淺淺啄了兩下後，笑著推他。「別，孩子在呢！」

王玄瑰便只能用手撫著她的臉，與她額頭相抵。倏地，她推開他，惹他一愣，就見她拍在小傢伙手上，將小傢伙拍得嚎啕大哭。

原來是小傢伙沒輕沒重地薅雪團毛，雪團也不叫一聲，任由他抓著，正好被沈文戈瞧見，便打了他一下。

小傢伙如今尚且分不出輕重，現在不制止教導，日後只會變本加厲。

沈文戈冷著臉，不讓王玄瑰去抱他，同那個哭得淒淒慘慘的孩子道：「下次還敢不敢薅雪團的毛了？」說著，她將小傢伙的手心扒開，裡面赫然是一堆黑貓毛！她指著貓毛，又重重地打了他的手心一下。「瞧瞧，你薅了多少下來？」

小傢伙撒了一床榻的貓毛，向王玄瑰張開了手臂，淚眼婆娑地求抱抱。

雪團也在他身前繞圈轉著，一副要阻止沈文戈繼續打他的模樣。

沈文戈伸出手指戳雪團的額頭。「你還護著他！是誰把你的毛薅下來的？」

「喵嗚……」

王玄瑰坐在床榻邊，手已經不受控制地伸出去了，瞧沈文戈教訓完兒子，這才將小傢伙抱了起來，又揉揉小手、又為他吹吹小手的。

小傢伙摟著父親的脖子，哭得一抽一抽的，委屈壞了，時不時看一眼沈文戈，然後又立刻扭過頭去不理她。

沈文戈被他的小眼神氣著了。

王玄瑰趕忙安撫道：「他知道錯了，不信妳看。」說著，他蹲下身，讓雪團過來。

雪團蹭一蹭王玄瑰，又去嗅小傢伙。

小傢伙瞥一眼母親，再瞥一眼，然後小心翼翼地伸手在雪團背上摸了一把。

「喵嗚……」雪團拿頭去頂小傢伙。

小傢伙索性鬧著下來，坐在軟墊上同雪團玩了起來，摸摸這、碰碰爪，又偷偷回頭看母親，見她這回沒有訓斥他，這才安安心心地與雪團滾做了一團。

打了一次就知道長記性，倒是個鬼精的。

孩子下了地，地上鋪著厚實的地毯，安沛兒帶著倍檸還給加了好幾床被褥，冷不著小傢伙，王玄瑰便脫身坐在床榻邊上，作勢為沈文戈揉手。

沈文戈瞪了他一眼，但力道不足，如暗送秋波，反讓他心癢難耐，便背著嬤嬤，在她唇上磨了片刻，才裝模作樣地清清喉嚨道：「聖上之前將我召入宮，給孩子起的那幾個名字，妳覺得如何？」

聖上與皇后起了四、五個孩子的名字，藉著和王玄瑰一同泡湯池之際，也不明說他想要賜名，只拐彎抹角地詢問夫妻二人可有想出名字了？王玄瑰剛答完「尚未」，他就拿出了一頁紙，說他閒來無事想的，要是他們沒有好主意，可以參考一下。

他畢竟不是王玄瑰的父親，兄長起名，怕惹了沈文戈厭煩，所以出此下策。

王玄瑰捏著紙張看了片刻，看得聖上渾身不對勁，要給他搓背時，他才回道「待我回去，與她商議一番」。是以，他現在在徵求沈文戈的意見。

沈文戈知他心中是拿聖上當父親的，也仔細研究過上面的名字，每一個都是用心取的，便說道：「我覺得王淳予頗為不錯。」

「嗯，我也覺得甚好。」他又問：「小名可想好了？」

「他是晚霞萬里時出生的，我便想取『霞明玉映』中的映字，小名喚他阿映如何？」

地上的小傢伙「咿呀」個不停，不知在和雪團說什麼悄悄話。

王玄瑰目光繾綣地看著自己的兒子與夫人，肯定地道：「甚好。」

至此，小傢伙便有了名字，大名王淳予，小名阿映。

第四十章

阿映打從出生起，就被王玄瑰寵著長大，性子越發無法無天，兩、三歲的時候，就敢坐在王玄瑰的鐵鞭上，讓父親帶他玩。

初時父子兩人還瞞著她，若不是這天鴻臚寺忙完招待使團一事，提前兩個時辰給眾人放假回家，下衙早了被她抓了個正著，她還不知道呢！

只見王玄瑰鐵骨森然的鐵鞭上貼了一層牛皮，最下端處還纏著多個軟墊，阿映就坐在軟墊上，雙手抓著鐵鞭，格格格地笑著讓他父親動鐵鞭。

鐵鞭一動，鞭尾竄起，阿映的小身子就跟著鐵鞭從左晃蕩到右，身邊還跟著個雪團，「喵嗚、喵嗚」地拿爪子拍那鞭尾。

見兩人一貓玩得十分愉快，沈文戈心頭火苗燒得是越發之大。

「喵嗚……」雪團最先發現了她，放棄了去玩那根本抓不住的鞭尾。

沈文戈蹲下身，用勁將雪團抱了起來，得益於生子之後，抱孩子鍛鍊的臂力，她現在也能抱得動雪團了。

雪團在她懷裡一向安分守己不亂動，此時任由她點著牠額頭的毛，「喵嗚」個不停，像是在告狀，說只他們兩人玩，不讓牠摸鞭子。

她抱著雪團面向還玩著的父子倆，幸災樂禍地說道：「怎麼樣？失寵了吧？瞧瞧，他都把他的鐵鞭拿出來了。」

「喵嗚……」

父子兩人聽見聲音，看見她，當即就不動了。

沈文戈抱著雪團從他們身邊施施然走了過去，就在他們齊齊鬆了口氣的時候，她突然轉身道：「別停啊，繼續。」

王玄瑰趕緊給阿映使眼色，自己率先將鐵鞭甩到蔡奴那兒，還不忘埋怨一句。「七娘回來怎麼不告訴我一聲？」

蔡奴幽幽地道：「阿郎玩得那般開心，奴怎忍心叫住阿郎？」

王玄瑰「嘖」了一聲。

小阿映已經追著母親的身影進了屋，像個小賴皮鬼一樣抱住母親的腿，將錯全推到了父親身上。「父親叫我玩的！」

沈文戈沒理他，他要是不嚷嚷著要玩，她就不信王玄瑰會將鐵鞭拿出來。

「母親……」小小的人兒繞著她轉圈圈，已經能說些短句來了，就喋喋不休地說：「好玩，母親一起！阿映知錯了，母親抱抱！」

沈文戈動動腿，想將這個小傢伙弄下去。「母親抱著雪團呢，抱不了你。你錯哪兒了？」

阿映轉身看向父親，他也不知道他錯哪兒了啊，反正是錯了！

王玄瑰伸手摸了一把兒子的髮髻，說道：「出去玩吧，父親給母親認錯。」

把孩子趕出去後，王玄瑰接過沈甸甸的雪團，湊上去道：「知道妳怕不安全，別人不放心，我妳還不放心嗎？我定是會將他看好的。」

沈文戈瞪他，就因為是他，她才不放心！論兩府上下誰最寵阿映，他要當第一，陸慕凝都只能屈居第二！「你整日光明正大不上衙，御史又該彈劾你了。」

王玄瑰不在乎地道：「總得給機會讓他們彈劾兩下，不然他們日子多無趣？」看她挑眉，他緊接著說：「我不在工部，工部的人不知道多開心呢，省得瞧見我這張臉了。不管我去不去上衙，只要工部運轉正常，隨御史彈劾，聖上不會管的。」

說起工部，沈文戈問道：「去西北的那些人，我聽鴻臚寺的人說，聖上有意讓他們回來了？」

「正是。貿易區已經建成，聖上打算等西北再安穩安穩，這兩年，就將人都撤回來。」

沈文戈剛想問她兄姊是否能跟著一起回長安，就聽見她兒子撕心裂肺地哭了起來。

原來是阿映在外面撲蝴蝶，抓著翅膀想進屋給他們兩個看，結果絆了一跤，摔倒在地，讓蝴蝶飛走了，這會兒正在聽見兒子哭了就立即跑出去的王玄瑰懷中掉金豆豆。

她又是嘆氣、又是蹙眉。「都說外甥像舅，阿映哪點像大兄了？」

安沛兒道：「娘子可不敢如此說，阿郎該氣了。」

與此同時，一牆之隔的姜姝也在感慨。「都說姪子像姑，阿煜才三歲就這麼坐得住，不想出去玩一下嗎？他哪裡像他兩個姑母啦？」

兩位母親齊齊嘆氣，而後想到了一起去。

等到下一個休沐日，沈文戈帶著阿映回侯府，直接將其交給了沈舒航，讓沈舒航幫著教導開蒙，姜姝一口應下了。

阿映與阿煜生日只差大約半歲，不大點的豆丁，現在開蒙其實都太早了，無非是沈文戈想讓沈舒航治治阿映的壞脾氣，而姜姝想讓自家兒子跟著阿映活泛一些。

兩個母親開了口，兩位父親只能應下。

沈舒航的身子經這幾年的調養，已無大礙，本來陸慕凝就不想他早早入朝掛官，如今有了阿映過來，倒是有現成的藉口了，便讓他教導孩子們，再歇上一歇。

小阿映自此開啟了在自家舅父手上討生活的艱苦日子。

每天晚上回來，他都要跟他父親膩一陣子，同他父親告狀。

許是實在憋得久了，等四歲知事後，話就開始一句接一句地往外冒，今天委委屈屈說的是——

「舅父打我手心！」

沈文戈不為所動，問道：「為何打你？」

「……我帶著阿煜摘花，差點被蜜蜂螫。」

「打得輕了。」

阿映跺腳。「父親！你看母親！」

翌日，阿映又同王玄瑰道：「舅父好凶，父親，我不想去了。」

沈文戈眉頭都不皺一下。「為何凶你？」

「我帶阿煜去湖上泛舟，想下水教他游水。」

「你會游水為母怎麼不知？我看還得對你更凶些。」

阿映氣哭。「父親！你看母親！」

王玄瑰既心疼兒子，又覺得兒子在沈舒航那兒確實有了長進，至少會識千字了。最重要的是，沈文戈曾認真同他說過，教養孩子不是一味寵著便行，還要時不時給予約束、修剪，才能讓孩子不長歪，成為可以頂天立地的巨樹，他聽進去了。

再加上沒了兒子在眼前晃悠，耳根子都清靜了，還能不用避著兒子同沈文戈親熱，因此他只好裝作看不見兒子的可憐樣，鼓勵道：「在舅父那兒讀書、識字這種區區小事，為父相信阿映一定可以堅持下來的。」

小阿映萬萬沒有想到，連父親都不站在他這邊！

哼！小阿映蹲在菊花叢裡掉金豆豆，可憐兮兮地同身邊的小阿煜道：「我父親跟母親不愛我了，他們都不來看我。」他一氣之下在舅父家連住了一個月都沒回家，結果他父親跟母親竟沒一個人來找他！

阿煜一本正經地替王玄瑰及沈文戈解釋。「可是姑母跟姑父每日都會來府上啊！」可不是嗎？他們夫妻兩人再如何心大，也不可能放心幼子在外住上一個月不歸家，還不是因為阿映住在外祖母家，兩家又離得近，他們隨時都能過去的緣故。

「表弟，你若是想家，我可以陪你一起回去。」

阿映擦擦臉上的淚。「我才不呢！我要等他們兩個來接我！阿煜，我們出去玩吧？」

「你要叫我表兄。」

「阿煜、阿煜、阿煜！」

兩小隻自認為悄悄出了府去玩，實則後面有一堆人跟隨著。

他們腿短，第一次出門，連崇仁坊都沒跑出去，可這一次出門的經歷，在兩小隻心裡留下了不可抹滅的印象。街邊的挑販、往來的官員、鄰居家的小孩、衣著跟長相都很怪異的外邦人……原來外面這麼好玩！

後來，他們就知道出去玩時要叫上大人，這樣他們可以坐馬車，能去的地方也就更遠了。

待阿映五歲的時候，他已經會在父親、母親急著上衙時，偷偷藏在白銅馬車裡，這樣為了避免上衙遲到，沈文戈會不由分說地帶他一起去鴻臚寺。

他雖然也想跟著父親，可他們那裡好無聊，哪裡像母親所在的鴻臚寺，有好多好多外邦人，還有與他同齡的小孩子能一起玩。

說來都是被他逼的，自從沈文戈帶著他一起上衙之後，不管是想同沈文戈這個宣王妃套近乎的，還是家中確實有事無法照料孩子的，均帶著自家孩子來了鴻臚寺。

鴻臚寺占地廣，他們甚至還給孩子們劃分了一個專門玩耍的區域，甭管怎麼鬧騰，他們辦公的時候別來叫父親、母親就行。

如此，阿映在這裡還交到了三兩個好友，儼然快成為了鴻臚寺附近的一霸。

有他在的地方，怎麼少得了阿煜？縱然阿煜不想出門，只想在家中唸書，也還是被阿映給拽來了。

好在沈文戈是不可能任由阿映胡鬧的，等白銅馬車送完王玄瑰，就是回頭來接他們兩個回府的時候。

對此阿映表示，能玩一會兒是一會兒。

十來個小孩子們在阿映的帶領下，就在鴻臚寺的外街上玩了起來。

阿煜不擅長玩耍，總是輸，可把阿映急壞了。「阿煜，既然玩，就別想著讀書的事了，還不如痛快玩完，你再回去靜心讀啊！」

滿臉愁容的阿煜搖搖頭，告訴他原因。他不光是因為這個，還因為母親說，他在西北的親人們要歸家了，其中便有他大兄，他不知道該如何跟大兄相處。而且自知道大兄要回家後，母親便高興地操持起來，好幾日都沒聽他背書了……

阿映撓撓頭。「好像確實是這樣，我母親也十分高興，整日裡說的都是舅父、姨母回來之後，要帶著他們去哪裡玩？要跟他們說什麼？」

這時，阿煜問出了一個讓阿映覺得自己小小年紀也能懂、好心疼的話——

「要是父親跟母親更喜歡大兄，不喜歡我了怎麼辦？」

還不待阿映回答，玩遊戲輸了、來脾氣的小孩子已經口不擇言道：「你母親是續弦，誰知道當年是用什麼手段嫁給你父親的？她當然得巴著你大兄啊，你大兄可是世子呢！」

「不許你說我母親壞話！」一向一板一眼的小阿煜此時像一隻炸毛的小獅子，衝上去就是一拳，將那小孩打在地上，摔了一顆本就要掉的牙。

小孩子吐出帶血的牙，當即就哭了！

幾個同掉牙孩子交好的小孩子見狀，也怒了。「你竟然打人！」上前圍住阿煜。

站在後面、被阿煜突然爆發打人的舉動嚇到的阿映，這才反應過來，馬上振臂一揮，喊道：「你們先說我舅母壞話的，還反咬一口！來啊，我們一起上！」

於是一場混戰，就此開始。

你踹我一腳、我打你一拳，你咬我、我抓你頭髮。

這裡面唯阿映與阿煜最靈活，還會招式呢！身為鎮遠侯府的一分子，沈舒航怎麼可能不讓他們練習對打？可饒是如此，面對群毆，也少不得掛彩。

他們都是官員們的孩子，誰也不敢上前阻止，只能速速去通知他們的父親。

咿咿呀呀的怒吼聲、小孩子的哭嚷聲，隔著條街都能聽見。

脫離家人，率先進城的沈婕瑤掏掏耳朵，同陳辰道：「這幫孩子真是太會哭了！我只要一想到過年歸家，屋裡大大小小無數個孩子……」不禁抖了一下。

陳辰買了兩根糖葫蘆，遞給沈婕瑤一串，說道：「妳家孩子們我看都很乖巧。」

「你是沒算上七娘她家那個，每每看她信上所言，我都覺得幸好阿映不是我生的。」

沈婕瑤將手裡的糖葫蘆隨意給了街上的小孩子，而後盯著陳辰手裡那唯一的一串，揚著下巴道：「餵我。」

陳辰被她逗笑，將糖葫蘆遞到她嘴邊，妳一口、我一口的，誰也沒管街上旁人的異樣眼光。

沈婕瑤咬著糖葫蘆說：「你去我家那天，換一身淺色衣裳。」說完，她瞥了一眼他身上月牙白配紅腰帶的衣裳，眉心不禁跳了跳，趕緊道：「別！你給我穿白衣配銀飾！」

陳辰低頭看看自己的衣裳。「這不挺好看的？」

沈婕瑤目光危險地盯著他。「你換不換？」然後在他試圖口頭答應，實際又要穿五顏六色衣裳登門之時，說道：「你若聽我的，紫璇給你騎。」

「真的？一言為定！」他殷勤地將糖葫蘆遞到她嘴邊。「來，最後一顆給妳吃。」

沈婕瑤就著他的手吃完糖葫蘆，兩人雙雙出了街道，拐到另一條街上，聽清了前方小孩子們童真又殘忍的罵聲——

「打我你也不是鎮遠侯府的世子！」

「你母親就是自甘墮落，勾引侯爺才生的你！」

「你閉嘴！」

陳辰推了她一下。「妳快去。」

沈婕瑤快步朝前跑去，在一眾不敢上前阻止的奴僕中，兩三下就將混戰的孩子們分開。孩子們小短腿，沒一個能踢到她的，生氣地嚷道：「妳憑什麼插手？」

她雙手抱胸，居高臨下地說：「憑你們這群孩子沒一個能打得過我，都給我消停一點！」隨後嫌棄地問向一身衣裳全髒了、臉也花了的阿煜。「你是阿映？」又看看同他站在一起，為他拍衣裳泥土的阿映。「你是阿煜？」

兩個孩子互相看了看，警惕的誰也沒說話，只是仰著頭默默向後退，打定主意見勢不妙就開跑！

此時在鴻臚寺裡的沈文戈，也聽見了孩子們身邊奴僕嘰嘰喳喳的焦躁聲——

「打起來了，幾位小郎君打起來了！」

她深深吸了口氣，要不是力氣小，手中毛筆都能被她捏斷了。她就知道，遲早會有這麼一天！先吩咐人去叫王玄瑰，自己提著裙襬就往孩子們那兒去。

在她身後，還有無數同僚們存著看熱鬧的心湊了上來，其中也不乏憂心忡忡的父親們。

離得頗遠，就有孩子發現了他們，嗷嗚一嗓子哭了出來，將阿映與阿煜嚇了一跳，兩人隨即瞧見了沈文戈，小身子雙雙抖了一下。

在他們思考著要不要學那些孩子們，也哭一下的時候，就聽沈文戈驚訝地開口喚了聲——

「二姊？」

沈婕瑤昂首，張開手臂示意她過來抱抱。

眼下還有一眾孩子們，沈文戈哪裡做得出奔向阿姊懷裡相擁的事情？只好抱起阿映塞進了沈婕瑤懷中，隨即阿煜也被沈文戈送了過去，兩個孩子一左一右被沈婕瑤抱得結結實實，大眼瞪小眼。

沈文戈抱的時候就觀察過了，兩個孩子沒受什麼大傷，也就不著急，先摸著阿煜的腦袋介紹道：「這是大兄與大嫂家的阿煜。」又伸手掐了掐阿映的臉頰。「這是我家那個上天下地的阿映。」

沈婕瑤驚奇地看著被她猜錯的兩個孩子，笑著同沈文戈道：「妳可知，我剛剛過來時，打得最凶的是誰？」

沈文戈看看羞得不知如何是好、想將臉埋起來的阿煜，再看看一副魂遊天外的阿映。

「嗯？」如此，都不用問了，定是阿煜先動手的。

一向小大人的阿煜竟然來了脾氣？那他們是因何打架？

另一旁，被父親言詞訓斥的孩子們，也磕磕巴巴地將實情講了出來。待聽見他們說阿煜是因為對方言詞涉及自家母親和兄長才發作時，沈文戈與沈婕瑤的神色雙雙淡漠了下來。

一起陰著臉的姊妹倆，氣勢雖不同，但同樣嚇人。

「子不教，父之過。」沈文戈拿汗巾為兩個孩子擦拭臉頰，說道：「此事，自有王爺定奪。」

沈婕瑤接著道：「雖說大過年的不想找你們晦氣，但該說的話還是要說清的。我大嫂是媒妁之言、明媒正娶進的門，是鎮遠侯府的侯夫人，不是什麼阿貓阿狗的飯後談資。再者，我鎮遠侯府的世子為誰，也不用諸君惦記，我家世子與其幼弟一向和睦，偏爾等生了一張嘴。」

眾孩子的父親頓時慚愧不已。

小孩子會說壞話，八成都是在家中聽他們唸叨才記住的，如此，兩姊妹也算是沒給他們臉。

沈婕瑤抱著孩子轉身就走，沈文戈讓同僚幫自己告假，趕忙跟了上前，就見她將阿映給候在一旁的陳博士抱著，還顛著自己懷中的阿煜讓他開口叫姑父。

見沈文戈過來了，沈婕瑤當著她的面，同阿映說：「快，叫姨父。」

兩個孩子到現在還雲裡霧裡，不明所以呢，只能看著沈文戈求助。

沈文戈瞪了自家二姊幾眼，這才道：「這便是西北大將軍，你們的姑母、姨母。」而後她掃視了一圈已經回長安、升任為工部侍郎的陳博士，半晌才道：「開口叫人吧。」

陳辰大大方方任她打量，等兩個孩子乖乖叫了沈婕瑤後，他才低聲哄道：「阿映要不要先叫我姨父？若是叫了，我有好東西送予阿映玩。」

阿映才不會輕易被他說的話勾了去，他見自己母親雖不開口，卻也不阻止，便眼珠子轉轉，商量道：「你給我和阿煜準備的東西是一樣的嗎？要是不一樣，可我也想玩阿煜的怎麼辦？」

「那……給你們各兩份？」

一大一小認真商量著該給多少禮物。

沈文戈就和沈婕瑤說著姊妹倆的悄悄話，沈婕瑤近兩年的信中，隻言片語都沒提及陳博士，今年回長安過年突然就讓孩子改口了，這也太快了些。

沈婕瑤搖搖頭。「不快了。」她與陳辰上可縱馬夜襲，下可屋頂暢酒，朦朧輕紗攀附，將兩人纏繞在一起，順其自然相知、相遇、相戀。原本兩人都是沒有成婚心思的，可自從陳辰先一步返回長安，她自己獨留西北，便覺得白沙都變得濕沈又有重量，好似突然失去了一位知她、懂她之人。她已經經歷過似火山噴發，熱烈而又濃厚的情感了，可最終嚮往的，還是陳辰這份寬容似海、無限的陪伴。用肩膀撞了一下沈文戈，她怪笑道：「宣王妃，過年時妳二姊夫來家中，多幫著說些好話啊！」然後在沈文戈要變臉、瞪她之前，她輕聲道：「他知道我的一切。」

沈文戈一愣，便知她說的是她與燕淳亦的那段往事，包括那個未能降生的孩子。眸底水光一閃而過，她最終還是瞪了沈婕瑤一眼，然後同還在討價還價的阿映道：「莫要跟你姨父玩鬧了，叫人。」

「姨父！」

阿煜不用沈文戈催，他一向乖巧又懂事，便一手抱著沈婕瑤，喚道：「姑父。」

陳辰笑著應了。「哎！」

當陳辰帶著一車年禮登門時，鎮遠侯府已恢復了往日的熱鬧，或者說，比之以往更熱鬧了。

六郎閒不住，非要拉著三郎去演武場演練一番。都知道三郎斷了一臂，平日裡大家都小心翼翼避免觸其傷感，偏生六郎與眾不同，仗著是三郎的親弟弟，混球似的要和自家兄長較量。還別說，被六郎大大剌剌拽去演武場的三郎，雖只能用一隻手，卻好似煥發了以前的光采，與六郎你來我往，打得痛快極了。

大家便知曉了，他不願他們將他看作廢人。

饒是如此，斷了一臂的三郎也不是六郎的對手，於是一旁候著的五郎帶著四郎就下了場。

「三兄，我們來助你！」

他們這邊打得熱火朝天，可把阿映與阿煜樂壞了，他們平日裡哪見過這麼多人？而且還真傢伙地打上了！於是兩雙眼睛看都看不過來。

等見了過來尋他們的父親，就雙雙用期待的目光看著各自的父親。

王玄瑰與沈舒航能怎麼辦？當然只能加入混戰，點到為止。

兩人一個鐵鞭甩得生風，一個站在那邊就無人敢上前對招，且還拉上了三郎，一時間壓制著幾人抱頭鼠竄。

沈嶺遠路過，準確地抱起自己的親弟弟。

阿煜害羞，將小臉埋進兄長的脖子裡，憋了半天，也沒憋出一句話來。

「喜歡？要不要兄長教你？」

小阿煜想了半天，然後糯糯地道：「可是阿煜更喜歡讀書。」

沈嶺遠第一個反應便是，弟弟聽了太多長安城裡的風言風語，不想和他爭搶。

小阿映立即道：「也不知道書哪裡好看了？天天捧著讀，顯擺你認字多！」

阿煜倏地轉頭，在自己兄長面前挺著小胸脯。「我就是比你認字多！」

在兩個小孩即將吵起來時，四夫人陳琪雪火急火燎地過來了。「都別比了！陳博士來了，他還說他年後就來提親！」

演武場上瞬間安靜了下來，只餘風聲呼嘯。

六郎弱弱地問：「提誰的親？」

六夫人唐婉也緊隨四夫人而來，聞言說道：「家裡還能提誰？自然是二姊啊！他們二人自西北熟識，我們竟無一人知曉！」

刀、槍、劍扔了一地，一群人當即氣勢洶洶地向前院走去。

王玄瑰收了鐵鞭，將自家兒子抱起來。

沈舒航落後一步，問道：「陳博士曾是工部之人，長樂不清楚？」

王玄瑰睨了他一眼，將話堵了回去。「你那些弟弟在西北與兩人朝夕相處都不知，我如何會知曉？更何況，我現在負責戶部，不管工部了。」

沈舒航笑了一聲。

小阿映立即搓了搓自己的胳膊，舅父一笑他就害怕。

沈舒航問道：「陳博士此人如何？」

這回王玄瑰認真想了片刻後，同他道：「為人灑脫。」

灑脫？

不久後，沈舒航便知這句灑脫是何意了。

在面對沈婕瑤五個兄弟的輪番拷問之下，陳辰的回答，沒一個在他們的意料之中——

「我已經想好，成婚後瑤兒在哪兒我就在哪兒，倘若陛下不讓我去西北，那我就直接辭官，反正家中有薄產，夠我們兩個花銷。」

「瑤兒若是有一天厭倦了戰場生活？好說，那我就帶她去她想去的地方，不管是江南揚州、還是南域密林，我均有房產。」

「孩子？此事我尊重瑤兒的意見，我是可有可無，沒有最好。」

「婚後我母親與瑤兒產生衝突？這可能性極小，都不住在一起，上哪兒有矛盾去？但凡有矛盾都是我的錯，你們放心，我父親與母親只恨不得把我塞回去重新生一遍。」

幾人面面相覷，感覺這個陳博士好像還不錯的樣子？不行不行，還得再看看！

沈文戈接收到沈婕瑤的眼色，打起圓場，將陳辰從他們幾人的包圍圈中帶走，去見了陸慕凝。

沈文戈懷上小女兒悅汐完全是個意外，是冬日太冷，湯池太熱、是雪花亂了眼迷了心、是情至濃時無法自控。當然，最關鍵的原因是，王玄瑰那日沒能喝上避子湯。

僅此一次，誰能想到沈文戈就懷孕了呢？

對此王玄瑰是懊惱、擔心多於喜悅的，他永遠忘不了沈文戈生阿映時的疼痛，因此對她要再次生產一事感到憂心忡忡。

可沈文戈對這個孩子是非常期待的，連阿映也會跟在她身後詢問。「母親，懷的是弟弟還是妹妹？」

「是弟弟如何？是妹妹又如何？」

「是弟弟我就帶他去騎馬打獵，是妹妹我就給她買花兒戴！」

瞧瞧，她懷孕了，她家混世魔王都變得懂事了。

這一胎她懷得安安穩穩，氣色比之以往還要好，大家都說懷的是女兒，心疼自己母親呢，她便更期待了。

就連生產都沒折磨她，極快地生了出來，果然生下來是個女娃娃。

知道是女兒之後，王玄瑰整個人再次進入到無限寵愛模式，也虧得自家阿映跟著父親一起寵，不然少不得要吃他妹妹的醋。

一晃眼，小女兒就從小團子長成了三頭身的小丫頭，香香軟軟，最喜歡和母親貼貼。

「母親香香的！」小悅汐不喜歡大家叫她的小名箏箏，覺得好難為情呀！她賴在母親身上，覺得母親的裙裙好漂亮、項鏈好閃亮、耳墜真好看。

這樣的乖女兒誰忍得住不親兩下？被親親了的悅汐害羞地抱著母親的脖頸撒嬌。「母親，箏箏想吃酥山了。」

撒嬌的時候，她就會叫自己箏箏了，這誰能頂得住？

可饒是沈文戈頂不住也得頂，她拍著乖女兒的背，問道：「是誰前日吃酥山吃得肚肚痛了？」

悅汐苦惱地搖著頭。「箏箏不知道，箏箏忘了，箏箏就吃一口。」

沈文戈笑她。「對，箏箏吃一口，接下來父親幫妳全吃了是不是？」上次就是王玄瑰趁她不在家，給女兒吃了半碗酥山，還替她消滅罪證，要不是女兒肚子疼，她還被蒙在鼓裡呢！

悅汐在她懷裡哼唧，她便抱著她在花園裡走動。清風拂面，花香襲人，乖女兒枕著她的肩頭睡著了，在睡夢中還吧唧著嘴，真是小饞貓一個。

阿映下了國子監回家，一見沈文戈，趕緊將手背了過去。

沈文戈瞥了他一眼，權當自己沒看見。

如今已經十歲的阿映，褪去了稚氣，越長大就越不像沈文戈了，他開始成長為一個真正的小郎君了。

此時他躡手躡腳地湊了過去。「母親，箏箏睡了？」

沈文戈用氣音道：「睡了，你快去洗漱，流一身的汗。」

阿映點頭。「嗯。回來的路上遇見父親，讓我轉告一聲，他又被陛下叫去泡湯池了。」

「行，我知道了。」她抱著悅汐回屋，剛想將女兒放下，她就動了動要醒來，沒辦法，只能一直抱著。

等王玄瑰終於從陛下那裡脫身回家，就見沈文戈坐在美人榻上，低頭溫柔地為女兒搧風的一幕。他走上前彎腰在沈文戈額上親了一下，伸手欲將乖女兒抱過來。

她側了側身子，輕聲道：「莫動她了，醒了又該哭了。」

王玄瑰索性坐在她身邊，讓她靠著，同她說聖上又想叫他去吏部，他看聖上就是變著法兒的不想讓他歇著！

沈文戈大半身體重量全放他身上，聞言道：「聖上信你才會如此。你是如何想的？」

他當然想趕緊離開戶部，他著實是受不了太子了，也只能委屈認下了，遂同她說：「明年調任。」太子空有一顆想獨當一面的心，奈何比之自己的父親卻是差得遠矣。他倒是想拉攏王玄瑰站隊，但王玄瑰是誰？縱使是太子也休想讓他低頭。他這輩子的君主，只有聖上一人。何況聖上龍虎之姿，太子想上位，且不知還得等多少年呢！「皇嫂近些日子身體不適，妳有空就帶著箏箏進宮看望她。」

「好，待我休沐日便去。」

兩人在一起，有說不完的話，說著說著又開始不著邊際，說到鴻臚寺近日新來的使團身上。

這個使團的人同波斯人說像又不像，皮膚淺白，有著一頭柔軟的金鬈髮，鼻梁高挑，眼眸深邃，尤其隊伍中的女子，更是身姿曼妙，即使不是一個國家之人，也能感受到她們的美。

沈文戈還是第一次見有女子出行的使團隊伍，因此多關注了兩分。

他們自稱莫斯科大公國，因突厥襲擊了他們國家，千里迢迢來陶梁借兵求援，聖上今日泡湯池便是同王玄瑰分析借不借兵，兩人都屬意借兵。

這十年來陶梁國泰民安，沒有征戰，也是時候用突厥練練兵了。

事情定下，陶梁派遣三萬兵馬助力莫斯科大公國，擊退突厥，和其成為友邦。

兩國之間往來密切，僅莫斯科大公國就出使陶梁三次，在第四次的時候，其熱烈歡迎陶梁派使臣前往他國，聖上欣然准之，命鴻臚寺挑選出使人員。

鴻臚寺裡的人走了一茬又換了一茬，年輕又蓬勃的官員們踴躍參加，而沈文戈自然也在問詢之列。她經驗豐富，又因與莫斯科大公國使臣交好，已學得一口莫斯科的流利之語。且她又是宣王妃，就算是為了保護她，聖上都要派遣最優秀的將士隨行，有她出行，自然十分安全。

若說沈文戈不想去那是假的，自上次出使後，她已經十餘年沒出過長安了，可是……

她摸摸小悅汐的臉蛋，女兒還這麼小，阿映又尚且在國子監讀書，她還要操心他的未來，實在是放心不下。整日想著這些，也實在難以展顏。

悅汐窩在她的懷裡賴著，聲音稚嫩地問她。「母親要去好遠好遠的國家了嗎？」

沈文戈低頭親她。「誰跟我們箏箏說的？」母親啊，不去呢！

可她這句話尚且還沒有說出來，悅汐已經抱住她的脖頸，跟她說著悄悄話。

「大兄跟我說，母親好厲害，皇伯伯想讓母親帶隊，出、出屎？反正要去一個好遠的國家。」她晃著沈文戈的手。「母親好厲害！棒棒！」

沈文戈抱住女兒，拍著她的背，好似也拍到了自己身上，她問：「可是母親如果去了，箏箏怎麼辦？箏箏要好長一段時間見不到母親了。」

悅汐歪著小腦袋。「可是悅汐還有父親和大兄陪著呀！反倒是母親，沒有人陪呢！」

「那，箏箏，妳想母親去嗎？」

「想！」她脆生生的聲音響在沈文戈的耳旁。「箏箏要母親笑笑的，不要哭哭！而且母親去了，箏箏可以跟其他人說母親好厲害、好厲害，她們的母親都不如箏箏的厲害！」小小的孩子不知道沈文戈為何憂愁，卻希望母親笑起來，她在母親懷中拍著手。「母親漂漂，厲害！母親去！」

沈文戈圈著她。「好。」

「要給箏箏帶禮物！」

「好。」

「也要給大兄帶禮物。」

「好。」

「那……那要最想箏箏。」

「這個不行，母親還要想妳父親和大兄呢。」

秋末冬初，長安城中做生意的人家已經不會再做酥山來賣了，因而王玄瑰帶來的酥山，就成了小悅汐饞而不得的好東西。

她被父親裹在厚實的披風裡，抱著父親的脖頸，軟軟糯糯地說：「父親，箏箏想吃酥山。」

王玄瑰的眼睛一直都在看著長安城外，聞言只是拍了拍她安撫，半點不像她之前只要撒撒嬌就把酥山餵她嘴裡那般寵著。

她不開心了，掙扎著下地，去牽身旁大兄的手，晃啊晃的，用自己大大的眼睛，委屈地控訴著父親他不給自己酥山吃！

阿映看了眼王玄瑰，握著妹妹的小手，說道：「回家再給箏箏吃，這份酥山是給母親備下的。」

悅汐歪頭。「母親？」

「是啊，今天出使莫斯科大公國的鴻臚寺官員將歸，母親要回來了！」

歷經七個月，主要是來回路上浪費了很長時間，沈文戈率一眾鴻臚寺官員平安歸來，負責護送他們的金吾衛及沈嶺遠也一道而歸。

遠遠瞧見他們的影子，王玄瑰翻身騎上駿馬，向他們奔去，將在隊伍中的沈文戈抱了回來。

剛剛已經在馬上同王玄瑰溫存了一陣的沈文戈，下了馬後的第一件事，就是看看阿映可還好、小悅汐想不想母親？

小悅汐眨著靈動的大眼睛，語出驚人地說：「妳是誰啊？」

明明一直有給女兒看沈文戈畫像的王玄瑰愣住了。

剛剛還告訴妹妹母親將歸的阿映也呆了。

沈文戈臉上的笑容以肉眼可見的速度消失了，並積蓄了一汪險些落下的淚潭。「箏箏，是母親啊！妳不認識母親了嗎？」後悔、自責立刻攀上心頭，出使途中本就在強壓自己對王玄瑰及一雙兒女的思念，回來後看見女兒竟與自己不相識了，她真真是痛苦萬分。

小悅汐不用父親呵斥，自己已經癱成軟團子，撲進沈文戈懷裡。「母親給箏箏吃酥山，箏箏就識得！」

沈文戈抱著女兒，半晌才反應過來，這孩子是為了口吃食，故意那麼說的，一時間恨不得打她兩下。

王玄瑰眼急手快地將箏箏抱了起來，訓斥道：「怎能如此嚇唬妳母親？知錯沒？」

箏箏趴在父親肩頭，看著被他們捧著的酥山，嘆了口氣。「知錯啦……」

沈文戈哭笑不得，摸了摸女兒細軟的髮，接過為她準備的酥山，吃上一口後，剩下的就都歸箏箏了，自己則急急忙忙地帶著眾人進宮覆命。

箏箏在馬車裡舔著嘴，琉璃盞裡的酥山吃了幾口就見了底，好少喔！

因外面天寒，所以特意只給裝了幾口的王玄瑰，伸手撫著女兒的頭頂，然後回府之後，特意當著箏箏的面，又拿出來一碗比之大上一圈的酥山，塞進剛回來的沈文戈手中。

看著那酥山瞪圓了眼睛的小孩是誰？是後悔的箏箏啊！

但再後悔也沒用了，已經吃過一碗，便不能再食了。箏箏一副要掉不掉眼淚的小可憐樣，被倍檸給牽了下去。

待兩個孩子都出去了，沈文戈才推了王玄瑰一下。「你做什麼？箏箏還小呢。」

王玄瑰一把將人抱進懷中，感受著懷中之人真切的溫度，才將下巴戳在她的頸窩。「妳自己說的，小孩子不能一味寵著，也需修剪枝葉。她剛剛那般嚇妳，捨不得打就算了，也得給她教訓才是。」

沈文戈也是很想他的，被他抱進懷中，忍不住伸手回抱。

室內靜謐，兩人靜靜相擁，誰都沒再說話了，彼此感受著對方的呼吸、心跳，滿足的喟嘆。

他牽著她，親手為她摘釵，親手為她洗去塵埃，寸步不離。

屋內的床榻上，沈文戈摸著他依舊勁瘦的腰身，問道：「阿映有沒有淘氣？在國子監沒打架吧？箏箏是不是得給她請位女夫子了？送她去太學，她太小了我不放心。」

他攬著她的肩頭，描繪著她的手指，回說：「妳別說，自妳出使後，彷彿知道不能添麻煩，阿映真是一次架都沒打，穩重了許多，若是我忙起來，都是他帶著箏箏的。國子監的人估計都識得箏箏了，不過我也不太放心，還是在家中教養兩年，再送她去太學，左右有她兄長在，誰還能欺負了她不成？妳呢？在莫斯科大公國可有受欺負？」

她是宣王妃，是使團的率隊之人，莫斯科大公國的人怎麼會欺負她？她將臉埋進他胸前，靠著他厚實的胸膛，同他說起莫斯科的風情，還笑著道：「有位公主喜歡上了嶺遠，熱情得很，在宴席上邀請嶺遠跳舞，還是要互相接觸的貼面舞呢！你是不知道，把嶺遠嚇成什麼樣子了。等我們回來的時候，她還前來相送。總覺得嶺遠也不是不心動的，只是，可惜兩人分別在兩個國家……」

說著說著，懷中之人的聲音漸小，王玄瑰輕聲喚她，無人回應，他低頭看去，就見她已經枕著自己睡著了。

在她頭頂落下一吻，他將腰間的薄被拉起，將她整個人包裹其中，擁著她，也跟著睡了。

又是在異國他鄉應付莫斯科大公國的國王，又是漫漫長路憂心安全，好不容易回了家，鼻尖都是熟悉的香薰味，觸摸到的是她日思夜想的夫君，沈文戈這一覺直接睡到了次日晌午。

醒來後，她自己抱著被子在床榻上出神，得知王玄瑰被聖上叫進了宮，阿映帶著箏箏去了國子監，她索性開始收拾自己從莫斯科大公國帶回來的東西，然後命人挨家送過去。

禮物還沒送完，王玄瑰就回來了，他從後面將沈文戈抱起，嚇得她驚叫一聲。

察覺到他將下巴放在自己頸窩，她拍著他箍著腰的手，放緩聲音道：「做什麼？」他不語，只是將臉更貼近了三分。肌膚與肌膚相碰，她纏上他的手指。「長樂，我想你了。」

又是她先說出口，他無奈又享受地將人抱得更緊。「我也想妳了。」

她掙扎兩下，轉過身子，抬手摩挲著他眼下小痣，低語道：「我來教你跳貼面舞。」說完，她一隻手與他十指緊握，另一手輕輕將他的手抓放在她腰間，自己扶上他的肩，帶他動了起來。

暖陽透過窗櫺打在他們身上，沈文戈帶著他前進又後退，她的襦裙像在他手中盛開的蓬鬆花朵，她的嬌顏褪去青澀，充滿魅力。

指間交錯，偶爾的身體觸碰，他情不自禁繃緊了身體，偏執地固定著她的腰肢，又不得不鬆手讓她旋轉。眸色漸暗，而後在她一個旋轉停下時，倏而攬住她，收緊手臂。

沈文戈的身體騰空而起，層層疊疊的裙襬在空中旋起漣漪，最後落於床榻之上。

她淺笑的聲音響在室內，分別幾月，他們熱烈又溫柔，不捨又激進……

直到阿映要帶著悅汐歸來了，才匆匆分別。

湯池房內，沈文戈清洗著身子，讓王玄瑰候在屏風外，但他怎麼可能聽話？池水晃動，她低聲警告道：「最後一次了。」

他親吻著她的眼、她的鼻，封住了她的唇，而後輕柔地將她從湯池中托了出來，再細心地為她穿衣，趁她閉眸休息時，偷偷在她臉頰上偷親。

她也只能由著他。

湯池房外的大樹依舊枝繁葉茂，她將頭靠在他肩膀上，靜靜地望著樹。

他突然道：「我們上去坐坐？」

「好啊！」

這堵分隔開宣王府與鎮遠侯府的牆，帶著兩人種種的記憶。

「喵嗚！」

對，忘了雪團，這堵牆還帶著雪團玩耍的愉快回憶呢！

王玄瑰伸手將雪團抱了起來，放進沈文戈懷中。

沈文戈親親牠的耳、親親牠的額、又親親牠的爪，將雪團都給親煩了，屁股一扭就要去王玄瑰那兒，她手攔著牠不讓動。「我好不容易回來了，摸摸你都不行了？」

「喵嗚……」

從聲音中就能聽出雪團的不耐煩，她將手插入雪團厚實的毛裡，輕柔地為牠梳著毛，雪團便趴了下來，舒服地翻了個身。

雪團年紀也大了，已經不喜歡王玄瑰那硬硬的胸膛了，沈文戈手法輕柔又嫻熟地將牠從頭到腳梳了一遍、揉了一遍。

王玄瑰逗弄著牠蓬鬆的長尾，伸手讓她靠著自己的肩膀。

兩人剛剛回憶往昔，說到彼此見面時雪團有多小，就瞧見院子裡奔過來一個小女娃，不是悅汐是誰？

她眼睛亮亮地看著坐在牆頭的父母，大聲道：「箏箏也要玩！」

後面的阿映不緊不慢地跟了進來，也期待地看著他們兩人。

王玄瑰頷首。

悅汐歡呼一聲，奔到梯子旁。

沈文戈看著悅汐小人兒般努力爬梯的樣子，笑道：「妳慢著些，等妳大兄扶妳。」

「箏箏不用！」等她好不容易爬了上去，往下一看——好高呀！瞬間趴在上頭不敢動了，可憐兮兮地看著不遠處的父親。

「喵！喵！」雪團都跟著急了。

王玄瑰見狀，趕緊將女兒抱起來，又拉了下面的阿映一把，等阿映坐穩了，他才抱著賴在自己懷中的悅汐，坐在了沈文戈身邊。

沈文戈摸著雪團柔軟的毛，看著身旁的一雙兒女，輕輕將頭靠在了王玄瑰的肩膀上。
她很幸福，真的很幸福……

番外一　沈家大郎再婚啦

沈舒航彎腰，與姜姝體溫相差無幾的手指覆在她的手上，輕輕下壓，團扇落去，露出其後真容，便是娥眉彎起如月牙，朱唇輕點似紅櫻，桃花妝容暈眼尾，半垂鵝黃嬌何擬。

「嗝！」一殺風景的聲音從她的朱唇小口中逸出，她慌張地抬起左手遮唇，另一隻手卻被他連帶著團扇按著，她還能感受到兩手交握的濕熱。

她慌裡慌張的樣子，就像一隻無措小獸，不知出口在哪兒，所以到處亂蹦。

他溫和地問：「害怕嗎？」

姜姝不敢看他，低頭去瞅他腰間垂落的玉珮，猛地搖搖頭，頭上步搖便隨之而晃。

「嗝！」

「還說不怕？」

「一點點怕……嗝！」

低沈的笑聲從他口中發出，他行雲流水一般撤下了她手中團扇，不由分說地牽住了她的手。「莫怕。」說完，他微微用力捏了捏她的指肚，在她羞意上來前，傾身為她摘下頭上的鳳冠，而後是金釵、步搖，直到沈甸甸的裝飾被悉數撤下。

他的紅喜服就在眼前，咫尺之遙，好似她動一動，鼻尖就能戳到他。

突地，她眼眸睜圓，卻是他為她摘耳環時，發現被頭髮勾住，不得不傾得更近，她整個人像是被他抱住了！緊張之下，她捏緊了手指，連氣都彷彿不會換了。

不會換氣，自然也不會打嗝了，連她自己都沒有注意到，在他溫和的態度下，她忘卻了害怕。

耳環摘下，他伸手撫過她脖頸後的青絲，安撫道：「妳的小衣都安置在櫃中，均是新衣，妳在屋中換衣，我先去清洗一番。」

「嗯。」

他很快就離去了，給她充足的時間，讓她冷靜下來。

姜姝摸了摸自己的髮，頭皮被鳳冠壓得還有些疼，可當她在櫃中發現春夏秋冬四套新衣時，還是忍不住拿出來蹭了蹭。從這點小事上是不是就可以看出，鎮遠侯府對她還是歡迎和認可的？

沈舒航回來時，雖穿著紅色裡衣，卻整整齊齊，便是髮都擦乾了。

浴房裡的水換了新的，上面還漂著牡丹花瓣，她在裡面泡得手指頭都要皺了，才不得不出來。深呼吸了一口氣，躡手躡腳地往屋裡走，只見沈舒航正倚在床邊翻書。

聽見動靜，他抬頭望她，笑道：「回來了。」

姜姝小小聲地「嗯」了一聲。

他便同她道：「我平日裡習慣早起練身，妳睡裡面可好？」

「可以的呀！」

他掀開被子下地，等她慢慢爬上床榻，才將竹筒隨手放到几案之上。屋中喜燭燃著，姜姝將被子蓋到下巴處，拿兩隻手緊緊抓著，一動也不敢動，感受到他也躺了下來，更是將呼吸都放緩了。她一直告訴自己，不能在這個時候打嗝。緊張了半天，發現身邊的人都沒有動靜，她不禁悄悄側過頭去看他。

沈舒航正閉著眸子，板板正正地平躺著。

她眨眨眼，又眨眨眼，然後輕輕起身朝他那裡張望，他眼皮下的眼珠都不動一下的，這是睡、睡著了？可……

推開身上被子，她坐起來，委委屈屈地盯著他。新婚之夜他睡著了，這是怎樣啦？

沈舒航閉著眸子，就聽她在身旁動來動去，察覺到她一直盯著自己，只好睜開眸子問道：「怎麼？可是換了地方睡不著？」

喜燭的光暈照在姜姝身上，讓她眸中晶光閃閃，她正癟著嘴瞧他。

他被她帶著忐忑不安的眸光弄得一愣，便也跟著起身，柔聲道：「這是怎麼了？」

人便是這樣，沒人安慰的時候，可以自己一個人消化情緒，可當有人在意詢問了，心底的委屈便會控制不住地溢了出來。

她眼中淚珠要掉不掉地問他。「你可是不願娶我？」說完，還吸了吸鼻子，當真是一副小可憐的模樣。

沈舒航探出指尖在她眼下輕刮。「怎會？我們可是換過婚書的，妳是我明媒正娶的夫人。」

姜姝鼓起勇氣捉住了他的指尖，垂下長長的睫毛問：「那、那我們的新婚夜，你怎麼、怎麼睡覺啦？不是對我……不滿意嗎？」

他望著自己年輕貌美的新婚妻子，順勢勾住了她的手，眸底滿是寵溺。「妳便是因為這個而不能寐？」笑聲迴盪在小小的床榻間，他用另一隻手摸著她的頭，說道：「我是看妳太緊張害怕了。魚水之歡又不急於一時，等我們互相熟識了，想必會更好。」不過她既已提出了，他自然不會再睡。

姜姝低垂的眸中映入一雙手，他的指尖擦過她的鎖骨，讓她瑟縮了一下。

他便又問：「還是怕？」嗯，怕也晚了，他給過她許多次機會了。

隨即，他傾身而下，尋到了她的朱唇，溫柔又細心地親吻。

溫暖的室內，即使裸露著肌膚也不會覺得冷。

姜姝細小的嗚咽聲被吞噬殆盡，徒勞地攀附在他掛著汗珠的身上。

床幔晃晃悠悠，彷彿有風在吹拂，內裡被翻紅浪，黑髮交織，偶爾閃過羊脂膏似的白皙肌膚。

喜燭不斷，一直燃燒至天明……

縮在被窩中的姜姝，是被沈舒航輕柔喚醒的。

光滑的被子磨在肌膚上，她忍不住將臉埋了進去。

沈舒航將她的臉挖出來，在她羞澀的神情中，在她鼻尖上落下一吻。

昨夜看似孟浪，實則他還收著勁兒，不會讓她在母親面前露出半分不妥。

「時辰不早了，與我一起去給母親請安？」

被子下，被他握住手的姜姝便跟著重重點了頭。

他柔聲道：「乖。」

番外二　婦唱夫隨沈二娘

「啊……」沈婕瑤張嘴，陳辰便摘下一粒葡萄，剝好皮餵進她嘴裡。她枕著陳辰的大腿吐籽，一邊吐還一邊抱怨。「怎麼就沒有不吐籽的葡萄？」

陳辰將她吐的籽接好，又餵了她一顆，方才說道：「陶梁賣的葡萄都是帶籽的，這種摘下後保存時日長。妳若想吃無籽葡萄，我們只怕要去婆娑等地尋找。」

沈婕瑤笑了一下，開開心心地接受了陳辰的再次投餵。她就喜歡她不過隨口說一句，他就開始想辦法實現的舉動，而不是出言詆毀，說她異想天開。

翻著手中的書頁，她突地坐了起來，身體栽歪進陳辰懷中。「快看，娉婷記錄的莫斯科大公國軍演士兵的盔甲，你說跟明光甲哪個好？」

陳辰想也未想，一口咬定道：「那定是陶梁的明光甲。」

「我覺得也是！你看，她可太壞了，是不是故意的？把大烤串、盤腸描寫得香死了，唉！」

「怎麼？」陳辰剝好的葡萄被她推了開來。

她嘆道：「也不知道這輩子還有沒有機會帶兵攻打莫斯科大公國？娉婷說他們的士兵驍勇善戰。」說完，不用陳辰回答，她就接著道：「估計是沒戲嘍！早兩年還能惦記一下，我都退下來了，還瞎想什麼？」

可不是，在沈文戈出使歸來，協同鴻臚寺一眾官員完成《莫斯科大公國行》一書後，沈婕瑤就上書說要退下來了。

此次出使，嶺遠展現了他將領的一面，他就像他父親的翻版……不，可能青出於藍而勝於藍。

所以她沈婕瑤就不能再霸占著大將軍的位置了，小輩們成長了起來，她是時候讓位了，不然她一日是大將軍，沈家小輩將永無出頭之日。

加之她過了四十歲，早年墮胎、行軍打仗留下的舊傷，讓她疼痛纏身。如今陶梁河清海晏，蒸蒸日上，也沒有戰爭了，她索性退下來將養身體，說不定還能多活兩年。

她一退，陳辰也跟著致仕了。

兩人一商量，先在鎮遠侯府住了兩個月，而後包袱款款地來江南了。先去姜姝的娘家走了一圈，帶去了她的信件，接著就窩進了小院中，當一對天南海北走商的夫婦倆。

「陳郎、沈夫人！你們在不在？今早上打的鱸魚，分你們兩條！」

「哎，來了！」沈婕瑤扯著嗓子喊了一嘴，拉著陳辰就奔了出去，謝過鄰居給送的魚，又回禮了她與陳辰從長安拿來的特產。

回身一瞧，他們家小院被樹蔭遮擋，白牆青磚可真好看。

這自然不是他們租的小院，而是陳大博士早早就置辦下的私產。

對，陳辰不光買了，還是他親自設計建造的小院。也不知道他是怎麼利用傳信監督建造的，總之，沈婕瑤對這個院子相當滿意。

魚被陳辰拎到了廚房，自有廚娘幫著處理。

沈婕瑤站在花架下，掐了一朵花別在陳辰耳後，陳辰任她鬧騰，她卻仰倒在花架下的軟榻上。「好無聊啊！特別、特別、特別無聊！陳大博士，你聽見了嗎？」她伸出腳踢著陳辰的小腿。

他一手扣住她的腳踝，一手還能給花修剪枝葉。「我帶妳聽曲去？」

沈婕瑤想了想，說：「只聽曲多沒意思。」

陳辰放下剪刀，一揚下巴。「走，帶妳遊船，再叫上她們一起。」

沈婕瑤從榻上猛地起身，急匆匆地往房間跑。「那你等我會兒，我要帶點東西！」

也不問她要帶什麼，陳辰只是道：「去吧，我讓人將船開過來。」

遊船不大，但足以讓數十人一起上去賞景。

千嬌百媚的小娘們圍在沈婕瑤身邊，個個溫言軟語的。

一個道：「沈夫人，想聽什麼曲子呀？」

一個說：「不管聽什麼，我們都可以起舞的呢！」

大家七嘴八舌，卻不讓人覺得煩，只恨自己不是沈婕瑤，可以得到眾多小娘子的青睞。

江南有四大樓，分別以琵琶、琴、吟詩、起舞為名，而此時遊船上的小娘子們就是樓內最有名的。

能夠被陳郎君與沈夫人帶出來，可比她們在樓內有意思多了。

不光是因為夫妻倆平易近人，不動手動腳，還因為她們覺得自己被尊重了。

只見沈婕瑤豪爽地大喝一聲，竟是雙臂用力，將兩名弱如柳枝的小娘子給抱了起來。

兩個坐在她臂彎的小娘子又是笑、又是叫。

旁邊的小娘子起鬨，將陳辰也拉了進來，一雙雙眼睛亮晶晶地等著沈婕瑤將陳辰也給舉起來。

陳辰擼起袖子，不讓寬袖擋了夫人的手，張開手臂就道：「來吧，夫人！」

沈婕瑤圍著他轉了兩圈，然後出其不意地蹲下身，繞過他的膝蓋，將人給橫著抱了起來！這還不算，她還得意地顛了兩下，成功地讓不穩的陳辰出手攬過她的脖頸。

小娘子們都要瘋魔了，拚命叫著。「好！」

陳辰也笑著道：「夫人，轉兩圈！讓我也感受一下被抱著轉圈是什麼滋味？」

「好說！」沈婕瑤當即就原地抱著陳辰轉了起來。

「一圈、兩圈、三圈……」小娘子們拍著手數數。「呀呀，十五圈了！」

沈婕瑤暈頭轉向的，踉蹌兩下後險些將陳辰給扔進湖裡去。

眾人趕緊將陳辰拽住。

陳辰已經癱在了地上，沈婕瑤則東倒西歪後又挺立了身子，指著一個小娘子道：「怎麼樣，陳大博士服不服？」

小娘子笑著握住沈婕瑤的手。「我們自然是服的啦！」

眾人的歡笑聲穿透雲霧，吹皺一片平靜的湖面。

月牙高懸，遊船上的小娘子在這一刻拋棄了競爭身分，互相飲酒作樂。

沈婕瑤悄悄將手塞進陳辰手中，在他手心勾了勾。

陳辰從善如流地在她起身去了遊船房間後不久，便跟了上去。

屋內沈婕瑤的衣裳扔了一地，他一邊撿一邊往裡走去，直到在屏風上撿起她的肚兜。

燭光映照下，屏風後的女子裙襬寬大，長髮披散，雙肩外露，指尖摩擦著屏風，聽在他耳中讓他禁不住顫慄起來。

她從後緩步邁出，珍珠項鏈纏繞在她如鶴般的脖頸上，纖腰盈握，半露勾人，在她胸膛之上，一道醜陋的疤痕在空氣中囂張顯擺著。

她自信非常，手指滑上他的胸膛，問道：「是我好看，還是外面的小娘子好看？」

充斥著野性美的人兒是他的夫人，所以他握住她的手指，回道：「自是我家夫人貌美，她們哪能比得上夫人一二？」

她的笑聲響起，手腕用力，將人推到了几案之上，自己緊隨其後坐了上去。

從莫斯科大公國帶回的裙襬垂地，籠罩住兩人，束腰上繁瑣的繩結解得陳辰額頭冒汗，索性棄了去。

遊船隨水波盪漾，兩人親密地挨在一起，不分彼此，外面潔白的月光照不進這番小天地……

直至月牙高升，沈婕瑤才靠在陳辰懷中詢問道：「江南還有我們沒去過的地方嗎？」

「似是沒有了。怎麼？待膩煩了？」

「嗯。」

「想去哪兒？」

「哪兒都能去嗎？」

「自然。」

「我想裝作商人去燕息。」

「好啊……」

番外三　六郎努力盼生娃

西北白沙城漫天沙起，六郎呸呸地吐著沙子進了屋，用手一抹臉，將原本沒有多少沙子的臉，反而抹得花了。

屋裡的唐婉正在挑選鋪子，初到白沙城安穩下來，她便想著重操舊業，開間鋪子，賺個花銷，也不能總指著六郎賺的辛苦錢。

看人沒抬頭，六郎重重地咳了幾聲，彰顯自己的存在。

這下子唐婉注意到他了，卻是噗哧一聲笑了出來，一低首，露出自己半截白皙的脖頸來，而後抽出汗巾走上前去，輕輕柔柔地為他擦著臉上的沙子。眼神躲避著他直勾勾的目光，手下用了些力氣，將他的頭給戳歪了。「看我做甚？」

六郎握住她為自己擦臉的手，沒皮沒臉地道：「看我夫人長得好看啊！」

唐婉掙扎著抽手，沒有抽動，索性偏過頭去，任他將自己小心抱住。

兩人自成婚起，六郎就不停地跟著兄姊在外征戰，滿打滿算，黏在一起的日子都能數得過來。是以，縱使已經成婚不久了，兩人之間的相處卻還像剛新婚一樣，羞澀得不知如何是好。

「那個……」六郎勾著她的手指頭，悄聲對她說了幾句話。

他說出的話讓唐婉整個人都要熟透了，伸手推著他。「瞎說什麼呢！」

六郎急切地道：「真的！他們都說我們一直沒有孩子，是姿勢不對！晚上的時候，妳疼不疼？妳得跟我說實話，不然我不知——唔！」

唐婉羞得跺腳，還踩了他一腳。想起晚上他纏著自己的樣子，渾身血液直衝腦頂。「誰的葷話你都聽！」

「沒……哎喲，別踩！我認真的，夫人。那不然妳說，是怎麼回事？」六郎確實委屈，兩人遲遲無子，風言風語總歸不好聽。

相處的時日短，自然是懷不上的啊！可這話唐婉說不出口，只好背對著他，氣道：「管你如何認為，你若是嫌我生不出孩子，趁早和離——啊！做什麼你？」

卻是六郎聽見她說和離，一把上去將她抱了起來，就往內室裡走。

唐婉摔到床榻上，瞧他就要撲上來，立即喝道：「不許上來！你衣裳還沒換呢，晚間睡覺，又沾一身沙子！」

六郎動作頓住，蹲在床榻下面，自己生悶氣。

「怎麼了？」唐婉推他。「那你去換身衣裳啊！」髒兮兮的，怎麼好意思上床榻？

六郎聞言，咧嘴笑了，一口白牙晃過，一蹦三尺高地奔去洗漱。

唐婉嬌嗔道：「傻樣！」

等他火急火燎地回來後，直接去掏櫃子裡的春宮圖，然後湊上床榻，與唐婉相挨而坐，大剌剌地與她同看。

唐婉真的是整個人從頭髮絲到腳趾頭都在燒著，剛開始不敢直視，只敢用餘光瞅著，瞅著瞅著發現他興致勃勃，都將畫卷推開甚長了，嘴裡還唸唸有詞著。

「這個不行，這個難度太高了！夫人妳瞧那個怎麼樣？我們可以仿著來一下吧？」

只瞥了一眼，她就紅著臉將春宮圖捲起來了。對上六郎訝異的眼神，她還來不及說話，人就被撲倒了。

要試試……那就試試吧，總歸她不虧。

花樣百出的春宮圖試了還不到一半，唐婉就懷了身孕，可把六郎樂死了！春宮圖理所當然被束之高閣了，那後面有關孕婦的姿勢，他可不敢嘗試。

有了孩子就有了念想，整個人更有拚勁了，每每回家時，都能讓唐婉心疼半天，兩人的感情更如膠似漆了。

等女兒出世時，更是全家人恭賀。

唐婉站在門口，見他彎腰逗弄著白胖的女兒，喜愛非常，心裡難免有些遺憾這一胎沒給他生個兒子。

等女兒都可以滿院子跑時，她便將依舊沒有褪色的春宮圖重新找了出來，待夜間將孩子哄睡，抱去陶姨娘那兒後，她悄悄將之鋪在了床榻上，對上他驟然亮起的眸子，說道：

「我們再生一個孩子吧？如今你升了官，我的鋪子每日進項也有了保證，我們可以再生一個了。」

六郎慌亂地將衣裳脫了滿地，躥上了床榻，碰她之前又收了手，小心地問道：「妳身體可養好了？」

唐婉羞得咬唇點頭，又道：「你到底……來不來？」

最後三個字輕得六郎險些沒聽見，他抬眼看見唐婉紅得快要滴血的耳垂，嚥了下口水，握住她的手。「那我們試哪個？」

交握的手隨手一指，便被翻紅浪，生冷香旎，春宮圖掉在地上，滾出老遠……

待金爐香滅，夫妻二人藏於被中相擁，訴說著未來的規劃。

唐婉道：「我今日與四嫂、五嫂交談，她們都想將孩子送回長安，覺得西北這裡的夫子少了些。」

六郎跟著說：「等我們倆的孩子大了，也送回去，西北畢竟不能跟長安比，在那裡認識的朋友也多，總歸沒壞處。」

「嗯。對了，今日鋪子裡發生了件趣事，我講與你聽……」

——全書完

2023年7月出版

妝點好日子

文創風 1180～1182

女子無論身處於怎麼樣悲苦的境地，
若打扮得漂亮體面，心情都會好些。
多了一抹顏色，就能為生活帶來希望！

妝點平凡瑣事，編織濃厚深情 ／顧紫

賀語瀟慶幸上輩子是化妝師，所以這世還能走妝娘這條路，
在嫡母為她挑選婚配對象之前先壯大自己，爭取一點話語權。
於一場妝娘因故缺席的婚宴中，她把握住機會出頭，
卻也莫名被忌妒的少女盯上了，挨了頓臭雞蛋攻擊……
不過是因那日新郎好友，京中第一美男、長公主獨子——傅聽闌，
借馬車送她這個妝娘回家，她一個從四品官庶女不可能也沒想要攀！
不過另類攀高枝嘛……做生意又能利民的單純金錢交易她倒不排斥。
所以開了妝鋪後，她藉由傅聽闌的商隊將面脂平價銷往乾燥的邊疆，
平日除了賣胭脂、面脂、化妝刷具，她妝娘的手藝也打響了名號。
事業得意，感情方面，她與入京投奔嫡母、準備秋闈的遠房表親初識，
這人舉止有度、懂得體恤女子生活難處，她便不排斥對方守禮的示好，
誰知這人竟是要她當妾？真是不要臉的小人，還不如傅聽闌低調為民呢！
不過傅聽闌還真是藍顏禍水，逛個集市都能被姑娘使計碰瓷要蹭馬車，
看在他是她的生意夥伴，眼見他有名聲危機，只好換她出車相助嘍～～

2023年7月出版

老古板的小嬌妻

文創風 1177~1179

穿越成被夫家集體霸凌的小媳婦，新時代女性簡直不能忍。
她硬起來要求和離，包袱款款回家當她的大小姐去。
結果娘親生怕她大齡滯銷，整天催婚，
開玩笑，不婚不生，幸福一生！人不能笨第二次——

妙趣橫生，絲絲甜蜜　／清棠

顧馨之一覺醒來，發現自己穿越成功臣孤女，已婚。
欺她娘家無人撐腰，丈夫厭棄她，婆婆苛待她，
就連府中下人都能踩在她頭上，當真是活得不能再憋屈。
氣得顧馨之一把揪住渣男丈夫的領子，逼他簽下和離書，
她大小姐揮揮衣袖，不帶走一點嫁妝，下鄉重溫農莊樂去了。
只是快樂的單身生活才過沒幾天，當初替她主婚的謝家家主，
竟帶著她的前夫登門謝罪，要她重回謝家當大少奶奶，
顧馨之看著眼前嚴肅正直的謝家家主——謝慎禮，
靈機一動，語出驚人的要求他娶她，她才願意回去！
果然嚇得這循規守禮的讀書人大罵荒唐，氣沖沖走了。
誰知，她親娘卻把她的胡言亂語當真，亂牽紅線——
別別別，她才沒有想嫁給那個老古板呢！
可他竟當著滿朝文武百官的面承認，是他違禮背德，心悅於她。
讓她一下成了京城的大紅人，眾人圍觀的焦點——
顧馨之傻眼了，這、這，不嫁給他，好像不能收場啊？

2023年7月出版

一縷續命

文創風 1175～1176

既然重活一世，就要好好達成自己的任務……
儘管不明白為何亡故之後沒有墜入因果輪迴，
但是該向哪些人展開復仇大計，她卻是再清楚不過！

情境氛圍營造達人 ／鍾白榆

十歲的顧嬋漪不知人心險惡，傻傻地被送到寺廟苦修；
過了七年，她看清局勢卻為時已晚，就這麼在深秋寒夜被滅口。
幸好老天給了機會，讓她的魂魄附在親手為兄長編的長命縷上，
伴他在邊疆弭平戰亂，直到他不幸遭奸佞害死；
又許她以靈體之姿陪在他們一家的恩人——禮親王沈嶸身旁，
看著他為黎民百姓鞠躬盡瘁，默默燃盡生命之火。
如今，顧嬋漪回來了，她要向那些用心險惡的人討回公道，
而沈嶸不僅搶先一步安排好所有細節，讓她能守護自家兄長，
那句「本王護得住妳」，更令她闖出自己的一片天。
可當她發現沈嶸跟自己一樣是「歸來」的人時，頓時呆住了……

翻牆覓良人 4 完

國家圖書館出版品預行編目資料

翻牆覓良人 / 琉文心著. --
初版. -- 臺北市 : 狗屋出版社有限公司, 2023.08
冊 ; 公分. --（文創風 ; 1185-1188）
ISBN 978-986-509-449-2（第4冊 : 平裝）. --

857.7　　　　112011057

著作者　琉文心
編輯　黃淑珍
校對　吳帛奕
發行所　狗屋出版社有限公司
地址　台北市104中山區龍江路71巷15號1樓
電話　02-2776-5889～0
發行字號　局版台業字845號
法律顧問　蕭雄淋律師
總經銷　知遠文化事業有限公司
電話　02-2664-8800
初版　2023年8月
國際書碼　ISBN-13　978-986-509-449-2

本著作物由北京晉江原創網絡科技有限公司授權出版

定價280元
狗屋劃撥帳號：19001626
網址：love.doghouse.com.tw　E-mail：love@doghouse.com.tw